TOMVILLE

THEA GATTI

Bibliografische Information der Deutschen Nationalbibliothek:
Die Deutsche Nationalbibliothek verzeichnet diese Publikation in
der Deutschen Nationalbibliografie; detaillierte bibliografische
Daten sind im Internet über http://dnb.dnb.de abrufbar.

© 2018 Thea Gatti
Herstellung und Verlag:
BoD – Books on Demand, Norderstedt

ISBN: 9783752814187

Für die Familie Gatti, die ich so liebe.
Für meinen Mann: diese Geschichte und dieses Leben.

Danielle betrachtete sich im Spiegel. Für diese besondere Nacht entschloss sie sich, ein schwarzes, tailliertes Kleid zu tragen, das ihre Figur besonders gut betonte. Während sie ihre Haare hinter die Ohren klemmte, lächelte sie, weil ihr Gesicht endlich wieder Begeisterung zeigte, welche sie seit Monaten vermisst hatte. Das letzte Mal, als sie ihr eigenes Erscheinungsbild beobachtet hatte, sah sie das Bild einer untröstlichen, traurigen Frau. Jetzt, nach einiger Zeit, schien die Ruhe endlich in ihr Leben zurückzukehren.

Mit einigen Tränen in den Augen erinnerte sie sich an den Schmerz, der der Grund ihrer Reise war.

Die Enttäuschung, die ihre Realität brutal erschütterte und ihre perfekte Existenz ruinierte, hinterließ einerseits quälende Augenblicke. Andererseits konnte sie mit dieser Erfahrung den Mut finden, ihr Schicksal zu akzeptieren und sich unterdrückten Gefühlen und Ängsten zu stellen.

Ville, der Ort, den sie als Zuflucht wählte, wurde ihr Paradies. Und obwohl diese Stadt manchmal ihr Schlachtfeld war, hatte sie die Gelegenheit, zu erfahren, was »wahre Freundschaft« war. Die Menschen, die an ihrer Geschichte in Ville teilgenommen hatten, würden für immer bei ihr im Geist und Herz bleiben, denn ohne sie wäre ihre persönliche Entwicklung nicht möglich gewesen. Dank ihrer Liebe und ihrer Ratschläge verschwanden der Groll und die Unsicherheit, und auch ihre inneren Dämonen verstummten.

Die Kraft, die ihr Wesen nun verstärkte, zeigte Danielle, dass das perfekte Leben, an das sie geglaubt hatte, nur eine Illusion war. Jetzt wusste sie, dass die Perfektion nicht existierte und wenn ja, war es nicht das, was sie brauchte.

Bevor sie sich auf den Weg zu dem geheimnisvollen Date machte, nahm sie sich ein paar Minuten, um ihre Gedanken im Einklang mit dem Geräusch der Wellen fließen zu lassen. Danielle schloss die Augen und atmete tief durch, da sie wusste, dass sich heute ihr Leben ändern könnte. Was sie vor ein paar Monaten noch für unmöglich gehalten hatte, konnte nun sehr bald geschehen. Die Ereignisse jener Nacht würden ihr Schicksal entscheiden.

Nach einer schmerzhaften Reise war Danielle bereit, ein neues Leben zu beginnen. Jetzt musste sie nur entscheiden, ob ihre Mission in Ville zu einem Abschluss gekommen war. Könnte diese Nacht das Ende von *Tomville* sein?

Kapitel I

Danielle lebte das, was sie als »perfektes Leben« bezeichnete. Sechs Jahre lang hatte sie einen sicheren und erfüllten Job im Vertrieb eines namhaften Unternehmens sowie eine stabile Beziehung mit einem der jungen Talente aus dem Bereich Finanzen geführt. Dieser Mann, der von allen Kollegen verehrt wurde, war »das Tüpfelchen auf dem i«, um ihre Idealvorstellung von Existenz zu komplettieren.

Es war in der Kantine, wo sich die Blicke von Danielle und Oliver zum ersten Mal trafen. Sie war dort zusammen mit ihrem Chef, und während Mr. Ortega sich über das Tagesmenü beklagte, sah sich Danielle um. Sie wollte ihre neuen Kollegen und die Umgebung kennenlernen. Ohne es zu wollen, fixierten ihre Augen diesen attraktiven Mann mit einer beneidenswerten Bräunung: Es war Oliver, von Natur aus ein Charmeur.

In den ersten acht Monaten genügte es ihr, ihn einfach nur zu sehen. Von Tag zu Tag spürte sie mehr, wie beliebt er bei den anderen Mitarbeitern war, wie sie ihn bewunderten, was ihr Interesse an ihm steigerte.

Zu dieser Zeit wurde Danielle Teil einer Clique von jungen Kollegen. Nach der Arbeit trafen sie sich häufig in einer Bar. Eines Tages war Oliver auch dabei und sie hatte die Gelegenheit, ihren Verdacht zu bestätigen: Er war ein ganz besonderer Mann. Oliver war in ihren Augen so nah an der Perfektion, wie es vorher niemand für sie gewesen war.

Nach einigen Wochen Bekanntschaft bat er sie sogar, mit ihm auszugehen. *Was findet er an mir?*, hatte Danielle sich oft gefragt.

Diese Unsicherheit hatte sie seit ihrer Jugend begleitet. Obwohl sie eine attraktive Frau mit schönen Augen und einem süßen Lächeln war, betrachtete sie sich selbst nicht als begehrenswert. Für Danielle waren teures Make-up oder spezielle Cremes einfach sinnlos. Sie war eine natürliche Frau, die nicht mehr als ein bisschen Sport und eine gesunde Ernährung brauchte, um sich wohlzufühlen. Sie versuchte, ihre Unsicherheiten zwar seit Längerem hinter sich zu lassen, aber trotzdem überraschte sie die Einladung von Oliver, da er einer der begehrtesten Junggesellen in der Firma war.

Schon ab dem ersten Date war eine tiefe Verbindung zwischen ihnen zu spüren; Danielle und Oliver hatten mehr gemeinsam, als sie geglaubt hatte. Die Stunden mit spannenden und lustigen Gesprächen vergingen schnell. Beide genossen die Zeit, die sie zusammen verbrachten.

Aus Freundschaft wurde schnell Liebe und nach einem Jahr Beziehung entschieden sie sich, zusammenzuziehen. Diese Entscheidung bedeutete für Danielle nicht nur eine Möglichkeit, Geld zu sparen, sondern auch den Anfang ihres größten Traums: eine Familie zu gründen. Seit ihrer Kindheit träumte sie von einem Mann, der die gleichen Eigenschaften wie Oliver besaß. Sie wünschte sich, die Welt mit ihm kennenzulernen und zur richtigen Zeit das Glück mit Kindern zu ergänzen.

Dieser Plan war nicht nur ein Traum von Danielle, sondern auch von Ingrid, ihre Mutter. Für Ingrid war der soziale Status von großer Bedeutung. Sie betete jeden Tag für einen Mann für ihre Tochter, sodass sie endlich viele Enkelkinder haben könnte. Dies war einer der vielen Gründe, warum Danielle keine enge und friedliche Beziehung zu ihrer Mutter hatte, denn von ihr bekam sie nur Vorwürfe, Kritik und Forderungen.

Leider wurden Ingrids Wünsche nicht wahr. In den folgenden Jahren entwickelte sich die Beziehung ihrer Tochter langsam und wurde auch von der einkehrenden Monotonie überschattet. Was zunächst als Märchen begonnen hatte, verwandelte sich zunehmend zur Routine. Die Tage bestanden aus Frühstück, Arbeit, Abendessen, Filme, Bücher und Schlaf. Der Sex wurde auch weniger, die Leidenschaft schien dahingeschmolzen zu sein. Danielle hatte dies wahrgenommen und als normal vermutet. Trotzdem entschloss sie sich, das Feuer in ihrer Beziehung wieder brennen zu lassen. Sie war sich sicher, dass der aufmerksame und spontane Mann in Oliver noch lebte.

Als Teil von ihrem »Beziehungswiederbelebungsplan« organisierte sie romantische Abendessen und dieser Freitag sollte keine Ausnahme bilden. Ohne den geringsten Verdacht, dass eine bittere Überraschung auf sie wartete, ging Danielle zu Olivers Büro. Sie hatte ihn mehrmals angerufen, um die Details für das Abendessen zu besprechen, und als er nicht antwortete, hatte sie beschlossen, ihn in seinem Büro aufzusuchen.

Als sie dort ankam, erkannte sie, dass seine Sekretärin nicht an ihrem Platz war und dachte, es wäre nicht weiter schlimm, wenn sie unangemeldet in sein Büro reingehen würde. Als sie vor dem Büro stand, hörte sie seltsame Geräusche und öffnete daraufhin verwirrt die Tür. Das Bild, das sich ihr bot, war nicht jenes, das sie erwartet hatte. Da war nicht der perfekte Mann, der sie mit einem Lächeln begrüßte: Nein! Was sie sah, war eine sehr glückliche und zufriedene Agnes, die Sekretärin, die die Zärtlichkeit und Leidenschaft von Oliver genoss. Danielle war so erstaunt, dass sie sich nicht bewegen konnte. Der Schmerz war so groß, dass jeder Atemzug sich wie ein Messer in der Brust anfühlte. Sie konnte nicht glauben, dass dieser Mann derjenige war, der vor ein paar Stunden noch seine Liebe für sie zum Ausdruck gebracht hatte. In diesen ersten Sekunden bemerkten die Geliebten ihre Anwesenheit nicht, bis Danielle anfing, unkontrolliert zu atmen.

»Danielle!«, rief Oliver überrascht.

Die Sekretärin starrte zu Boden und, obwohl sie beschämt war, zeigte ihr Gesicht ein böses Lächeln.

Die Augen von Danielle waren schnell mit Tränen gefüllt und bestürzt betrachtete sie mit halb offenem Mund die Szene. Sie versuchte, den Schmerz zu verstecken, jedoch konnte sie es nicht. Ihr Blut kochte und ohne es zu wollen, schrie sie und ließ ihrer Wut freien Lauf.

Danielle beleidigte die beiden mit den schlimmsten Beschimpfungen, die sie kannte und während sie schrie, zerstörte sie wie ein Orkan das Büro: Vasen, Fotos und eine wertvolle Skulptur flogen durch den Raum. Zum Glück trafen die Objekte ihre Opfer nicht.

Die Reaktion seiner Freundin entsetzte Oliver. Er erkannte diese Frau nicht wieder. Als Danielle zu sich kam und sich beruhigt hatte, bemerkte sie, dass Agnes schon aus dem Büro geflüchtet war. Oliver dagegen stand schockiert und sprachlos in der Tür.

Gedemütigt lief Danielle, schweigend und ohne ihn anzusehen, an ihm vorbei. Aufgeregt und ohne ihre Kollegen zu bemerken, ging sie zurück in ihr Büro. Sie schloss die Tür und setzte sich an ihren Computer. Die Tränen schienen endlos zu fließen.

Die Mitarbeiter, die noch im Büro waren, hatten alles mitbekommen, darunter auch Mr. Ortega, der Chef von Danielle, sowie Jenny, Nachbarin und Freundin des ehemals glücklichen Paars.

»Was ist passiert? Ist alles in Ordnung?«, fragte Jenny besorgt.

»Nein, ich weiß nicht ... Oliver war ... Ich will nur nach Hause gehen«, antwortete Danielle benommen.

Eilig brachte Jenny Danielle nach Hause. Sie wusste, dass ihre Freundin so aufgelöst war, dass sie selbst nicht fahren sollte. Als sie zu Hause ankamen, setzte Danielle sich immer noch zutiefst schockiert auf das Sofa und mit einem starren Blick ins Nirgendwo bedankte sie sich bei Jenny. Danielle bat ihre Freundin, sie alleine zu lassen. Sie sagte, dass sie einen Moment der Ruhe brauche, um alles, was passiert war, zu verkraften.

Dieser Ort, den sie ihr Zuhause nannte, schien ihr plötzlich unbekannt zu sein. Alles um sie herum hatte keine Bedeutung mehr. Jedes Objekt und jedes Foto weckten in ihr nur Verachtung, denn nach diesem traurigen Abend stellten sie nur die größte Enttäuschung dar, die Danielle bisher erlebt hatte.

Sie war immer noch so wütend, dass sie die Szene aus dem Büro auch zu Hause hätte wiederholen können, indem sie etwa alle persönlichen Gegenstände von diesem Mistkerl hätte vernichten können. Sie starrte jedes Detail der Wohnung an und fragte sich, welche Sünde sie in einem anderen Leben begangen hatte, die sie nun mit diesem Schmerz bezahlen musste.

Noch immer sehr betroffen durch die schreckliche Szene im Büro, betrachte sie die Bilder, welche die Wände mit glücklichen Erinnerungen dekorierten. Die fünf Jahre, die sie zusammen geteilt hatten, waren auf dieser Wand verewigt: Geburtstage, Urlaube, Weihnachten und weitere Momente. Plötzlich hatte all dies keinen Wert mehr für sie.

Seit ihrer Kindheit hatte Danielle in Momenten der Verzweiflung immer Stärke gezeigt und dies würde keine Ausnahme sein. Sie war der Meinung, dass alles, was sie brauchte, Zeit war. *Die Zeit heilt alles*, dachte sie.

Als sie versuchte, sich zu überzeugen, dass die Zeit das intensive Leid betäuben könnte, hörte sie, wie der Schlüssel ins Schloss der Haustür geschoben wurde. Sie wusste, dass es Oliver war. Die Nervosität und die Wut in ihr wurden wieder größer. Sie wollte mit ihm reden, doch mit seiner Ankunft bedauerte sie zutiefst, ebenfalls an diesem Ort zu sein. Sie versuchte, die Tränen zurückzuhalten und wagte, ihn anzusehen. Oliver war, ebenso wie sie, traurig und verwirrt.

Vorsichtig kniete er vor Danielle und legte seine Hände auf ihre Knie.

»Fass mich nicht an!«, rief sie wütend

»Danielle, bitte, ich will es dir erklären. Es ist nicht so, wie du denkst!«

»Was willst du damit sagen? Hattest du keinen Sex mit deiner Sekretärin?«

Oliver sah Danielle beschämt an und wusste, dass er selber nicht erklären konnte, was passiert war.

»Bitte, hass mich nicht. Ich will nicht, dass du mich hasst! Ich habe einen riesigen Fehler gemacht, vergib mir!«

»Keine Sorge, Oliver, ich kann eine Person nicht hassen, wenn ich sie nicht richtig kenne. Ich weiß nicht, wer du bist. Dummerweise dachte ich, dass ich alles hören wollte, was du zu sagen hast. Ich wollte auch sehen, wie du bereust, welchen Schmerz und welche Enttäuschung du bei mir verursacht hast, aber ich kann es nicht. Wenn du das Beste für mich willst, dann verschwinde aus meinem Leben. Bitte pack deine Sachen zusammen und hau ab.«

Danielles Kälte überraschte Oliver.

Ohne ihm die Gelegenheit zu geben, ein weiteres Wort zu sagen, verließ sie die Wohnung. Sie suchte Zuflucht bei Jenny, die bereits auf dem Flur auf Danielle wartete. Ein verwirrter Oliver folgte ihr. Er rief ihren Name immer wieder, doch Danielle drehte sich nur um und starrte ihn mit Verachtung an. Mit diesem Blick ging sie in die Wohnung ihrer Freundin.

Sie legte sich auf Jennys Sofa und schlief ein. Nach ein paar Stunden erwachte sie und kehrte in ihre Wohnung zurück. Von Oliver gab es kein Lebenszeichen mehr, was sie beruhigte. Eine weitere Begegnung mit ihm wäre für sie unerträglich gewesen und vielleicht hätte Danielle diesmal ihre Emotionen nicht mehr kontrollieren können. Bevor Oliver gegangen war, hatte er eine Nachricht für sie hinterlassen. Sie nahm das Blatt und ohne es zu lesen, zerriss sie es und warf die Schnipsel weg.

Sie hatte sich geschworen, ihm niemals ihren Schmerz zu zeigen. Ihr Herz war gebrochen und es durfte nicht das Gleiche mit ihrem Stolz passieren.

Beim Versuch, sich von ihrem Kummer abzulenken, dachte sie darüber nach, wie sie vermeiden könnte, dass die Szene Folgen auf ihre berufliche Situation hätte. Diese Sorge war nicht unbegründet, da sie fast gezwungen wurde, Urlaub zu nehmen. Ihr Chef hatte ihr eindringlich empfohlen, sich ein paar freie Tage zu nehmen. Danielle glaubte ebenfalls, dass es hilfreich sein könnte, da sie im Moment einfach noch nicht bereit war, sich der Realität zu stellen.

Seit dem Vorfall hatte Danielle nur mit Jenny Kontakt, die von Anfang an und ohne zu zögern für sie da gewesen war. Auch Oliver hatte versucht, sie mehrmals zu erreichen. Dadurch wurde ihr verdeutlicht, dass sich außer Jenny und Oliver niemand für ihr Wohlergehen interessierte. In diesem Moment der Trauer erkannte sie, wie aufopferungsvoll ihre Beziehung mit Oliver gewesen war; die Freunde, die sie früher gehabt hatte, existierten in ihrem Leben nicht mehr. Zum ersten Mal seit fünf Jahren fühlte sie sich ganz allein.

Diese plötzliche Wendung öffnete ihr die Augen und viele Fehler wurden ihr bewusst. Nun wurde alles klar: Was sie als eine Krise angesehen hatte, war in Wahrheit eine Affäre. Sie hatte seit Monaten einige Änderungen an Olivers Verhalten bemerkt. Oft schien er abwesend und unaufmerksam zu sein, jedoch war ihre Liebe für ihn so stark, dass sie so einen Verrat nicht für möglich gehalten hatte. Jetzt überraschte sie nur, dass sie das tragische Ende nicht vorhergesagt hatte. Sie hatte für ihn alles aufgegeben und jetzt war für sie nichts mehr übrig.

Die Gespräche mit Jenny waren nun ihre einzige Ablenkung gegen die schlimmen Gedanken. Jenny brachte für Danielle etwas zu essen oder eine Kleinigkeit mit, um sie zu erfreuen. Manchmal erzählte sie von ihrer Arbeit. Bis zu diesem Tag wurden Oliver und der Vorfall nicht erwähnt.

»Wie fühlst du dich heute?«, fragte Jenny unruhig.

»Gut«, antwortete Danielle lustlos

»Oh, Danielle … ich weiß nicht, wie ich dir es sagen soll.«

»Was sagen?«

»Oliver …«

»Oliver? Was hat er gesagt?«, fragte Danielle nervös.

»Er erzählte mir, dass er in einem Hotel wohnt und, dass er auf der Suche nach einer neuen Wohnung ist. Ich soll dir sagen, dass er seine Sachen abholen wird, wenn du zurück auf der Arbeit bist.«

»Sehr gut«, sagte sie mit brüchiger Stimme.

»Danielle, es gibt noch etwas, das ich dir erzählen möchte … Ich habe es vorher nicht erwähnt, weil ich es nicht für wichtig gehalten habe, aber ich glaube, du solltest es wissen.«

»Jenny, die Situation kann nicht mehr schlimmer werden. Sag es einfach.«

»Also gut. Vor ein paar Wochen traf ich Oliver und Agnes im Einkaufzentrum. Ich habe sie ganz arglos gegrüßt, allerdings habe ich eine deutliche Nervosität an ihm bemerkt. Er sagte, dass sie ein Geschenk für dich suchen und er hat mich gebeten, dir nichts davon zu erzählen. Ich will ehrlich mit dir sein: Ich habe nie geglaubt, dass er dir so etwas antun könnte. Bitte, sei nicht so hart mit dir selbst, er hat uns alle reingelegt.«

Danielle hörte diese traurige Wahrheit, und nun wusste sie, dass die Beziehung definitiv nicht zu retten war. Mit Tränen in den Augen und ohne ein Wort zu sagen, nickte sie.

Als ob die Tragödie im Büro nicht schon genug gewesen wäre, die schlechten Nachrichten schienen kein Ende zu nehmen. Eine Woche nach dem Wutanfall, den Oliver und seine Geliebte verursacht hatten, klopfte ein Mann an der Tür.

»Sind Sie Danielle Kent?«, fragte der Mann ernst.

»Ja«, antwortete sie ratlos.

Der Mann überreichte ihr einen Umschlag mit einer Vorladung und ging sofort weg. Diese Ungerechtigkeit konnte sie nicht verstehen und als sie das Dokument zu Ende gelesen hatte, begriff sie, dass sie vor Gericht erscheinen musste. Agnes hatte sie wegen Körperverletzung angezeigt.

»Verdammte Schlampe!«, schrie sie wütend.

Sie war so verärgert, dass sie Oliver anrufen wollte. Doch genau in diesem Moment kam Jenny zu Besuch. Danielle konnte nicht glauben, wie zynisch Agnes war, und teilte Jenny ihre Pechsträhne mit.

Jenny wusste, dass Danielle nicht in der emotionalen Lage war, die Situation alleine zu bewältigen.

Deshalb beschloss sie, eine Anwältin, die eine gute Freundin von ihr war, zu kontaktieren. Jenny würde nicht zulassen, dass Danielle sich ungeschützt und gedemütigt fühlte.

Nach ein paar Tagen wurde Danielle schließlich positiv überrascht. Der Prozess war kurz und vorteilhaft für sie. Agnes bekam nicht, was sie wollte: nämlich Geld. Allerdings wurde Danielle zu einer psychologischen Behandlung verpflichtet. Agnes hatte behauptet, dass sie sich durch die Anwesenheit von der aggressiven Danielle auf der Arbeit bedroht fühlte.

Die zwei Wochen Beurlaubung waren vorbei. Danielle durfte ihre Arbeit wieder aufnehmen. Im Büro vergingen die Tage schnell und normal. Sie arbeitete so hart und konzentriert wie noch nie. Die enttäuschte Danielle wollte so wenig Zeit wie möglich in der leeren Wohnung verbringen. Oliver war inzwischen offiziell ausgezogen.

Für Danielle wurde die Arbeit ein Zufluchtsort und obwohl das Leben normal weiterging, konnte sie einige böse Blicke nicht ignorieren. Dies verärgerte sie sehr und sie konnte nicht verstehen, warum ihre Kollegen nicht in ihr das Opfer sahen, sondern nur die Verrückte. Niemand schien Oliver zu verurteilen. Sie versuchte, diese Situation nicht weiter zu beachten, doch sie konnte nicht vermeiden, darüber zu grübeln, was schiefgelaufen war. *War es meine Schuld?*, hatte sie sich immer wieder gefragt. In ihren

Augen waren sie ein glückliches Paar gewesen. Sie hatten immer über alles geredet. *Was ist bloß passiert?*, dachte sie.

Um diese traurigen Gedanken zu vermeiden und sich abzulenken, versuchte sie, in den einsamen Nächten ein Buch zu lesen oder unerledigte Angelegenheiten zu notieren. Sie hatte Angst, einzuschlafen, da Albträume von Oliver und Agnes sie jede Nacht verfolgten. Trotz ihrer Bemühungen, wurde sie schließlich von ihrer Müdigkeit übermannt.

Sie schlief unbequem auf der Couch. Die Idee, auf dem Bett zu liegen, in welchem sie schöne Momente mit Oliver verbracht hatte und vielleicht auch Oliver mit Agnes, fand sie abstoßend.

In einer Nacht waren die Albträume wieder da: Danielle spazierte in der Nähe von ihrem Lieblingscafé, wo sie mehrmals mit Oliver zusammen gefrühstückt hatte. Sie ging rein und wie gewöhnlich bestellte sie einen Cappuccino mit Zucker und extra Zimt. Als sie vor der Tür stand, öffnete sich diese und ein glückliches Paar kam herein. Die Frau strahlte vor Glück, wie es alle Schwangeren taten. So ein schönes Bild brachte sie zum Lächeln, genau so glücklich wollte sie auch irgendwann sein. Als sie jedoch die Gesichter des Paares betrachtete, erkannte sie sofort die schönen Augen; es waren die Augen von Oliver. Die glückliche Frau war Agnes. In diesem Moment wachte Danielle auf und zum ersten Mal weinte sie hemmungslos, ohne Scham oder Schwäche zu fühlen. Sie erkannte die Wahrheit: Sie liebte Oliver immer noch, den Mann, der sie betrogen hatte. Sollte dieser schreckliche Traum wahr werden, würde sie nicht da sein, um es anzusehen.

Danielle hatte den Verdacht, dass die Beziehung zwischen Oliver und Agnes noch nicht beendet war. Dieser Gedanke ließ ihren Herzschlag steigen und ohne zu zweifeln, machte sie sich fertig für die Arbeit. Sie musste dringend mit ihrem Chef reden und sie wollte so früh wie möglich da sein: Es ging um eine dringende Angelegenheit.

Ungeduldig wartete sie vor dem Büro von Mr. Ortega. Sie rieb sich nervös die Hände und ging hin und her, in dem Versuch, die angemessenen Worte für ihre Erkundigungen zu finden. Als ihr Chef ankam, beobachtete er sie amüsiert. Mr. Ortega winkte und lud sie ein, reinzugehen.

»Mein Gott, Danielle, warum bist du so nervös? Ist alles in Ordnung?«

»Ich glaube schon«, antwortete sie schüchtern.

Danielle ging rein und schloss nachdenklich die Tür. Einige Sekunden starrte sie ihn nur an, bis sie endlich sagte, was der Grund ihrer Nervosität war.

»Mr. Ortega, wie Sie sich vorstellen können, waren die letzten Wochen nicht einfach für mich. Sie wissen genau, dass ich versuche, meine Arbeit so gut wie möglich zu erledigen. Aber ich glaube ... ich kann es aktuell nicht. Ich will nicht so eine Person sein, die ihre Leistung von ihren persönlichen Problemen beeinflussen lässt und genau deswegen möchte ich kündigen. Ich denke, diese Umgebung ist für mich nicht mehr von Vorteil. Im Moment ist alles einfach zu viel. Ich habe eine Menge zu verarbeiten und ich kann meine Ziele in diesem Unternehmen nicht mehr komplett erreichen und ich denke, dass konnten Sie mit eigenen Augen sehen. Die Jahre, die ich hier verbracht habe, haben sich wirklich gelohnt und ich bin sehr dankbar dafür, allerdings ist es nun Zeit für mich, etwas anderes zu probieren.«

Mr. Ortega sah Danielle enttäuscht, aber nicht überrascht an. Nach einem langen Gespräch verabschiedete sie sich von ihrem netten Ex-Chef. Danach ging sie zu Jenny, um ihr ihre Entscheidung mitzuteilen. Genau wie Mr. Ortega reagierte Jenny nicht überrascht. Dennoch versuchte sie, Danielle zu überreden, ihre Meinung zu ändern. Sie hatte damit jedoch keinen Erfolg, Danielle war entschlossener denn je.

Später ging Danielle in den Keller, um eine Kiste für ihre Sachen zu holen. Als sie den Flur hinunterging, sah sie Oliver hinter seinem Bürofenster. Er lachte am Telefon, als ob nichts geschehen wäre. Danielle presste ihre Lippen zusammen, um den Schmerz, den diese Szene in ihr verursachte, zu besänftigen. Da erkannte sie, dass es die richtige Entscheidung gewesen war, die Firma zu verlassen.

Während sie ihr Büro aufräumte, merkte sie, dass alles, was sie an persönlichen Gegenständen hatte, nur Geschenke von Oliver waren. In einer Schublade fand sie Bilder, welche früher ihren Schreibtisch dekoriert hatten. Als sie sicher war, dass alles in der

Kiste verstaut war, verließ sie das Gebäude, ohne jemandem etwas zu sagen. Sie fühlte sich endlich frei.

Auf dem Parkplatz leerte sie die Kiste im Müllcontainer aus und lächelte. Zu Hause fühlte sie sich erleichtert und fast glücklich, denn sie hatte den ersten Schritt für ein neues Leben gemacht.

Als Nächstes wollte sie sich eine Wohnung suchen. Ein Zuhause, das sie nicht an ihr Leben mit Oliver erinnerte. Es war auch Zeit, einen Therapeuten zu suchen, da sie die Auflagen ihrer »Verurteilung« erfüllen musste.

Mit guter Laune setzte sie sich vor den Computer und begann, zu suchen. Leider fand sie nichts Passendes in der Stadt und erweiterte die Suche auf die Vororte. In diesem Moment wurde ihr bewusst, dass es für sie keinen Grund mehr gab, hierzubleiben. Sie wollte weg von ihrem alten Leben.

Diese Erkenntnis führte sie zu einer weiteren wichtigen Entscheidung. Mit vierunddreißig Jahren beschloss sie, etwas zu riskieren und eine radikale Wende in ihrem Leben einzuleiten. Wenn sie schon die Wohnung verlassen wollte ... Wieso nicht auch die Stadt?

In den folgenden Tagen suchte sie weiter nach einem neuen Zuhause und packte währenddessen ihre Sachen zusammen. Sie wollte nicht alles mitnehmen, da sie in einem Buch gelesen hatte, dass man von nichts abhängig sein sollte und lernen musste, loszulassen. Daher behielt sie nur, was sie wirklich brauchte und nicht mehr.

Als sie einige Bücher auswählte, fiel eine trockene Rose zu Boden, die sie vor Jahren zwischen die Seiten gelegt hatte. Mit ihrer Hand berührte sie ihre Lippen, um die Tränen aufhalten zu können. Sie hob die Rose vom Boden auf und lächelte, als die Erinnerungen zurückkamen. Nachdem sie die erste Nacht zusammen verbracht hatten, hatte Oliver ein süßes Frühstück für sie vorbereitet. Es bestand aus Müsli und Kaffee denn, obwohl Oliver ein Mann mit vielen Qualitäten war, war Kochen keine davon. Nach einem romantischen Morgen fuhren sie damals zusammen zur Arbeit. Stunden später erhielt Danielle einen schönen Blumenstrauß von Oliver. Auf der Karte dankte er ihr für die wundervolle Nacht.

Zurück in der Realität atmete Danielle einmal tief durch und aus Trauer zerdrückte sie die Rose in ihrer Faust, bis sie vollständig zerstört war.

Sie verbrachte viele Stunden vor dem Computer, auf der Suche nach dem perfekten Ort für sie. Schließlich fand sie ein kleines Haus, das alle Anforderungen erfüllte: klein, schön, am Meer, sofort verfügbar und zu einem gerechten Preis. Das Einzige, was nun fehlte, war ein Therapeut. In der kleinen Stadt gab es vier Psychologen und zum Glück hatten alle vier Webseiten, wo Danielle einen ersten Eindruck bekommen konnte.

»Aha!«, rief sie, als sie das Bild von Lillian Andrews sah.

Sie wusste sofort, dass Frau Andrews die Richtige für sie war. Sie nahm das Telefon in die Hand, um sich zu informieren. Es wurde ein Termin für die zweite Woche nach dem Umzug vereinbart. Danielle war zuversichtlich, dass sie den perfekten Plan hatte. Mit ihren Ersparnissen konnte sie bequem für ein Jahr leben. Sie würde in Ville, einer pittoresken Stadt an der amerikanischen Ostküste, leben, wo sie eine Therapie anfangen konnte. Hier hätte sie genug Zeit für sich, um ihre Gedanken zu ordnen. Sie glaubte fest daran, nach einem Jahr stark genug zu sein, um ein neues Leben anfangen zu können, mit einem neuen Job und vielleicht mit einer neuen Liebe. Aber im Moment waren Einsamkeit und Ruhe das Einzige, was sie sich wünschte.

Schließlich kam der Umzugstag. Bevor sie ging, besuchte sie Jenny ein letztes Mal. Danielle bedankte sich bei ihr für ihre bedingungslose Unterstützung. Sie tranken Kaffee und führten ein langes Gespräch. Jenny erinnerte sie daran, die Bestätigung von Frau Andrews über die Therapie an den Anwalt zu schicken. So konnte sie das Problem mit Agnes aus ihrem Leben schaffen.

Als sie sich verabschiedeten, umarmten sie sich fest und versprachen einander, in Kontakt zu bleiben.

»Viel Glück in Ville!«, sagte Jenny aufmunternd.

Bis dato hatte Danielle versucht, sich auf andere Dinge zu konzentrieren, um nicht an Oliver und ihre kaputte Beziehung denken zu müssen. Doch an diesem Tag war die Nostalgie wieder zu spüren. Die ständigen Anrufe von ihm hatten aufgehört: Offenbar verstand Oliver endlich, dass Danielle ihm nicht verzeihen konnte.

Mit einem Kloß im Hals gab sie ihren Wohnungsschlüssel beim Hausmeister ab. Sie verließ das Gebäude und setzte sich auf die Treppe. Der Schmerz in ihrer Brust war wieder zu spüren. Was sie am meisten quälte, war die Tatsache, dass Oliver, der Mann, den sie fünf Jahre lang geliebt hatte, keine Rücksicht auf sie genommen hatte. Dieses grausame Verhalten zeigte ihr, wie wertlos sie und ihre Beziehung für Oliver gewesen waren. Nun betrachtete sie die Zeit mit Oliver als eine Verschwendung. Das Einzige, was sie etwas tröstete, war die Gewissheit, dass Oliver nach ihrem Wutanfall mehr Angst als Respekt vor ihr hatte.

Sie war sich sicher: Oliver war nur noch ein Teil ihrer Vergangenheit und sie würde nicht zulassen, dass er sie wieder verletzte. Ab diesem Tag war der einzige Mensch, der wichtig für sie war, Danielle Kent.

Sie sah ein letztes Mal auf ihr altes Zuhause, setze die Sonnenbrille auf, stieg in den Wagen und fuhr los. Ohne zurückzublicken, machte sie sich auf den Weg zu dem kleinen Ort, der ihr Leben für immer verändern würde.

Kapitel II

Während der siebenstündigen Fahrt schwankte Danielle hin und her, vom Lachen zu Tränen. Einerseits war sie neugierig und glücklich. Anderseits war der traurige Grund ihrer Entscheidung immer noch präsent. Dennoch hoffte sie, dass ihr Aufenthalt in Ville diese tiefen Wunden heilen würde.

Als sie bei der richtigen Adresse ankam, stieg sie nervös aus dem Auto. Vor ihr stand ein kleines, blaues Häuschen mit zarten, weißen Details. *Genau, was ich brauche*, dachte sie bewundernd. Auf der Veranda wartete ein älterer Mann mit platinblondem Haar auf sie, welcher ihr freundlich zuwinkte.

Mr. Bob war der Besitzer einiger Ferienhäuser. Für ihn war es eine große Freude, ein Haus für ein komplettes Jahr zu vermieten. Glücklich zeigte er Danielle ihr neues Zuhause. Es bestand aus einer Küche, einem Schlafzimmer, einem kleinen Arbeitszimmer, Wohnzimmer mit Essbereich und einer Veranda, auf der zwei Schaukelstühle standen, die mit der Meeresbrise tanzten.

Nachdem Mr. Bob die letzten Einzelheiten erklärt hatte, schenkte er Danielle einen Stadtplan von Ville und verabschiedete sich von ihr. Danielle saß begeistert auf dem Schaukelstuhl und wusste, dass dieser Ort eine gute Wahl gewesen war, denn sie war sich sicher, dass solche Schönheit ihr nur guttun könnte.

In den folgenden Tagen baute sie sich langsam eine neue Routine auf: Morgens war ein Spaziergang am Strand angesagt und am Ende ihrer Runde setzte sie sich auf den Sand und genoss die schöne Landschaft. Dabei erlaubte sie sich, sich auszumalen, wie ihr neues Leben aussehen könnte. Nachdem sie ihre Träume genährt hatte, ging sie wieder nach Hause und frühstückte auf der Veranda. Dort verbrachte sie die meiste Zeit mit ihren Büchern und ihrem Laptop. Manchmal teilte sie auch ihre ersten Eindrücke mit Jenny und die übrige Zeit bewunderte sie einfach nur das Meer.

Sie erkannte bald, dass ihre Nachbarn auch ihre eigene Routine hatten und obwohl alle sie freundlich grüßten, wollte Danielle in dieser Phase keine Freundschaften schließen. Im Moment waren Ruhe und Anonymität das, was sie brauchte. Zum Glück gab es zwischen den Häusern genug Abstand, sodass ihre Privatsphäre gewahrt wurde.

Der erste und einzige Freund, den sie in diesen zwei Wochen fand, war ein Golden Retriever. Der Hund spielte jeden Morgen an der gleichen Stelle, wo Danielle ihre morgendliche Entspannung durchführte. Für sie war das tägliche Spielen mit dem Hund schon ein fester Bestandteil des Tages. Sie hatte bis dahin den Hundebesitzer noch nicht aus nächster Nähe gesehen, da der Mann sorglos weiter-surfte und sich zu freuen schien, dass jemand mit seinem Hund spielte.

Diese zwei Wochen in Ville erfüllten Danielle mit Glück. Diese blaue Stadt, direkt am Meer und mit einem wolkenlosen Himmel, war von freundlichen Menschen bewohnt. In ihren Augen schien es der perfekte Ort zu sein. Jetzt fehlte nur noch, ihre Therapeutin Dr. Lillian Andrews endlich kennenzulernen.

Nach der glücklichen Zeit der Anpassung kam der Tag der Herausforderung: die erste Sitzung mit Dr. Lillian Andrews. Der Termin war für Freitag um 16 Uhr vereinbart worden. An diesem Morgen dachte sie darüber nach, welche Gefühle dieses Gespräch in ihr wecken könnte.

Als sie in der Praxis ankam, nahm sie eine geschmackvolle und ruhige Umgebung wahr, die sie beruhigte. Sie saß im Wartezimmer und genau um 16 Uhr forderte die Empfangsdame sie auf, ihr zu folgen. Als Danielle den Raum betrat, begrüßte Dr. Lillian Andrews sie und bat sie, Platz zu nehmen.

Lillian Andrews war eine elegante, fünfzigjährige Frau mit einem freundlichen Lächeln.

»Danielle, darf ich dich duzen? Oder ist Ihnen Frau Kent lieber?«, fragte Dr. Lillian auf sympathische Art und Weise.

»Danielle und duzen ist gut«, antwortete sie und lächelte.

»Okay, ich bin Dr. Lillian Andrews aber alle meine Patienten nennen mich einfach Dr. Lillian. Aber du kannst mich nennen wie du willst.«

»Danke, dann bleibe ich auch gerne bei Dr. Lillian.«

»Gut! Nun, Danielle: Du hast uns mitgeteilt, dass du zu einer psychologischen Therapie verpflichtet worden bist. Willst du mir erzählen, was geschehen ist?«

Danielle starrte auf den Boden, sie konnte nicht sofort antworten und zögerte. Wie konnte sie erklären, dass sie den Wunsch gehabt hatte, ihren Freund zu töten, als sie ihn mit einer anderen Frau erwischt hatte? Sie versuchte, ihre Gedanken zu kontrollieren und antwortete:

»Der Richter sagt, dass ich aggressiv bin.«

»Aha … und deiner Meinung nach, warum bist du hier?«

»Ich bin hier, weil die Enttäuschung mich überwältigt hat und ich nicht wusste, was zu tun ist. Die Person, die ich als den perfekten Mann angesehen hatte, hat mich auf eine sehr grausame Art und Weise betrogen. Als ich dies erfuhr, brach ich in hysterisches Schreien aus. In diesem Moment hatte ich keine Kontrolle über meine Gefühle: Ich wusste nicht, ob ich weinen, trauern oder weglaufen sollte … Mir ist klar, dass meine Reaktion nicht die Richtige war. Ehrlich gesagt, ich betrachte mich nicht als gewalttätig, aber es wäre mir lieber, nie wieder dieses Gefühl zu empfinden.«

»Ich verstehe … Ich danke dir für deine Ehrlichkeit. Ich möchte dir nur sagen, dass du in diesem Raum immer sicher bist. Du kannst frei über alles reden und ich werde dir in bester Art und Weise helfen. Bist du damit einverstanden?«

»Ja«, antwortete Danielle nachdenklich.

In den nächsten vierzig Minuten sprachen sie über Danielles Kindheit. Für Dr. Lillian war es wichtig, zu wissen, wie ihre Familie war und in welchem Umfeld sie sich entwickelt hatte. Danielle erzählte ihr, dass nach dem Tod ihres Vaters, als sie neun Jahre alt gewesen war, die Bedeutung der Familie für sie verschwunden war. Ihre Mutter hatte sich nur auf ihren eigenen Schmerz konzentriert und sie vergaß, dass ihre Tochter auch ihren Vater verloren hatte. Nach dem Tod ihres Vaters verbrachte sie viel Zeit bei ihrer Oma, den Nachbarn oder wer sonst gerade auf sie aufpassen konnte. Im Laufe der Jahre verbesserte sich die Situation nicht. Ihre Mutter Ingrid widmete sich fast nur ihrer eigenen Person und ihrem eigenen Leben. Ingrid wollte alles erleben, was sie als verheiratete Frau nicht hatte erleben können. Ihre Prioritäten waren nun Shopping, Sport und Partys und ganz zuletzt das Wohlergehen ihrer Tochter.

Als Teenager sah Danielle ein Bataillon von Männern kommen und gehen, die mit ihrer Mutter zusammen waren. Schließlich lernte Ingrid ihren zweiten Mann kennen, ein anständiger und netter Mensch. Danielle konnte nicht verstehen, wie dieser gute Mann ihre Mutter ertragen konnte, da sie eine pedantische und eingebildete Person geworden war.

In ihrer Jugend konzentrierte sich Danielle daher auf die Schule, mit dem Ziel, eines Tages zu einer entfernten Universität zu gehen: eine, die weit weg von Ingrid und ihrer ständigen Nörgelei lag. Sie wollte eine große Entfernung schaffen, um unangemeldete Besuche oder Einladungen zu vermeiden.

Die aktuelle Beziehung mit ihrer Mutter bestand nur noch aus kurzen Telefonaten und der obligatorischen Geburtstagskarte sowie Glückwünschen zu Weihnachten.

»Wissen Sie, Ingrid ist eine großartige Ehefrau, Freundin und Nachbarin; aber ich bin so froh, dass ich keine Geschwister habe, weil sie eine lausige Mutter war und ist.«

Dr. Lillian nahm ihre Augen von ihrem Block und sagte:

»Okay, Danielle, das war ein guter Anfang. Die ersten Stunden sind immer schwierig, aber ich bin mir sicher, dass wir uns sehr gut verstehen werden.«

Als Danielle die Praxis verließ, fühlte sie, wie ihre Beine zitterten. Sie war erleichtert, weil sie endlich ihre Meinung über ihre Mutter laut gesagt hatte. Allerdings erkannte sie jetzt mehr denn je, wie alleine sie war, da sie nicht einmal auf die Unterstützung ihrer eigenen Mutter zählen konnte. Andererseits wollte sie nach dem Verrat von Oliver im Moment auch nur alleine sein.

Danielle war so tief in ihren Gedanken versunken, dass sie nicht wusste, wie sie nach Hause kam. Zum ersten Mal verlor sie den Bezug zur Realität. Ihr Kopf war gefüllt mit allerlei Situationen und Gefühlen, die sie mit Dr. Lillian teilen wollte.

Um sich von ihrem emotionalen Überschlag zu erholen, spazierte sie am Strand entlang. Sie wollte den beruhigenden Klang der Wellen genießen, der sie in einen entspannten Zustand versetzte. Ein Gefühl, das sie bis dahin nicht kannte. Endlich war sie zuversichtlich, dass eines Tages alles in Ordnung sein würde, denn dieses Paradies konnte nicht umsonst sein.

Kapitel III

Seit einem Monat wohnte Danielle in Ville. Wie sie sich selber vorgenommen hatte, konzentrierte sie sich nur auf sich selbst und auf ihre innere Genesung. Abgesehen von ihren Strandspaziergängen und ihren langen und tiefgründigen Gesprächen mit Dr. Lillian, gab es keine Routine in ihrem Leben: alles entschied sie spontan und so zu leben faszinierte sie. An manchen Tagen ging sie ins Kino, an anderen Tagen las sie ein Buch und manchmal lag sie einfach nur vor dem Fernseher auf der Couch. Die einzigen besonderen Tage waren die Freitage, an welchen sie sich mit Dr. Lillian traf. Nach der Therapie saß sie meist auf der Veranda und wippte auf dem Schaukelstuhl hin und her. Dabei schrieb sie ihre Gedanken auf. Sie hatte eine neue Leidenschaft gefunden: das Schreiben. Es gab einige Themen, welche eine besondere Wirkung auf Danielle hatten, wie zum Beispiel: das Eingeständnis, dass sie ein einsamer und misstrauischer Mensch geworden war.

Sie erinnerte sich daran, dass sie noch nie eine Freundschaft gehabt hatte, welche die Entfernung oder einen längeren Zeitraum überlebt hatte. Alle Freunde aus ihrer Jugend waren verschwunden, und jetzt war Oliver auch weg. Immer wieder fragte sie sich, ob es an ihr gelegen hatte, dass Oliver in den Armen von Agnes gelandet war.

Obwohl sie die Idee nicht äußern wollte, wollte sie wissen, was Oliver zu sagen hatte. Sie spürte den Drang, von seinen Lippen zu hören, was sie falsch gemacht hatte oder den Grund zu erfahren, wieso er sie auf diese Art und Weise verletzt hatte. So viele Fragen ohne Antworten machten sie müde, was ihr zumindest half, schnell einzuschlafen.

Leider waren nach dem Aufwachen diese Gedanken nach wie vor da. Sie war sich darüber bewusst, dass sie bald mit Dr. Lillian über Oliver reden musste. Einerseits war die Idee, ihre Gefühle für Oliver zu beschreiben, erschreckend, anderseits glaubte sie an die befreiende Wirkung, darüber zu reden.

Nachdem Danielle ihre Reflexionen gemacht hatte, stand sie motiviert und eifrig für einen neuen Tag auf, der mit einem Spaziergang für Körper und Geist anfing.

Um die morgendliche Routine zu verfolgen, erreichte Danielle immer denselben Punkt, genau dort, wo der Labrador AC auf sie wartete. Den Namen kannte sie von der knochenförmigen Hundemarke, die an seinem Hals hing.

An diesem Morgen saß sie wie gewöhnlich am Strand und sofort kam AC mit seinem unverkennbaren, nassen Ball. Danielle warf das Spielzeug zum Wasser und nach wenigen Minuten wurde ihr klar, dass ACs Herrchen nicht wie gewohnt surfte. Sie stand auf und näherte sich der Küste. Sie schaute sich um, in dem Versuch, den Mann ausfindig zu machen.

Übereifrig, wie sie war, stellte sich Danielle das Schlimmste vor. Als sie gerade Hilfe rufen wollte, drehte sie sich um und hinter ihr stand ACs Herrchen mit einem spöttischen Lächeln auf den Lippen. AC sprang sofort an seine Brust und er streichelte seinen Kopf. In diesem Moment verstand Danielle, dass das Herrchen nicht tot im Meer lag.

»Hallo, hast du mich gesucht?«, sagte er lächelnd.

»Nein ... Ja, ich habe gedacht ... nicht so wichtig.«

»Ich war kurz bei den Nachbarn und AC wollte unbedingt hierbleiben. Aber danke, dass du dir Sorgen um mich machst. Es ist gut, zu wissen, dass jemand in Panik geraten wird, wenn mir etwas passiert«, sagte der Mann und zwinkerte.

All dies konnte sie nur mit einem nervösen Lachen beantworten, da sie sich nach dem Augenzwinkern wie ein kleines, schüchternes Mädchen fühlte. Während sie noch nach einer passenden Antwort suchte, ging der Mann Richtung Meer und winkte ihr zu.

»Übrigens danke, dass du mit AC spielst.«

»Nichts zu danken«, sagte sie lächelnd.

Auf dem Weg nach Hause konnte sie nicht aufhören, an den Mann zu denken. Obwohl sie ihn mehrmals gesehen hatte, hatte er bis dahin nichts in ihr geweckt. Jetzt dagegen hatte sie sein einzigartiges und natürliches Lächeln in ihrem Kopf. Alles an ihm hatte für Danielle etwas Besonderes.

Der Besitzer von AC war ein Mann von durchschnittlicher Größe und mit schönen, blauen Augen. Seine vollen Lippen waren umgeben von einem Bart. Sein Körper war sportlich und stark. Auf seinem rechten Arm hatte er eine Reihe von Tätowierungen, die Danielle fesselnd fand. Als sie erkannte, dass sie in wenigen Minuten so viele Details von dem Mann bemerkt hatte, musste sie selber lachen.

Sie versuchte, die lustige Situation aus ihren Gedanken zu verdrängen, jedoch war es ihr nicht möglich. Als sie wieder auf dem Schaukelstuhl saß, kam ihr sein einzigartiges Lächeln erneut in den Sinn. Sie konnte nicht verstehen, wie es möglich war, dass jeder Teil dieses Mannes sie faszinierte. Diese Gedanken verwandelten sich schnell in Fantasien. Als Danielle dies bemerkte, musste sie vor Scham lachen.

Die folgenden Treffen mit AC und dem Surfer veränderten sich nicht: Während Danielle mit AC spielte, jagte der Mann sorglos den Wellen hinterher. Gelegentlich bemerkte er Danielle am Strand und grüßte sie vom Wasser aus. Dieses Verhalten machte Danielle klar, dass ihre Fantasien wohl kaum wahr werden konnten. Er zeigte nicht das geringste Interesse an ihr, da er nicht einmal nach ihrem Namen fragte. Zugleich war sie davon überzeugt, dass es nicht die richtige Zeit für solche Sorgen war. Sie musste sich auf ihre Prioritäten konzentrieren und dachte, dass jeder Tag in Ville ein Geschenk sei und sie musste das Beste daraus machen. Beiderseitige Anonymität war das Beste … zumindest vorerst.

Inzwischen schritt die Therapie weiter positiv voran, denn Dr. Lillian hatte sich schnell das Vertrauen von Danielle verdient.

Nach einigen Sitzungen begann Danielle, einige Gesichter der Patienten und des Personals wiederzuerkennen.

Vor Danielle war stets eine Frau von etwa fünfzig Jahren an der Reihe, die anschließend immer schnell aus der Praxis verschwand, bevor jemand ihre geschwollenen Augen bemerkte. Und nach Danielle kam der letzte Patient des Tages: ein junges Mädchen, das sehr wahrscheinlich wegen seiner extremen Schlankheit Dr. Lillian besuchte.

Danielle hatte nie versucht, mit den anderen Patienten zu sprechen, denn an diesem Ort wurden die inneren und privaten Dämonen jeder Person zum Leben erweckt. Niemand, auch nicht sie, war in der Stimmung für Small Talk. Trotzdem fragte sich Danielle, welche Ängste und Sorgen diese Menschen quälten.

Eines Tages begegnete Danielle auf dem Flur der Praxis einem jungen Mann. Sie hatte ihn noch niemals zuvor gesehen. Als er sie sah, lächelte er freundlich, und sie lächelte überrascht zurück.

»Hallo! Dr. Lillian ist am Telefon, aber sie wird dich gleich rufen«, sagte er fröhlich.

»Okay, danke«, antwortete sie, amüsiert von seiner Art.

»Ich bin Theo«, sagte er, während er ihr seine Hand reichte.

»Danielle.«

»Sehr angenehm, Danielle! Wohnst du hier in Ville?«

Sie nickte.

»Ich bin vor wenigen Tagen umgezogen und ich kenne bis jetzt niemanden hier. Um ehrlich zu sein, Ville ist ein bisschen langweilig. Vielleicht hast du Lust, einen Kaffee oder ein Bier mit mir trinken zu gehen? Wirklich, ich bin hier ganz allein … Ich verspreche dir, dass ich sehr unterhaltsam bin. Wie wäre es, wenn ich dir meine Nummer gebe? Und du rufst mich an, wenn du Lust auf ein Bier hast.«

»Ich bin auch neu hier und ich glaube nicht, dass ich dir viel über Ville beibringen kann, aber gerne«, antwortete sie und gab Theo ihr Handy, sodass er seine Nummer darin speichern konnte.

»Ich warte auf deinen Anruf, liebe Danielle«, sagte Theo hoffnungsvoll.

Sie lächelte wieder.

Ein paar Minuten später öffnete Dr. Lillian die Tür, dabei bemerkte sie sofort das Lächeln auf dem Gesicht ihrer Patientin.

»Guten Tag, Danielle! Was für ein schönes Lächeln dich heute begleitet!«

»Danke! Ich bin von Theo angesteckt worden. Er ist so freundlich und voller Leben. Es ist schön, solche Leute zu treffen.«

»Ja, Theo ist wirklich ein netter, junger Mann.«

Danielle fragte sich, aus welchem Grund ein Mann wie Theo, voll von Vitalität und Freundlichkeit, eine Therapie brauchte. Schnell erkannte sie, dass sie sich im Moment eher auf ihre eigenen Gründe konzentrieren sollte.

»So, Danielle, in den letzten Sitzungen haben wir über deine Kindheit und Jugend gesprochen, auch über gute und schlechte Momente. Wie ich dir schon gesagt habe: Diese Erfahrungen sind Teil unserer Persönlichkeit. Sie bestimmen nicht, wer wir sind, dennoch können sie unsere Entwicklung beeinflussen ... Du beschreibst dich selbst als einsam, weil du dich alleine gefühlt hast, als dein Vater gestorben ist. Mit diesem Ereignis kam zu dir das Gefühl, dass deine geliebten Eltern dich verlassen oder vernachlässigt haben. Und jetzt hast du eine ähnliche Situation mit Oliver erlebt. Wie du sicher weißt, sind diese schlechten Erfahrungen Teil des Lebens. Und diese Enttäuschung wird nicht die Letzte sein. Das Leben ist hart, aber ich werde dir zeigen, wie du deine Probleme überwinden kannst. Gemeinsam werden wir kämpfen. Bitte vergiss nicht, wie stark du bist. Es gibt immer Hoffnung!«

»Ich werde es versuchen«, sagte Danielle bewegt.

»Du wirst es sehen, aber jetzt ist es Zeit, über Oliver zu reden. Erzähl mir, wer Oliver ist.«

Danielle nickte und versuchte, die besten Worte zu finden, um Oliver zu beschreiben, aber sie konnte nur an wüste Beschimpfungen denken. Als sie nicht sofort antworten konnte, starrte sie auf den Boden.

Ihr Gesicht zeigte das Lächeln nicht mehr. Dr. Lillian bemerkte ihre Verzweiflung und sagte:

»Ich weiß, wie schwierig es für dich ist, aber versuche, dich zu beruhigen. Schließ deine Augen und atme tief ein, es wird dir helfen.«

Danielle folgte Lillians Anweisungen und tat, wie ihr gesagt wurde. Dabei dachte sie an das Rauschen des Meeres. Am Strand fand sie immer Freiheit und Sicherheit. Nach ein paar Minuten fühlte sie sich ruhiger.

»Oliver ist ein reizender Mann. Er hat schöne, braune Augen, in denen ich mich sofort verloren habe. Sein Blick ist tief und zart. Er hat ein perfektes Lächeln und besitzt eine bewundernswerte Intelligenz. Das ist es, was ich sehe, wenn ich an ihn denke. Mehr kann ich nicht sagen. Ich weiß nicht mehr, wer Oliver ist. Der Mann, den ich kannte, würde mir niemals so etwas antun. Dieser Mann existiert nicht mehr. Er wusste, dass er mit mir über alles reden konnte ... Ich glaube, an diesem Tag haben wir beide unsere dunklen Seiten gezeigt. Was er getan hat ... Wie ich reagiert habe und was ich gesagt habe, das war nicht typisch für die Danielle, die er kannte. Ich glaube, wir sind jetzt wie Fremde. Ich kann das alles hier nicht verstehen und um es kurz zu machen: Ich weiß nicht, wer Oliver ist.«

»Ich verstehe, Danielle. Untreue ist kompliziert und sehr schmerzhaft. Ich glaube, dass viele Menschen genau wie du reagiert hätten. Aber darüber werden wir später reden. Ich möchte zuerst wissen:

Vor der Affäre, was für eine Person war Oliver für dich?«

»Nun ... Für mich war er der perfekte Mann: zärtlich, attraktiv, aufrichtig, aufmerksam, intelligent und sehr fleißig. Jemand, von dem ich einen solchen Verrat nicht erwartet hätte.«

»Das klingt tatsächlich wie der perfekte Mann. Aber wie du jetzt weißt, niemand ist perfekt. Danielle, ich hoffe, dass du diese Fragen nicht lästig findest, aber ich muss dich fragen: Willst du hören, was er zu sagen hat, wieso er das getan hat?«

»An dem Tag, an dem ich seine Affäre entdeckt habe, versuchte er, mir alles zu erklären. Ich war sicher, dass ich alles wissen wollte, aber ich konnte es nicht ertragen. Nur ihn zu sehen, hat mich schon aufgeregt und ich ging einfach weg.«

»Und jetzt ... Wärst du nun bereit, ihn anzuhören?«

»Seit ich umgezogen bin, hat er nicht versucht, mich zu erreichen. Es wird auch schwierig sein, weil ich meine Nummer geändert habe und obwohl er mir eine E-Mail hätte schreiben können, hat er es bis jetzt nicht gemacht. Es ist nicht so, dass ich jeden Tag auf eine Nachricht von ihm warte ... Wie ich schon gesagt habe, ein Anruf ist unmöglich, nur meine Mutter und andere wenige Personen haben meine neue Nummer«, sagte sie nervös. »Es ist nur ... Ja, ich will alles wissen. Ich will genau wissen, ob ich in irgendeiner Art und Weise schuld daran war.«

»Die Schuldgefühle sind nicht gesund. Du solltest dich nicht selbst foltern, indem du denkst, dass du diese Situation provoziert hast. Er hat den Fehler gemacht, nicht du. Im Moment ist es wichtig, dass du dich auf dein Wohlergehen konzentrierst. Bitte denk daran, dass du dich in einer Phase der Trauer befindest. Du bist hier in Ville, weil du dich an das Leben nach diesem Verlust anpassen willst. Es wird nicht einfach sein, aber ich weiß, dass du eine starke Frau bist und du wirst es schaffen. Lass bitte nicht zu, dass diese Schuldgefühle dir die Hoffnung stehlen. Überzeuge dich selbst, dass dies nicht das Ende ist, sondern der Anfang von etwas Neuem. Und wenn du bereit bist, wirst du Oliver suchen.«

»Das hört sich sehr gut an … Glauben Sie mir, dass ich genauso zu denken versuche. Es ist nur, dass ich vor einigen Monaten das perfekte Leben hatte. Jetzt bin ich hier alleine, wegen des Mannes, den ich geliebt habe und nicht hassen will. Ich will nur wissen, warum?«

»Ich verstehe dich und ich hoffe für deinen inneren Frieden, dass du die Antworten auf deine Fragen bald findest.«

Danielle nickte nachdenklich.

Sie wusste, dass sie in den folgenden Sitzungen über Oliver reden musste, und sie mochte den Gedanken nicht. Anderseits wusste sie, dass sie genau deswegen die Therapie weitermachen musste. Oliver war Teil der Vergangenheit und sie wollte ein neues Leben anfangen, welches bedeutete, vergeben zu müssen und auch die Hoffnung, dass etwas Besseres auf sie wartete.

Als sie wieder zu Hause war, öffnete sie neugierig ihren E-Mail-Account. Sie dachte, dass das Gespräch mit Dr. Lillian vielleicht ein Omen war und die Antwort auf ihre Frage inzwischen angekommen war, aber leider war dem nicht so. Von Oliver gab es weiterhin kein Lebenszeichen.

Am nächsten Tag schwor sich Danielle, nicht mehr an Oliver zu denken. Es war an der Zeit, etwas anderes zu probieren. Sie erinnerte sich an Theo und seine Einladung. Trotz ihrer kleinen Sehnsucht nach Bekanntschaften, nahm sie sich vor, Theo mit Höflichkeit zu behandeln. Sie wollte jede Art von unangenehmer Begegnung bei Dr. Lillian vermeiden. Entschlossen nahm sie das Telefon und rief Theo an.

Dieser Anruf freute Theo so sehr, dass er Danielle sofort auf ein Bier einlud. Sie trafen sich in einer Bar am Hafen von Ville. Der kleine Raum war nicht zu vergleichen mit den Bars, die Danielle und Theo von ihren vorherigen Wohnorten kannten. Er war nicht modern, aber die Atmosphäre war angenehm.

Während sie sich einen Pitcher Bier teilten, erzählte Theo ihr seine Geschichte. Er war ein professioneller Baseballspieler Mitte zwanzig. Bis vor acht Monaten war er sehr zufrieden mit seinem Leben gewesen. Er hatte einen Verkehrsunfall erlitten und mithilfe medizinischer Begriffe erklärte er ihr, dass er eine Rückenverletzung und einen gebrochenen Oberschenkelknochen davongetragen hatte. Der Oberschenkelknochen wurde durch eine Operation wieder gesund und nun musste er es schaffen, seinen Rücken wieder zu stärken. Die Genesung war ein langer Prozess. Seine Unfähigkeit, in dieser Zeit zu spielen, verursachte eine schwere Depression, da der Unfall auf dem Höhepunkt seiner Karriere passiert war. Die starken Schmerzen hatte er mit Pillen unkontrolliert besänftigt und daher kam nun auch eine Sucht nach Schmerzmitteln hinzu. Als seine Eltern das Problem erkannten, wurde er in eine Reha-Klinik geschickt, wo er drei Monate verbrachte. Nun war Theo frei von Drogen und konnte mit seiner physischen Rehabilitation anfangen. Um einen Rückfall durch den Druck seiner Karriere zu vermeiden, wurde ihm empfohlen, dass er Abstand von dem Team nehmen und sich in einer stressfreien Stadt auf seine Genesung konzentrieren sollte. Obwohl er scheinbar die Depression und die Sucht überwinden konnte, hatte seine Mutter die Dienste von Dr. Lillian beantragt. Aus diesem Grund besuchte Theo die Praxis von Dr. Lillian dreimal pro Woche.

Theo war zuversichtlich, dass er in ein paar Monaten bereit für das große Baseballturnier sein könnte, was ihn sehr glücklich machte.

Danielle war erstaunt über seine Geschichte und seine positive Art. Als sie jedoch über seine Sucht nachdachte, wanderte ihr Blick auf sein Bierglas. Theo bemerkte dies und sagte:

»Ich weiß, was du denkst, aber du kannst dich wieder beruhigen. Alkohol war nie eine meiner Schwächen. Ich hatte mein erstes Bier erst mit zwanzig... Mir ist klar, dass ich als Abhängiger für Alkoholismus anfällig bin und genau deswegen habe ich mich entschieden, nichts mehr zu trinken, sobald ich zurück im Team bin. Für den Moment möchte ich aber von mir selbst nicht zu viel abverlangen, daher trinke ich von Zeit zu Zeit ein Bier und das ist alles, also keine Sorge.«

Danielle lächelte mitfühlend. Sie fand es bewundernswert, dass er trotz dieser Widrigkeiten in der Lage war, ein so fröhlicher Mann zu sein.

Als Danielle auf die Uhr schaute, war es bereits 22 Uhr und in der Bar war es Zeit für Karaoke. Theo betrat ohne zu zögern die Bühne. Seine Stimme war überraschend harmonisch, was die Stimmung in der Bar sofort hochschlagen ließ. Danielle genoss seine Gesellschaft und gestand sich ein, dass sie jemanden wie Theo in ihrem Leben brauchte. Sie lachte in dieser Nacht so viel wie noch nie zuvor.

Nach der Party-Nacht begleitete Theo Danielle nach Hause. Als sie am Strand entlanggingen, erzählte sie ihm ihre eigene Geschichte und die Existenz von Oliver wurde mehrmals erwähnt.

Als sie sich verabschiedeten, bat Theo Danielle, kommenden Freitag wieder mit ihm in die Bar zu gehen. Danielle nickte und lächelte. So einen lustigen Abend hatte Danielle gebraucht.

Während Theo sich entfernte, schrie er:

»Oliver ist so ein Idiot!«

»Ich weiß«, sagte sie glücklich.

Kapitel IV

Von all den angenehmen Ereignissen in Ville war der Monat, den Danielle mit Theo verbrachte, die schönste Zeit für sie. Obwohl sie zehn Jahre älter als Theo war, hatten sie eine einzigartige Verbindung. Dank Theo wusste Danielle schließlich, wie es sich anfühlte, einen besten Freund zu haben.

Danielle und Theo trafen sich drei- oder viermal pro Woche zum Mittagessen, fürs Kino oder um stundenlang auf der Veranda zu plaudern.

Theos Gesundheit verbesserte sich zusehends, was ihn sehr motivierte. Er hoffte, dass er bald nach Hause dürfte, um dort weiter für eine erfolgreiche Karriere zu kämpfen. Danielle genoss seine Gesellschaft so sehr, dass der bloße Gedanke an Theos möglichen Abschied von Ville sie sehr traurig machte. Dennoch wünschte sie sich, dass es ihm möglich wäre, seine Träume zu verwirklichen. Außerdem wusste sie, dass seine Heimatstadt nur 300 Kilometer entfernt von Ville war, sodass sie sich weiterhin ab und zu besuchen könnten.

Währenddessen entwickelte sich die Therapie mit Dr. Lillian weiterhin positiv. Theo und Danielle waren von ihr begeistert und betrachteten sie bereits als ihre Retterin. Danielle bewunderte sie, da sie eine gut organisierte und engagierte Frau war. Es schien so, als habe sie immer Zeit und Geduld für ihre Patienten. Genau aus diesem Grund war Danielle eines Tages überrascht, zu hören, dass ihr Freitagstermin auf Mittwoch verschoben wurde.

Für diesen Mittwoch hatten Danielle und Theo vereinbart, nach der Therapie zusammen zu essen. Als ihre Sitzung zu Ende war, wartete Theo schon auf sie. Danielle ging den Flur hinunter und suchte währenddessen ihr Handy. Dabei fiel ihr aus Unaufmerksamkeit die Tasche zu Boden. Der gesamte Inhalt ihrer Handtasche war nun entlang des Korridors verstreut. Sie kniete sich hin, um das Chaos schnell wieder in Ordnung zu bringen und ihre Sachen wieder einzuräumen. Sie sah, wie einer ihrer Lippenstifte den Gang hinunterrollte, bis ein Schuh ihn stoppte. Danielle blickte nach oben und sah, zu wem der Schuh gehörte. Sie war erstaunt, als vor ihr ACs Herrchen stand, der den Lippenstift inzwischen aufgehoben hatte und ihr freundlich zurückgab.

Danielle nahm ihren Lippenstift und mit einer zitternden Stimme sagte sie:

»Danke!«

ACs Herrchen war ebenso überrascht, sie in der Praxis anzutreffen, sodass er auch nur freundlich lächeln konnte. Sie sahen sich einen Moment an, ohne ein Wort zu sagen, bis Danielle auf Theos Lachen reagierte. Dieser hatte die ganze Szene amüsiert beobachtet. Beide waren ein wenig verschämt und so gingen sie weiter, ohne miteinander zu reden.

»Was ist mit dir los?«, fragte Theo lachend.

»Pscht!«, flüsterte sie peinlich berührt.

»Sag bitte nicht, dass du auch in Thomas ›verknallt‹ bist?«

»Was? Verknallt? Was redest du denn da? Ich war nur überrascht, ihn hier zu sehen. Ich spiele morgens immer mit seinem Hund, aber nichts weiter. Ich kenne ihn nicht.«

»Wenn du es sagst …«

»Heißt der Typ Thomas? Woher kennst du ihn?«

»Ja, Thomas Lake. Ich kenne ihn vom Fitnessstudio. Alle Frauen sind verrückt nach ihm, aber mach dir keine Sorgen, er ist zu allen sehr abweisend, so wie jetzt zu dir.«

»Hahaha! Wie lustig du bist.«

Als sie anschließend zu ihr nach Hause gingen, erzählte Theo, wie sehr seine Freundin ihn vermisse und dass sie ihn immer wieder bat, sie möglichst bald zu besuchen. Danielle hörte sich geduldig die Beziehungssorgen von Theo an, dabei musste sie jedoch immer wieder an Thomas denken. Nun kannte sie seinen Namen, jedoch fragte sie sich: Wieso war Thomas auch da? Gegen welche Dämonen hatte er zu kämpfen?

Als sie angekommen waren, bereitete sie das Abendessen vor. Danielle war immer noch neugierig und schließlich traute sie sich, Theo zu fragen, was er über Thomas wusste.

»Kennst du Thomas gut?«

»Ich wusste es! Verdammt, ich muss ihn fragen, was seine Masche ist, dass er alle Frauen kriegt.«

»Vergiss, dass ich gefragt habe.«

»Ist gut! Ich habe nur Spaß gemacht ... Wie gesagt, ich kenne Thomas vom Sportstudio. Manchmal gehen wir zusammen ein Bier trinken, übrigens, ich hatte dich bereits mehrmals eingeladen, mitzukommen, aber du wolltest nicht. Er ist wirklich in Ordnung. Ich weiß auch, dass er Fotograf ist. Er hat für eine Zeitschrift gearbeitet, aber als seine Frau an Krebs gestorben ist, hat er dort gekündigt und ist nach Ville umgezogen. Er kommt auch aus meiner Stadt und er hat dort eine Art Gallery, wo er einige Werke seiner Frau ausstellt. Und das ist alles, was ich weiß, ah, ja, er ist auch ein Opa wie du: Er ist achtunddreißig.«

Danielle hörte aufmerksam zu und erkannte den Grund, warum Thomas dieses einzigartige und fast unsichtbare Lächeln hatte. Im Laufe des Abends mit Theo waren ihre Gedanken immer noch bei Thomas. Sie fühlte Empathie für ihn, denn obwohl die Gründe sehr unterschiedlich waren, hatten die beiden ihre große Liebe verloren und Ville als ihren Zufluchtsort ausgesucht. Sie waren beide auf der Suche nach Frieden.

Sie selbst konnte sich die Neugier nicht erklären, die Thomas in ihr weckte. Seit dem Tag am Strand konnte sie an nichts anderes denken als an ihn und sein Lächeln. Sie hatte bisher gedacht, es sei unmöglich, dass ein anderer Mann, der nicht Oliver war, so beindruckend auf sie wirkte. Andererseits war es nicht überraschend: Thomas war ein attraktiver und interessanter Mann, und sie wollte ihn besser kennenlernen.

Am nächsten Morgen ging Danielle wie jeden Tag spazieren. Wie immer wartete AC schon auf sie, aber dieses Mal war der Hund nicht alleine, Thomas saß auch am Strand. Dieses rührende Bild ließ ihr Herz höherschlagen. Als AC Danielle sah, rannte er zu ihr.

»Hey!«, sagte Danielle, während sie den Hund streichelte.

Thomas stand auf, ging ihr entgegen, streckte seine Hand aus und sagte:

»Es tut mir leid, dass ich mich noch nicht vorgestellt habe. Ich bin Thomas, Thomas Lake.«

»Hallo, Thomas, ich bin Danielle Kent.«

Thomas warf ein Stück Holz ins Meer und AC lief hinterher.

»Dein Hund ist entzückend!«

»Ja, das ist er«, sagte Thomas stolz.

»Er hat einen ganz besonderen Namen. Was bedeutet AC?«

»AC sind die Initialen eines Superhelden. Seit meiner Kindheit bin ich ein Comic-Fan und daher kam ich auf diesen Namen«, gestand Thomas schüchtern.

»Oh ja, der Herr der Meere!«

»Genau!«, lächelte Thomas.

Nach einem kurzen Moment der Stille setzte Thomas das Gespräch fort.

»Ich möchte nicht unhöflich sein, aber darf ich fragen, woher du Theo kennst?«

»Klar, kannst du. Ich kenne Theo aus der Praxis von Dr. Lillian.«

»Ah, ja! Theo hat mir erzählt, dass er auch Patient von Lillian ist. Ich kenne ihn aus dem Fitnessstudio. Um ehrlich zu sein, habe ich ihn sofort erkannt. Du musst wissen, ich bin ein großer Baseball-Fan.«

»Wirklich?! Theo ist also berühmt?«, fragte sie lächelnd.

»Ja, er ist ein ausgezeichneter Spieler.«

»Und nicht nur das, er singt auch wie ein Profi. Er ist wirklich talentiert.«

»Und er kann auch viel reden«, sagte Thomas mit einem Lächeln.

»Hahaha! Das ist wahr. Aber er hat auch eine Menge Energie nach Ville gebracht, glaubst du nicht?«

»Auf jeden Fall. Sag mal, Danielle, seit wann wohnst du eigentlich hier?«

»Seit zwei Monaten und du?«

»Ich bin ein bisschen länger hier, fast zwei Jahre. Und was denkst du über Ville? Gefällt es dir?«

»Ja! Ich bin sehr zufrieden. Ville ist wirklich sehr schön. Ich bin im Internet über diesen Ort gestolpert und fand ihn interessant, weil der Name Ville unvollständig klingt: Damals fühlte ich mich auch unvollständig und es schien für mich genau richtig, hierherzuziehen. Als ich zum ersten Mal in diese Stadt kam, hatte ich das Gefühl, dass Ville für mich der richtige Ort ist. Um es kurz zu machen: Ich liebe Ville!«

»Schön! Aber was meinst du mit ›unvollständig‹?«, fragte Thomas verwundert.

»Es klingt vielleicht ein bisschen seltsam, aber: Ist Ville nicht ein komischer Name? Nur Ville … Du weißt schon: Greenville, Roseville, Pineville, Smallville und so weiter.«

»Hahaha! Gute Reflexion. Ich habe nie daran gedacht, aber vielleicht ist Ville ein einfacher und unkomplizierter Ort, ein Ort, der nicht mehr braucht.»

»Vielleicht …«, antwortete sie hoffungsvoll.

Sie verbrachten noch ein paar Minuten am Strand, bis Danielle merkte, dass es Zeit war, nach Hause zu gehen. Obwohl sie die Gesellschaft von Thomas sehr genoss, musste sie sich verabschieden.

»Es war sehr schön, dich kennenzulernen, Thomas, aber ich muss leider gehen. Übrigens, morgen Abend werde ich mich mit Theo treffen. Es ist Karaoke-Nacht! Warum kommst du nicht mit? Es ist wirklich lustig!«

»Karaoke? Ich? Nein danke.«

»Ich singe auch nicht, aber, Theo. Glaub mir, wenn ich sage, dass du seine ›Show‹ nicht verpassen willst. Alle sind verrückt nach ihm.«

»Das klingt … interessant. Hat Theo nichts dagegen, wenn ich mitkomme? Ich will keinen Ärger machen.«

»Warum sollte Theo …? Oh! Nein, nein, nein. Wir sind nur gute Freunde und nichts weiter. Also kommst du mit, oder?«

»Gerne! Danke für die Einladung«, sagte Thomas glücklich.

Als Danielle zu Hause war, rief sie Theo sofort an und erzählte ihm, was vorher passiert war. Obwohl Theo nur mit Witzen und Lachen antwortete, konnte das ihre gute Laune nicht verderben.

Am nächsten Tag wartete Danielle ungeduldig darauf, Thomas wiederzusehen. Während sie sich schminkte, fiel ihr auf, dass sie zum ersten Mal, seit vielen Jahren, die Aufmerksamkeit eines anderen Mannes gewinnen wollte. Auch wenn es nur ein Traum war, war sie erleichtert, zu spüren, dass sie in den Armen eines anderen Mannes sein wollte. Diesen Wunsch hatte sie in den letzten fünf Jahren nie gehabt. Im Gegensatz zu Oliver war sie mit Geist und Körper treu.

Später in der Bar lachte Danielle ununterbrochen: Thomas und Theo waren ohne Zweifel eine ausgezeichnete Gesellschaft.

Als Theo auf der Bühne stand und die Gäste die Musik erwarteten, redeten Thomas und Danielle weiter. Beide waren sehr dankbar für Theos Freundschaft. Danielle gestand ihm, dass sie in Ville mehr gefunden hatte, als sie sich nur wünschen konnte.

»Ville macht mich einfach glücklicher«, sagte sie freudig.

»Ich freue mich für dich. Ich würde mich gerne genauso wie du fühlen.«

»Warum sagst du das? Ist Ville nicht gut für dich?«

»Natürlich tut es mir gut, aber für mich ist dieser Ort nicht etwas Neues und Aufregendes. Ich bin hierhergezogen, weil meine Frau hier leben wollte. Wir waren hier oft an den Wochenenden und sie war, genau wie du, verliebt in Ville. Sie träumte immer davon, sich hier niederzulassen.«

Danielle sah eine große Traurigkeit in seinem Gesicht. Nun wusste sie, dass Thomas noch ein Mann voller Trauer war.

»Dein Verlust tut mir sehr leid.«

»Danke«, antwortete er betrübt.

»Was du für deine Frau tust, ist sehr romantisch. Vielleicht wirst du denken, dass ich verrückt bin, doch ich glaube, dass Ville etwas Spirituelles an sich hat. Ich kann es nicht richtig erklären, aber Ville ist für mich wie ein Wunderheiler. Ich bin sicher, dass diese mystische Magie jedem von uns helfen kann. Sieh nur, wie gut es Theo und mir geht ... hier ist alles möglich.«

Thomas sah zu Theo und sagte:

»Das klingt großartig und ich hoffe, dass du recht hast. Ich bewundere Theo wirklich, er ist ohne Frage ein Kämpfer. Jeden Tag trainiert er mit voller Energie und obwohl er weiß, dass er wegen seiner Verletzung sehr wahrscheinlich nicht mehr spielen kann, verliert er nicht den Mut«.

»Was meinst du? Ist seine Verletzung so schlimm?«, fragte Danielle besorgt.

»Ja, ich denke schon. Sein Physiotherapeut sagte ihm letzte Woche, dass er das große Turnier verpassen wird.«

»Oh, Theo!«, seufzte Danielle enttäuscht.

»Es tut mir leid. Ich habe gedacht, du wüsstest es …«

»Nein, er hat mir nichts davon erzählt, aber ich bin sicher, dass er es tun wird, wenn er dazu bereit ist.«

Thomas nickte und beide drehten sich zur Bühne. Theo schien sorglos und glücklich zu sein. »Wie ist das möglich?«, fragte sich Danielle. Sie konnte nicht verstehen, aus welchem Grund Theo ihr gesagt hatte, dass er bald auf das Spielfeld zurückkehren könne.

Nach der *Show* entschieden sie sich, nach Hause zu gehen. Thomas schlug vor, in einer anderen Bar noch etwas zu trinken, aber Theo, der am nächsten Tag zur Therapie musste, lehnte es ab und verabschiedete sich von seinen Freunden. Thomas bot Danielle an, sie nach Hause zu begleiten. Während sie am Hafen entlangliefen, fragte er sie nach dem Motiv für ihren Umzug nach Ville. Obwohl diese Frage Danielle überraschte, fühlte sie aus einem unbekannten Grund, dass sie ihre Geschichte Thomas anvertrauen konnte. In dieser Nacht hörte Thomas zum ersten Mal von Olivers Untreue.

Als sie bei Danielle angekommen waren, setzten sie sich auf die Veranda und tranken noch ein Bier zusammen. Danielle wollte die Zeit, die sie mit Thomas verbrachte, nicht mit ihrer traurigen Liebesgeschichte mit Oliver verschwenden. Stattdessen fragte sie Thomas nach der Geschichte von ihm und seiner Frau. Obwohl sie wusste, dass sie ein trauriges Ende hatte, wusste sie auch, dass es um wahre Liebe ging.

Thomas lernte Grace an der Kunsthochschule kennen. Die Beziehung begann zunächst als eine unschuldige Freundschaft. Nach zwei Semestern, die sie zusammen verbracht hatten, verliebten sie sich ineinander. Als seine Eltern bei einem Unfall starben, wurde Grace seine Familie und seine Kraft. Seine Liebe für sie war rein und so stark, dass er sie nach nur einem Jahr Beziehung bat, ihn zu heiraten.

Obwohl sie noch Studenten waren, waren sie finanziell unabhängig, denn Thomas' Eltern hatten ihm ein Vermögen sowie eine Kunstgalerie hinterlassen. Damit konnte Thomas ihr, neben seiner bedingungslosen Liebe, auch ein bequemes Leben anbieten. Die Jahre, die er mit Grace zusammen verbrachte, beschrieb er als die schönste und wertvollste Zeit seines Lebens. Nichts von diesen dreizehn wunderbaren Jahren würde er ändern wollen.

Während Thomas seine Geschichte erzählte, konnte Danielle seine andauernde Liebe für Grace erkennen. Sie wusste, dass auf die Frau, die das Herz von Thomas erobern wollte, ein großer Kampf wartete.

»Das ist meine Geschichte ... Und du, vermisst du den hektischen Lebensstil der großen Stadt?«, fragte Thomas das Thema wechselnd, um sich ein wenig zu beruhigen.

Danielle verstand dies und verständnisvoll antwortete sie:

»Überhaupt nicht! In Ville habe ich Frieden und Ruhe gefunden und genau das ist es, was ich im Moment brauche. Und du? Vermisst du es?«

»Um ehrlich zu sein, ich auch nicht. Nach Graces Tod konnte ich nicht mehr in unserem Haus leben; zu viele Erinnerungen. Genau wie du, wusste ich, dass ich eine Veränderung brauchte. Ich habe das Haus verkauft und hier eins gekauft, wie wir es immer geplant hatten. Ich wollte ihr einen letzten Wunsch erfüllen und hier bin ich also … Obwohl es zwei Jahre her ist, fühle ich mich immer noch, als ob ich mich erst gestern von ihr verabschiedet hätte.«

»Es tut mir leid«, sagte sie verständnisvoll.

»Es ist okay. Lillian ist eine große Unterstützung für mich. Als ich nach Ville umgezogen bin, war ich eingesperrt in meiner eigenen kleinen Welt. Für mich existierte nichts weiter als die Erinnerungen an Grace. Da waren nur ich und AC gegen den Rest der Welt. Aber langsam fange ich auch an, zu glauben, dass die Zeit alle Wunden heilen kann. Und ich hoffe eines Tages, den gleichen Mut zu haben und ein neues Leben zu beginnen, genauso wie du es tust.«

Danielle sah ihn an und nickte mit einem Lächeln. Thomas wusste nicht, dass auch sie eine große Angst vor einem neuen Anfang hatte.

Schweigend sahen sie sich einen faszinierenden Sternenregen an, der den Himmel von Ville dekorierte. Thomas genoss dieses Spektakel der Natur wie ein kleines Kind. Danielle betrachtete inzwischen das männliche Gesicht ihres Gastes unauffällig. Wieder sah sie seine tiefe Trauer und sie wusste es; Thomas litt, genau wie sie, an einem gebrochenen Herz.

Thomas unterbrach diesen stillen Moment und sagte:

»Es ist eine wunderbare Nacht, nicht wahr?«

»Allerdings ... Ville ist voll von bezaubernden Überraschungen«, antwortete sie lächelnd, während sie ihn ansah.

Kapitel V

Die letzte Woche des Monats Oktober war ange-
brochen und inzwischen war Thomas bereits
ein fester Teil der Gruppe. Danielle wollte auch mit
ihm eine unschuldige Freundschaft haben, aber für
sie war es unmöglich, ihn so anzusehen, wie sie Theo
ansah, als eine Art guter Kumpel. Die Anziehung,
die Danielle für Thomas verspürte, machte sie verrückt. Sie war von seinem Körper und seiner Persönlichkeit verhext. Je mehr sie ihn kennenlernte, desto
mehr wünschte sie sich, ihn zu einem anderen Zeitpunkt getroffen zu haben: denn keiner von beiden
war im Moment bereit, eine neue Beziehung zu beginnen.

Vorerst genoss Danielle seine Gesellschaft und
versuchte weiterhin, ihre Gefühle für Thomas zu
unterdrücken.

Die drei Freunde wurden unzertrennlich. Zusammen amüsierten sie sich wie Jugendliche mit
lustigen Aktivitäten, wie zum Beispiel der Tag, an
dem Thomas versuchte, ihnen das Surfen beizubrin-
gen. Obwohl Theo und Danielle nicht das geringste
Talent hatten, lachten sie ohne Ende über ihre klägli-
chen Versuche, und das alleine war schon ein Triumph. Sie gingen oft zusammen weg und besuchten
dabei viele Restaurants und Bars in Ville. An ande-

ren Tagen genossen sie es, bei einem Lagerfeuer am Strand zu sitzen und während die Flammen tanzten, teilten sie ihre Träume und Ambitionen.

Im Gegensatz zu Danielle und Thomas vermisste Theo die Tage, an denen er bis zum Morgengrauen gefeiert hatte. Halloween stand vor der Tür, und das Heimweh in ihm wurde größer. Für Theo war dieses Fest die perfekte Gelegenheit, jemand anderes zu sein. *An diesem Tag kann jeder ein Held sein*, dachte er. Seine Begeisterung sorgte für spöttisches Gelächter bei seinen Freunden: Danielle und Thomas konnten nicht verstehen, wie etwas so Banales wie ein Kostümfest eine so große Aufregung in ihm auslösen konnte. Für Danielle bedeutete Halloween, Horrorfilme mit Oliver anzusehen, während es für Thomas ein Tag wie jeder andere war.

Als Theo das schreckliche Gerücht hörte, dass keine großen Kostümpartys in Ville geplant waren, war er sehr enttäuscht. Ihm war es leider nicht möglich, seine Freunde an Halloween in seiner Heimatstadt zu besuchen, da er schon für Thanksgiving und für Weihnachten dort eine Pause von seiner Therapie machen wollte. Deswegen bestand er darauf, eine eigene Party für seine Bekannten vom Fitnessstudio und für seine zwei »apathischen« Freunde zu organisieren. Obwohl Danielle und Thomas von seiner Idee nicht begeistert waren, nahmen sie die Einladung an.

Schließlich war die Nacht der Halloweenparty gekommen: Danielle kam pünktlich, da sie ihren guten Freund um nichts in der Welt enttäuschen wollte. Als sie die Wohnung betrat, überraschte sie die lebhafte Menschenmenge, die sie dort antraf. Sie hätte nicht gedacht, dass Theo in so kurzer Zeit bereits so viele Freunde in Ville gefunden hatte. Als sie sich zwischen den Leuten hindurchschlängelte, überkam sie ein Gefühl von Klaustrophobie, aber dann sah sie Theo, und die Welt war wieder in Ordnung. Theo und Danielle sahen sich an und lachten: Ohne vorher etwas zu vereinbaren, passten ihre Kostüme perfekt zusammen. Er war als Superheld verkleidet, während Danielle der Bösewicht desselben Comics war.

Nach dem lustigen Zufall entschied Danielle, die Party mit einem Cocktail zu beginnen. Sie betrachtete sorgfältig den Inhalt des Kühlschranks, als sie eine Hand auf ihrer Taille fühlte. Erschrocken drehte sie sich um und sah den attraktivsten Militärpiloten, den sie je gesehen hatte. Natürlich war es Thomas.

Die Party war, zur Zufriedenheit von Theo, ein voller Erfolg. Es gab gute Laune, gute Musik, Getränke und Essen für alle. Danielle hatte inzwischen mehr Cocktails als sonst getrunken, da sie so viel Spaß hatte wie noch nie, noch nicht einmal an ihrem eigenen Geburtstag.

Die vielen Drinks taten ihre Wirkung und da sie sich etwas unwohl fühlte, suchte sie ein wenig Ruhe in Theos Zimmer. Als sie auf dem Bett lag, wurde ihr kalt. Leicht beschwipst und mit einem schwindeligen Gefühl stand sie auf und suchte in Theos Kommode nach einem Pullover. Als Danielle die mittlere

Schublade durchsuchte, fand sie zwischen den Kleidungsstücken ein Tablettenfläschchen. Verwirrt versuchte sie, die Beschreibung auf dem Etikett zu lesen, aber die Buchstaben schienen keinen Sinn zu ergeben. Sie rieb ihre Augen und versuchte wiederum erfolglos, das Etikett zu lesen. Sie legte das Fläschchen zurück und ging wieder ins Bett. Durch die Wirkung des Alkohols war Danielle unfähig, zu erkennen, wie groß die Bedeutsamkeit dieser Entdeckung war. Ein paar Minuten später betrat Thomas den Raum und bot Danielle an, sie nach Hause zu bringen. Darauf reagierte sie mit einem verdächtig benebelten Blick.

»Danielle, komm schon! Ich werde nicht zulassen, dass du alleine nach Hause gehst.«

»Bin ich sehr betrunken?«, fragte sie misstrauisch.

»Keine Sorge, ich werde dich nicht beißen.«

»Aber ich dich!«, sagte sie, ohne zu zögern.

Thomas lachte, aber gleichzeitig hoffte er, dass es der Alkohol in ihr war, der geredet hatte: Denn genau wie Theo Danielle erzählt hatte, verhielt sich Thomas kalt und grob gegenüber Frauen, die ihn anbaggerten. Obwohl bereits zwei Jahre seit dem Tod seiner Frau vergangen waren, blieb Thomas ihr mit Leib und Seele treu.

Am nächsten Morgen wachte Danielle mit einem schrecklichen Kopfschmerz, aber mit einem frischen Gedächtnis auf. Während sie ihre Zähne putzte, erinnerte sie sich an ihren Fund der vergangenen Nacht. Diese aggressive Rückkehr in die Realität machte sie krank: Jetzt verstand sie, was diese Entdeckung zu bedeuten hatte.

Hastig ging Danielle zu Theos Wohnung, mit der Absicht, einen weiteren Blick in die Schublade zu werfen. Als Theo sie sah, begrüßte er sie fröhlich ohne den geringsten Verdacht. Unter dem Vorwand eines verlorenen Ohrrings hatte Danielle die Gelegenheit, die Schubladen erneut zu durchsuchen. Traurigerweise fand sie genau das, was sie suchte. Sie nahm das Fläschchen und drehte es um, diesmal konnte sie das Wort *Oxycodon* deutlich lesen. Danielle spürte, wie ihr Herz raste und ihre Augen bewegten sich hektisch hin und her. Sie wusste nicht, wie sie mit der Situation umgehen sollte. Inzwischen bereitete Theo das Frühstück vor. Danielle wusste, dass sie Theo konfrontieren musste und so machte sie es direkt und ohne Umschweife. Unsanft und wütend legte sie das Fläschchen auf die Bartheke. Theo erkannte den Ton sofort und drehte sich überrascht um.

»Woher hast du die ...? Hast du meine Sachen durchsucht?«, fragte Theo verärgert.

»Nein, Theo, ich habe deine Sachen nicht durchsucht. Gestern wollte ich mir nur einen Pullover von dir borgen und ich habe dabei die Pillen gefunden, aber ich war so betrunken, dass ich das Etikett nicht lesen konnte. Ich habe gehofft, dass es nur eine Halluzination war ... aber das war es offensichtlich nicht. Ich werde dich ganz direkt fragen und erwarte eine ehrliche Antwort: Hattest du einen Rückfall?«

»Nein, auf keinen Fall! Ich war nicht ganz ehrlich mit dir, aber es ist nicht, was du denkst. Die Rehabilitation läuft nicht wie geplant und ich brauche mehr Zeit, um mich zu erholen. Ich hatte extreme Schmerzen und ich konnte nicht schlafen … Der Arzt hat mir etwas verschrieben, aber ich habe nichts genommen, ich schwöre es«, antwortete er nervös.

»Welcher Arzt würde einem Süchtigen solche Pillen verschreiben?«

»Ich bin zu einem anderen Arzt gegangen, der nichts von meiner Sucht weiß«, beichtete Theo beschämt.

»Theo! Du hast ihn angelogen, um an die verdammten Pillen zu kommen! Was soll das?«

»Nein! Ich habe ihn nicht angelogen! Ich hatte wirklich schreckliche Schmerzen, aber trotzdem konnte ich sie nicht nehmen.«

»Ist das die Wahrheit?«

»Ja! Mein Physiotherapeut Sebastian hat mir ein paar neue Übungen gezeigt und die Schmerzen sind wieder weg. Mir geht es gut, wirklich, vertrau mir.«

Danielle sah Theo skeptisch an. Theo bemerkte Danielles Misstrauen: Er nahm sie bei der Hand, ging mit ihr ins Bad und leerte das Fläschchen demonstrativ in der Toilette und drückte die Spülung.

»Siehst du, ich brauche sie nicht.«

»Versprich mir bitte, dass du Hilfe suchen wirst, wenn du wieder das Bedürfnis verspürst, etwas zu nehmen. Ich bin nicht hier, um dich zu verurteilen, sondern um dir zu helfen. Ich habe dich wirklich sehr lieb, Theo, und ich will, dass es dir gut geht«, sagte Danielle in ruhigem Ton.

»Ich weiß, und ich bin dir sehr dankbar für deine offenen Worte, aber es gibt wirklich nichts zu befürchten, mir geht es gut«, sagte Theo und umarmte sie.

Danielle verließ Theos Wohnung mit einem besseren Gefühl. Sie glaubte an seine Worte, weil sie ihn sehr mochte und sie keine Veränderungen an seinem Verhalten bemerkt hatte. Trotzdem war ihr bewusst, dass sie aufmerksam sein und ihn im Auge behalten musste.

In den folgenden Wochen ging das gemeinsame Leben weiter. Inzwischen hatte Danielle den Vorfall mit Theo fast schon vergessen, jedoch wollte sie nun bedachtsamer vorgehen. Theo seinerseits verhielt sich weiterhin normal und sorglos, als wäre nichts geschehen. Dagegen war Danielles Verhalten gegenüber Thomas wie gewohnt freundlich. Nun war Thomas derjenige, der etwas für Danielle empfand.

Seit dem Tod von Grace hatte Thomas nicht mehr an die Liebe oder an Frauen gedacht, bis jetzt, als er nun Danielle kennengelernt hatte. Sie weckte in ihm Gefühle, von denen er dachte, dass sie ausgestorben seien. Anderseits wusste er genau wie Danielle, dass es im Moment sehr unklug wäre, diese Gefühle zu beichten. Ihm war klar, dass beide nicht in dem emotionalen Zustand waren, um eine neue Beziehung zu beginnen, jedenfalls nicht in naher Zukunft.

Halloween war vorbei, und das Trio konzentrierte sich jetzt auf seine Pläne für Thanksgiving. Danielle hatte sowohl von ihrer Mutter als auch von der Familie Cooper eine Einladung bekommen. Theo erklärte Danielle, dass seine Eltern es nicht abwarten könnten, sie endlich kennenzulernen. Sie war sehr dankbar und fühlte sich geschmeichelt, aber sie musste beide Einladungen ablehnen. Die Vorstellung, diese Feiertage in voller Ruhe alleine zu verbringen, war für sie viel attraktiver, als Gespräche mit Unbekannten zu führen oder noch schlimmer, mit ihrer Mutter über den wundervollen Oliver reden zu müssen. Um Theo zu beruhigen, versprach sie ihm, dafür Weihnachten und Neujahr mit ihm und seiner Familie zu verbringen.

Für Danielle war es wichtig, dass Theo einige Tage in Ruhe mit seiner Familie und seiner Freundin verbrachte. Dadurch hatte er die Gelegenheit und die Freiheit, mit ihnen über seine Pläne und Herausforderungen zu reden, denn mit Danielle etwa hatte er noch nicht über seine Schwierigkeiten gesprochen.

Abgesehen von der mangelnden Lust, auszugehen, sah Danielle die Gelegenheit, dem Rat von Dr. Lillian zu folgen und ihr neues Hobby fortzusetzen: das Schreiben. So hatte sie in den letzten Monaten ihren inneren Frieden in den geschriebenen Wörtern gefunden. Für sie war das Schreiben kein Hobby mehr, sondern eine wahre Leidenschaft geworden. Aus diesem Grund schrieb sie meist sehr konzentriert und ließ sich kaum ablenken. Sie wusste nicht genau, warum, aber seit sie in Ville wohnte, hatte sie das Gefühl, dass sie so motiviert und inspiriert war wie nie zuvor.

Genauso wie Danielle hatte Thomas unzählige Einladungen von Familie und Freunden bekommen, weil sie wussten, dass diese Tage am schwierigsten für ihn waren. Ohne zweimal zu überlegen, entschied Thomas sich jedoch, in Ville zu bleiben, ohne jemandem Bescheid zu geben.

Der Thanksgiving Tag war für Danielle und Thomas ein Tag wie alle anderen. Thomas surfte wie gewohnt, egal, wie niedrig die Temperaturen waren. Er jagte mit Eifer den Wellen nach, als er überraschenderweise Danielle sah, die wie jeden Tag mit AC spielte.

»Hey! Was machst du denn hier? Ich habe gedacht, du wärst mit Theo in der Stadt.«

Danielle lächelte. Sie betrachtete sein Gesicht, das dank des Sonnenscheins himmlisch glänzte.

»Nein, ich habe mich für ein paar Tage Ruhe entschieden ... Ich hatte auch gedacht, dass du in der Stadt bist.«

»Nun, ich will genau wie du ein paar Tage entspannt und ruhig verbringen. Ich weiß, dass alle die besten Absichten mit ihren Einladungen haben, aber ich will einfach nur zu Hause sein, und was Leckeres kochen. Wenn du willst, kannst du gerne zum Abendessen vorbeikommen.«

»Wirklich? Ich will dir keine Umstände machen«, antwortete sie nervös.

»Ach, Quatsch, das macht mir keine Umstände. Ich wäre sehr froh, wenn du endlich mal zu mir nach Hause kommst«, sagte Thomas lächelnd.

»Na, wenn das so ist, dann nehme ich die Einladung sehr gerne an.«

»Ist es okay, wenn ich dich so um acht Uhr abends abhole?«

»Ja, perfekt. Dann gehe ich jetzt besser, denn ich will noch einen Nachtisch vorbereiten.«

»Das musst du nicht.«

»Ich weiß, ich muss nicht, aber ich will es. Ich bin dir sehr dankbar, du hast mich vor einer Delikatesse aus der Mikrowelle gerettet.«

Danielle stand auf und schüttelte sich den Sand von ihrer Hose. Sie verspürte eine gewisse Nervosität, da sie sich noch nie ohne Theo mit Thomas getroffen hatte. Auf der anderen Seite war sie jedoch froh, nicht alleine zu Hause zu sein und an die vergangenen Jahre mit Oliver denken zu müssen.

Bisher hatte Danielle das Haus von Thomas noch nicht gesehen. In der Regel trafen sie sich bei ihr zu Hause. Jedenfalls erweckte die unverhoffte Einladung einige Neugier in ihr und sie konnte es nicht abwarten, mehr über Thomas und seine Lebensgeschichte zu erfahren.

Hastig ging sie in den Supermarkt und während sie ihre Einkaufsliste durchging, erkannte sie Dr. Lillian, die sich mit ihrer Familie freundlich unterhielt. Es war eine Szene, die ihr wie aus einem Film erschien: Alle waren stilvoll gekleidet, sie lächelten und sahen wie eine perfekte, glückliche Familie aus. Danielle überlegte kurz, sie zu begrüßen, aber sie wollte diesen harmonischen Glücksmoment nicht stören. So entschied sie, einen anderen Weg zur Kasse zu nehmen.

Als Danielle zu Hause ankam, rief sie ihre Mutter an. Ingrid fragte sie, wann sie wieder zu ihrer Arbeit zurückkehren wolle und ob sie mit Oliver gesprochen hätte. Danielle hörte sich eine Menge bedeutungsloser Fragen an und beantwortete diese lediglich mit einem trockenen Ja oder Nein. Sie versuchte, zu verhindern, dass die absurden Kommentare ihrer Mutter ihr nicht die gute Laune an diesem wundervollen Tag verdarben.

Nachdem sie das Telefonat beendet hatte, machte sie sich für den Abend fertig.

Pünktlich um acht klopfte jemand an der Tür. Für diese besondere Verabredung hatte sie sich für ein rotes Kleid entschieden. Sie war leicht geschminkt und ihr braunes Haar glänzte auf ihren Schultern. Thomas seinerseits trug einen grauen Pullover und eine dunkle Stoffhose; er sah modern und elegant aus. Im Gegensatz zu Oliver war Thomas nicht ein Mann, der sich über gute Marken oder über sein Aussehen viele Gedanken machte; Thomas hatte den Stil einfach im Blut und egal, was er trug, er sah immer gut aus. Dies war eine weitere Eigenschaft von ihm, die Danielle faszinierte.

Thomas begrüßte Danielle mit einem zarten Kuss auf die Wange.

Sie gingen zusammen mit AC einige Kilometer den Strand entlang. Als sie an der Villa ankamen, raubte ihr der Anblick den Atem. Sie war weiß gestrichen mit braunen Details und in einem Landhausstil gebaut. Sie sah aus wie aus einem Magazin. Die Veranda war gemütlich und geräumig. Danielle konnte ihre Begeisterung nicht mehr unterdrücken und erstaunt rief sie:

»Wow! Thomas, dein Haus ist wunderschön und sehr geschmackvoll. Ich liebe es!«

»Vielen Dank, aber ich muss zugeben, dass dies nicht mein Verdienst, sondern der von Grace ist. Sie hat ein Album mit Ausschnitten von Strandhäusern gebastelt und ich nahm diese Bilder als Grundlage.«

»Oh, ich verstehe … wie ich sehe, hatte Grace einen ausgezeichneten Geschmack. Ich kannte sie nicht, aber ich bin mir sicher, dass sie dieses Haus auch ausgesucht hätte. Es ist perfekt. Ich glaube, so ein Zuhause wäre nicht nur der Traum von Grace, sondern für jede Frau«, antwortete Danielle beeindruckt.

Thomas lächelte, als er mit ansah, wie Danielle entzückt durch das Haus ging.

»Nun … Hast du Hunger?«

»Ja! Übrigens, ich habe einen Kuchen gebacken oder besser gesagt: Ich habe versucht, einen Kuchen zu backen. Ich hoffe, er schmeckt dir.«

»Bestimmt! Er sieht … er sieht interessant aus«, sagte er lachend.

Während sie das köstliche Abendessen genossen, unterhielten sie sich und lachten ununterbrochen. Danielle erkannte, dass Thomas ein ausgezeichneter Koch und eine hervorragende Gesellschaft war. Sie fühlte sich zu ihm hingezogen, nicht nur körperlich, sondern auch emotional. Für sie hatte Thomas einen guten Sinn für Humor und er schien zudem ein Romantiker zu sein. Anderseits wusste sie auch, dass er nur ein Freund war, und dass eine falsche Andeutung von ihr diese Freundschaft ruinieren könnte. Aus diesem Grund entschied sie, sich keine falschen Hoffnungen mehr zu machen und einfach nur den Abend zu genießen. Ihm zuzuhören, wie er über Grace sprach, machte ihr ebenfalls klar, dass Thomas keinen Platz für eine andere Frau in seinem Herzen hatte.

Nach dem Essen saßen sie schweigend vor dem Kamin und genossen die Stille. Die roten, lodernden Flammen hatten sie beide verzaubert.

Thomas beugte sich zu Danielle rüber und riss sie aus ihren Gedanken.

»Weißt du ... seit dem Tod von Grace habe ich keine andere Frau mehr zum Essen oder zum Ausgehen eingeladen. Vielen Dank, dass du hier bist. Es ist schön, mit jemandem zu reden, der nicht auf allen vieren geht.«

»Ich muss mich vielmehr bei dir bedanken«, sagte sie bewegt. »Alles war perfekt. Du hast mich vor einer Nacht gerettet, in der ich sicher nur an Oliver gedacht hätte, aber stattdessen hatte ich bei dir einen wunderschönen Abend und danke auch für das leckere Essen.«

Dieser Augenblick des Vertrauens wurde durch den Ton von Danielles Handy unterbrochen.

»Es ist okay, geh ruhig ran. Ich bringe das Geschirr inzwischen in die Küche«, sagte Thomas verständnisvoll.

Danielle lächelte.

Sie hatte keinen Anruf erwartet und als sie »Private Nummer« auf ihrem Display las, dachte sie, dass Theo sie anrief, um von seinen Abenteuern in der Stadt zu erzählen.

»Hallo«, sagte sie in der Erwartung, die euphorische Stimme von Theo zu hören.

»Danny?«, sagte eine andere Stimme.

Als sie die Stimme von Oliver erkannte, wurde ihre Atmung schneller.

»Oliver? Was …? Woher hast du diese Nummer?«, fragte sie überrascht.

»Von deiner Mutter. Ich bat sie, sie mir zu geben. Bitte leg nicht auf, ich muss mit dir reden.«

Danielle stand wütend auf und ging nervös im Zimmer auf und ab. Sie konnte nicht glauben, dass ihre Mutter sie schon wieder verraten hatte.

»Was willst du?«, sagte sie verärgert.

»Ich möchte mit dir reden. Ich will wissen, wie es dir geht und … ich möchte mich entschuldigen. Ich war ein Idiot. Bitte, ich muss dich sehen und mit dir reden.«

»Ruf mich nie wieder an!«, rief sie barsch.

»Danny, ich bitte dich, ich muss mit dir reden! Ich vermisse dich … Überleg es dir … Du weißt, wo du mich finden kannst. Ich werde auf deinen Anruf warten.«

Danielle legte auf und drücke das Handy fest an ihre Brust. Sie wusste nicht, ob sie weinen oder ob sie sich freuen sollte. Endlich hatte sie die Gelegenheit, all die Antworten auf ihre quälenden Fragen zu erfahren.

»Geht es dir gut?«, fragte Thomas besorgt.

»Ja, ich glaube schon. Es war Oliver«, sagte sie mit großen Augen. »Ich würde gerne nach Hause gehen. Im Moment kann ich weder reden noch denken. Vor allem will ich nicht diesen schönen Abend kaputt machen.«

»Wie du willst … Ich fahre dich nach Hause«, sagte er verständnisvoll.

Während der Fahrt starrte Danielle nur aus dem Fenster und sagte kein Wort. Obwohl Thomas besorgt war, dachte er, es wäre besser, zu schweigen.

Als sie bei Danielle ankamen, stieg sie aus dem Auto und bedankte sich für die Einladung. Sie ging direkt ins Haus und als sie die Tür schloss, brach sie in Tränen aus. Obgleich sie sich den Anruf von Oliver heimlich gewünscht hatte, war sie wütend. Er hatte den perfekten Abend mit Thomas ruiniert. »Saukerl«, schrie sie immer wieder.

Über ihre Mutter wollte sie gar nicht nachdenken; diesmal hatte sie die Grenzen der Selbstsucht überschritten. Diesmal hatte Ingrid es geschafft, das letzte bisschen Respekt, den Danielle vor ihr hatte, komplett zu vernichten.

Was will Oliver von mir? Wie kann er sagen, dass er mich vermisst?, fragte sie sich selbst in der Dunkelheit.

Plötzlich erinnerte sie sich, dass Oliver die Gewohnheit hatte, alles mit Liebesbriefen zu verkünden. Da wurde ihr klar, dass er vor dem Anruf eine E-Mail gesendet haben könnte. Noch wütender nahm sie den Laptop und öffnete ihr elektronisches Postfach. Tatsächlich tauchte vor ihren Augen eine Nachricht von Oliver auf.

Sie war sehr überrascht, denn das plötzliche Interesse von Oliver an ihr hatte sie vollkommen durcheinandergebracht. In diesem Moment konnte sie die Nachricht nicht in Ruhe lesen und zog es vor, ins Bett zu gehen. Sie wollte in dieser Nacht nicht mehr an Oliver denken. Für sie war er nur noch ein Mistkerl, der ihr Herz gebrochen hatte.

Noch in ihrem roten Kleid, lag sie im Bett. Sie fühlte sich ängstlich und erkannte zum ersten Mal, dass Einsamkeit nicht immer die beste Lösung war. Sie hatte den Wunsch, Theo anzurufen, aber sie wollte nicht egoistisch sein. Theo brauchte Ruhe und sie wollte seine Nacht nicht mit ihren Problemen ruinieren.

Sie konnte keine Ruhe finden und schaffte es nicht, einzuschlafen. Die Stille und die Dunkelheit in ihrem Zimmer machten sie noch unruhiger. Impulsiv stand sie auf und nahm die Autoschlüssel. Ohne groß darüber nachzudenken, fuhr sie zu Thomas zurück. Als sie dort ankam, war sie sich nicht sicher, ob sie aussteigen sollte. Sie hatte das Gefühl, dass sie Thomas für heute schon genug gestört hatte. Gerade als sie ihr Auto starten wollte, um nach Hause zu fahren, ging plötzlich das Licht in der Villa an und ihr Handy klingelte.

»Bist du da draußen?«, fragte Thomas schläfrig.

»Oh, Thomas! Es tut mir sehr leid, ich wollte dich nicht wecken. Ich wusste nicht, wohin und ... Bitte schlaf weiter. Wir reden morgen«, sagte Danielle verlegen.

»Warte, warte, warte, ich bin gleich unten.«

Thomas lud Danielle ein, reinzukommen. Er trug eine karierte Pyjamahose, ein graues Shirt und er hatte zerzaustes Haar: Er sah entzückend aus. Obwohl Danielle sich nicht auf den Zauber ihres Freundes konzentrieren konnte, konnte sie sich ein Lächeln nicht verkneifen.

»Es tut mir so leid, ich hätte zu Hause bleiben sollen. Ich hatte plötzlichen diesen Wunsch, zu dir zu fahren und jetzt störe ich dich schon wieder. Du hast heute bereits so viel für mich getan. Tut mir leid.«

»Du brauchst dich nicht zu entschuldigen, du bist hier immer willkommen.«

»Danke«, erwiderte Danielle verlegen.

»Kann ich dir etwas zu trinken anbieten? Kaffee, Tee oder vielleicht einen Whisky?«

»Danke, Thomas, aber im Moment kann ich weder essen, trinken noch klar denken. Um ehrlich zu sein, mir geht es nicht gut. Ich möchte einfach nur schlafen und wie ich sehe, du auch«, sagte sie lächelnd.

»Natürlich, wie du willst. Komm mit mir, ich zeige dir, wo das Gästezimmer ist.«

»Bitte versteh mich nicht falsch, aber kann ich bei dir schlafen? Ich möchte nicht allein sein ... Ich werde dich auch nicht beißen«, sagte sie mit einem kleinen Lächeln, aber mit Tränen in den Augen.

Thomas sah Danielle überrascht an. Dies war eine Situation, in welcher er sich überfordert fühlte. Dennoch wusste er, dass Danielle nun seine Unterstützung und sein Verständnis benötigte.

»Wenn dir das hilft, klar! Ich muss dich nur warnen; AC ist ein haariger, lauter Schnarcher«, sagte er amüsiert, um Danielle zum Lächeln zu bringen.

Das Schlafzimmer war ebenso wie das ganze Haus perfekt eigenrichtet.

Für ein paar Minuten saß Danielle schweigend im Bett. Sie zog ihre Schuhe aus und wollte auch ihr Kleid loswerden. Verlegen fragte sie den Gastgeber, ob er ihr etwas Bequemeres zum Schlafen borgen könnte, da sie nur mit dem Handy ihr Haus verlassen hatte.

Thomas nickte freundlich und nahm ein graues T-Shirt aus der Kommode.

Sie ging ins Bad und zog ihr Kleid aus, danach nahm sie das T-Shirt in ihre Hände, machte die Augen zu und roch daran. Als sie ihre Augen öffnete, sah sie ihr Spiegelbild an und fragte sich selbst: *Was tust du hier eigentlich?*

Sie wusch ihr Gesicht und bereitete sich für die Nacht vor. Bevor sie das Bad verließ, betrachte sie sich nochmals im Spiegel und atmete tief durch. Sie legte sich ins Bett, wo Thomas bereits auf sie wartete. Schweigend sahen sie sich in die Augen. Er hatte Mitleid mit ihr, da er genau wusste, wie es war, jemanden gleichzeitig zu lieben und zu hassen.

Danielles Gesicht war mit Tränen bedeckt, Thomas wischte mit einem Finger die Tränen weg. Auf diese Geste antwortete sie mit einem zarten Lächeln. Sie waren sich so nah wie noch nie zuvor. In diesem intimen Moment war es für beide schwer, ihre Gefühle zu verbergen; Thomas gab endlich auf und legte seine Lippen auf ihre. Nachdem sie ihren ersten Kuss geteilt hatten, sah Danielle Thomas an und sie strahlte vor Glück. Dieser Kuss war genau das, was sie jetzt brauchte.

Ihre Körper näherten sich langsam. Sie küssten sich mit wachsender Leidenschaft weiter. In diesem Moment wurde Thomas bewusst, was in dieser Nacht passieren würde und er wich abrupt zurück.

»Danielle, ich bin mir nicht sicher, ob das hier eine gute Idee ist. Du bist durch den Anruf von Oliver sehr durcheinander und ich will nicht, dass du denkst, dass ich die Gelegenheit ausnutze, um mit dir zu schlafen.«

»Oliver hat damit nichts zu tun. Im Gegenteil … In diesem Augenblick bin ich so dankbar, dass er so ein Idiot ist«, sagte sie, während sie sich von dem T-Shirt befreite und ihm ihren nackten Körper zeigte.

Thomas nahm sie in den Arm, streichelte sie und küsste sie ungeniert. In dieser Nacht liebten sie sich mit voller Leidenschaft, so wie sie es sich bereits seit Monaten jeder für sich vorgestellt hatte.

Nach dieser unerwarteten Begegnung schliefen sie tief und friedlich ein.

Am nächsten Morgen wachte Danielle mit der Befürchtung auf, dass ihre Nacht mit Thomas nur ein Traum gewesen sein könnte. Bald wurde ihr klar, dass er nun ein Teil ihrer Wirklichkeit war. Sie stand auf, öffnete die Balkontür und bewunderte den schönen Meeresblick. Dabei sah sie, dass Thomas bereits am Strand war und mit AC spielte. Sehnsüchtig beobachtete Danielle diese Szene, mit der sie am liebsten jeden Morgen aufwachen wollte. Sie genoss den Augenblick und atmete die frische Morgenluft tief ein. Diesen Moment und dieses Gefühl wollte sie nie wieder vergessen.

»Guten Morgen! Frühstück ist fertig!«, rief Thomas vom Strand aus.

»Guten Morgen!«, entgegnete sie glücklich.

Als sie unten auf der Terrasse ankam, fand sie einen schön gedeckten Frühstückstisch vor. Thomas näherte sich ihr und küsste sie zärtlich auf die Lippen.

»Man kann den Tag nicht besser anfangen als mit Obst, Speck, Eiern und natürlich mit Pfannkuchen«, sagte Thomas fröhlich.

»Das ist lieb, Thomas, du hast dir so viel Mühe gegeben. Das war doch nicht nötig … Kaffee und Toast mit dir wäre schon fantastisch gewesen.«

Thomas lächelte zufrieden.

»Ich koche gerne für dich und außerdem ist dieses Frühstück die Fortsetzung einer wundervollen Nacht.«

»Danke. Alles sieht sehr lecker aus«, sagte sie bewegt.

»Das freut mich.«

Während Thomas ihr einen Teller vorbereitete, betrachtete sie ihn mit Bewunderung.

»Tom ... Ich weiß nicht, was ich ohne dich gemacht hätte. Danke für alles.«

»Tom? Es ist lange her, dass mich jemand so genannt hat.«

Danielle dachte sofort an Grace.

»Es tut mir leid, Thomas«, sagte sie verlegen.

»Ist schon okay. Ich war nur überrascht. Wir haben die Nacht zusammen verbracht, damit hast du das Recht, mich so zu nennen, wie du möchtest.«

»Das finde ich gut«, sagte sie errötet.

Die Nacht mit Thomas hatte Danielle gutgetan, trotzdem musste sie dringend über ihre Gefühle reden. Sie war sich nicht sicher, ob Thomas die richtige Person für dieses Gespräch war. Noch einmal folgte sie ihren Instinkten.

»Können wir darüber reden, was gestern passiert ist?«, fragte sie vorsichtig.

»Natürlich!«, erwiderte er verständnisvoll.

»Zuerst möchte ich nochmals sagen, dass der Anruf von Oliver mit uns beiden überhaupt nichts zu tun hat. Es war kein Akt der Verzweiflung und auch kein Impuls. Natürlich war ich überrascht und in dem Moment war ich einfach durcheinander ... Das Einzige, was mir leidtut, ist, dass er unser schönes Abendessen ruiniert hat.«

»Er hat nichts ruiniert, im Gegenteil. Es war sogar hilfreich für eine unerwartete Wendung des Abends ... Genau wie du gestern gesagt hast; ich bin dankbar, dass er so ein Idiot ist.« Thomas seufzte und mit einer wehmütigen Stimme sprach er weiter. »Ich weiß, was du durchmachst. Ich weiß genau, wie du dich fühlst.«

»Was meinst du damit?«, fragte Danielle neugierig, da sie nicht glauben konnte, dass Thomas über Grace sprach.

»Sagen wir einfach, dass ich mit Grace viel gelernt und erlebt habe. Nicht alle Erfahrungen waren positiv, aber genau wie du, versuche ich, alles zu überwinden. Ich bin kein guter Ratgeber, aber von etwas bin ich überzeugt: Man sollte sich seinen Problemen stellen und nicht vor ihnen weglaufen. Dies ist die einzige Möglichkeit, welche dir bleibt, um das Kapitel mit Oliver abschließen zu können.«

»Ich weiß, aber ich bin noch nicht bereit, zu hören, was er mir zu sagen hat. Ich warte seit Monaten auf eine Erklärung, doch ich habe Angst ... Angst, zu wissen, was ich falsch gemacht habe. Können wir bitte aufhören, über Oliver zu reden? Heute will ich alles vergessen ... nur für heute.«

»Gut, dann wird heute nicht mehr darüber gesprochen, obwohl, eine Sache möchte ich dazu noch sagen. Ich bin mir sicher, was Oliver dir angetan hat, war nicht deine Schuld. Jetzt ist alles gesagt und wir können das Thema vergessen.«

Sie nickte nachdenklich.

»Also … Neues Thema: das Meer!«

»Das Meer?«, fragte Danielle neugierig.

»Ja, das Meer. Wie wäre es, wenn du morgen mit mir zum Segeln kommst? Wir können raus aufs Meer fahren und dort schwimmen und sonnenbaden. Was meinst du? Hast du Lust?«

»Das klingt wunderbar, aber das Wetter …«

»Wir haben Glück. Morgen wird es bis zu 24 °C warm. Es ist sehr wahrscheinlich, dass dies der letzte warme Tag des Jahres ist. Wir müssen es genießen«, sagte er charmant.

»Okay, ich bin dabei!«

»Ausgezeichnete Entscheidung. Sag mal, hast du schon Pläne für heute?«, fragte Thomas, während er sich Danielle näherte.

»Nein, keine.«

Thomas küsste sie und nahm ihre Hand. Sie gingen langsam ins Haus und unter leidenschaftlichen Küssen erreichten sie das Schlafzimmer. Dort liebten sie sich wieder. Sie blieben den ganzen Tag im Bett und führten tiefe Gespräche.

Dank der Liebe und den Worten von Thomas, verlor Olivers Anruf für Danielle jegliche Bedeutung. Trotzdem wusste sie, dass sie sich ihrer Realität stellen musste.

Sie bedankte sich bei Thomas für seine Gastfreundschaft, Unterstützung und Liebe. Danach machte sie sich sehr zufrieden auf den Weg nach Hause.

Dort fand sie diesmal die innere Ruhe, die sie brauchte. Neugierig schaltete sie ihr Handy ein. Sie hatte eine neue Nachricht, sie war von Theo. Er erzählte ihr, dass er in drei Tagen zurück in Ville sein würde, um seinen Termin mit Dr. Lillian nicht zu verpassen.

Danielle glaubte, dass sie es verdient hätte, auch die nächsten Tage in Ruhe zu genießen. Sie entschied sich daher, die E-Mail von Oliver erst an dem Tag zu lesen, an dem sie den nächsten Termin bei Dr. Lillian hatte. Bis dahin wollte sie sich auf ihre gemeinsame Zeit mit Thomas konzentrieren.

Genauso wie ihr Ex-Freund ignoriert wurde, vermied sie es, die konstanten Anrufe ihrer Mutter zu beachten. Ingrid wartete hingegen gespannt auf Neuigkeiten von ihrer Tochter und Oliver. Jedoch war Danielle noch sehr enttäuscht von ihr und beschloss, sich Zeit zu lassen, bevor sie wieder mit ihrer Mutter reden wollte. Zurzeit hätte Danielle nur Worte der Verachtung für sie gehabt, sie brauchte etwas Abstand.

Den Abend verbrachte Danielle auf der Veranda, wo sie immer wieder an die wundervolle Zeit mit Thomas dachte und inspiriert schrieb.

Sie selbst war überrascht, dass sich ihr Leben in dieser kurzen Zeit so sehr verändert hatte. In wenigen Monaten hatte sie erfahren, was wahre Freundschaft war und auch, wie befreiend es war, wenn man ohne Scham über seine Gefühle reden konnte. Dank Thomas lernte sie, dass die alten Enttäuschungen durch neue Hoffnungen gelindert werden konnten. Mit diesen beruhigenden Gedanken ging sie ins Bett.

Am nächsten Morgen trafen sich Danielle und Thomas wie geplant am Hafen. Als sie ankam, machte er schon das Boot bereit für den Ausflug. Das Erste, was ihr auffiel, war der Name »Grace«, der mit großen Buchstaben auf dem Boot stand. Plötzlich war Danielle eifersüchtig auf Grace, sie wollte auch diese bedingungslose Liebe kennenlernen; so eine intensive Liebe, welche nicht einmal der Tod zerstören konnte.

»Wow!«, rief Danielle aus.

»Sind Sie bereit, Miss Kent?«, fragte Thomas mit seinem einzigartigen Lächeln.

»Aye, aye, Captain Lake.«

Sie fuhren etwa vierzig Minuten aufs offene Meer hinaus, bis sie die Lieblingsstelle von Thomas erreichten. AC war so aufgeregt, dass, sobald sein Herrchen den Motor ausgeschaltet hatte, er mit einem Satz durch die Luft flog und im ruhigen Meer landete. Thomas folgte ihm, während Danielle amüsiert die Szene beobachtete. Im Gegensatz zu den leidenschaftlichen Schwimmern war sie vorsichtiger und bevorzugte es, in der Nähe des Bootes zu bleiben.

Während Danielle sich im Wasser ruhig im Rhythmus der Wellen bewegte, genoss AC die Spiele mit seinem Herrchen, der sich mehr wie ein kleines Kind verhielt, als ein Mann von 38 Jahren.

Nachdem Thomas mit AC gespielt hatte, näherte er sich Danielle und nahm ihre Hand.

»Ich habe viel Respekt vor dem Meer und es wäre mir lieber, hierzubleiben«, gestand sie ängstlich.

»Entspann dich einfach, ich bin hier bei dir. Ich kenne diesen Ort gut und es gibt nichts zu befürchten.«

Nervös hielt sie sich an Thomas fest und legte ihren Kopf auf seine Schulter. Sie waren sich sehr nah, sodass sie seinen muskulösen Körper spüren konnte.

Es war nicht so geplant, aber Thomas war einfach unwiderstehlich für sie. Sie folgte wieder ihrem Instinkt und plötzlich schwamm sie vor ihm. Sie legte ihre Arme um seinen breiten Hals und schaute in seine Augen. Langsam kamen sich ihre Lippen näher und als sie sich endlich küssen wollten, zerstörten laute Geräusche von einem anderen Boot den romantischen Moment. Sie erröteten wie Jugendliche und lachten. Thomas schlug vor, wieder ins Boot zu steigen und zu versuchen, einige Fische für das Abendessen zu angeln.

Der Tag auf See war für beide erfrischend. Von dem Boot aus konnten sie den Sonnenuntergang bewundern. Sie hatten einen romantischen Abend voller amüsanter Anekdoten.

Nach dem Ausflug gingen sie zurück zu Thomas' Villa. Sie fühlten sich nun einander vertraut, sodass sie zusammen duschten und sich dabei leidenschaftlich liebten. Nach der Romantik machte sich der

Appetit bemerkbar. Sie gingen in die Küche und während Thomas das Abendessen zubereitete, beobachtete sie ihn mit Bewunderung.

Am späten Abend begleitete Thomas sie schließlich nach Hause. Bis dahin hatten sie die unerwartete Wendung ihrer Beziehung noch nicht geklärt. Allerdings mussten mit Theos Heimkehr diese Tage der Vergnügung aufhören.

»Ich habe wundervolle Tage mit dir verbracht, aber Theo wird ...«

»Theo wird bald zurückkommen, ich weiß«, sagte er ernst.

»Das Letzte, was wir jetzt brauchen, ist, dass wir unsere Freundschaft mit so einer Situation belasten. Ich glaube, was hier passiert ist, sollte zwischen uns bleiben«, sagte sie besorgt.

»Du hast recht. Um ehrlich zu sein, ich bin erleichtert, dass du es erwähnst. Danielle, ich kenne deine Situation und du die meine. Ich weiß, was Oliver für dich bedeutet. Bitte versteh mich nicht falsch, aber ich denke, du solltest das Kapitel mit ihm zuerst abschließen, bevor du ein neues beginnst. Ich möchte nicht eine Beziehung erzwingen, die uns am Ende womöglich nur weiter schmerzen könnte. Ich wünschte mir, dass unsere Situation anders wäre. Wer weiß, vielleicht eines Tages ... Wichtig ist, dass du weißt: Egal, was passiert, ich werde immer für dich da sein. Ich verspreche es dir. Okay?«

Sie nickte verständnisvoll und umarmte ihn.

Er lächelte und küsste sie auf die Stirn.

Von der Veranda aus beobachtete Danielle melancholisch, wie Thomas' Silhouette in der Dunkelheit der Nacht verschwand. Sie wünschte sich, zusammen mit ihm verschwinden zu können.

Kapitel VI

Danielle wachte glücklich auf; Theo kehrte an diesem Tag nach Ville zurück. Leider war nicht alles Glück, sie war auch besorgt. In wenigen Stunden musste sie zu ihrem Termin bei Dr. Lillian erscheinen und dafür musste sie vorher die E-Mail von Oliver gelesen haben. Nervös ging sie durch das Haus. Sie putzte, kochte und machte alles Mögliche, um das Lesen der E-Mail zu vermeiden. Schließlich fand sie den Mut und setzte sich vor den Laptop. Sie war endlich bereit, zu erfahren, was Oliver ihr zu sagen hatte. Ihr Herz klopfte schneller, als sie die Nachricht öffnete und las.

Liebe Danielle,

ich habe unzählige Male versucht, diese E-Mail zu schreiben. Bisher war es mir unmöglich, die richtigen Wörter zu finden, um meine Gefühle zu beschreiben.

Vor allem möchte ich mich bei dir für den Schmerz entschuldigen, den ich bei dir verursacht habe. Verzeih mir bitte, dass ich so blind und nicht ehrlich mit dir war. Ich weiß, dass es keine Entschuldigung für mein Verhalten gibt. Ich war ein Idiot!

Ich möchte dir nur sagen, dass meine Gefühle für dich immer noch die gleichen sind. Ich will dich sehen und ich vermisse dich so sehr.

Es war für mich eine große Überraschung, zu erfahren, dass du weit weggezogen bist. Doch ich kann es verstehen. Trotzdem würde ich gerne mit dir persönlich sprechen. Wir waren fünf Jahre zusammen und ich glaube, wir verdienen ein besseres Ende, oder?

Du hast meine Nummer, bitte ruf mich an oder schreib mir. Egal, zu welcher Zeit oder an welchem Tag, ich bin hier und warte auf dich.

Küsse, O.

Als sie die Nachricht zu Ende gelesen hatte, war sie fassungslos. Ihre Augen waren starr auf den Bildschirm fixiert. Sie las die E-Mail wiederholt, bis sie sich selbst endlich fragte: *Warum jetzt?*

Sie war so verblüfft über seine Worte, dass sie nicht einmal ihre Haare kämmte, bevor sie das Haus verließ.

Als sie in der Klinik ankam, ignorierte sie alles, was um sie herum war. Sie wartete ungeduldig darauf, ihren Namen zu hören. Nach einer Weile wurde sie aufgerufen und ging wie ein Stier ins Sprechzimmer.

»Guten Tag, Danielle, wie geht es dir? Was gibt es Neues bei dir?«, fragte die Ärztin freundlich.

»Um ehrlich zu sein, mir geht es nicht so gut. Die letzten Tage waren verrückt. Ich habe verschiedene Emotionen erlebt und ... Ich weiß nicht, wie ich es erklären kann ... Ich war im Bett mit dem interessantesten Mann von Ville und da verbrachten wir viel Zeit zusammen. Übrigens, ich spreche von Thomas Lake. Ich kann nicht richtig verstehen, was er in mir erweckt. Wenn ich ihn sehe, will ich ihm am liebsten seine Klamotten vom Leib reißen und seine vollen Lippen küssen, doch im Moment darf ich nicht mehr. Ich weiß es und ich akzeptiere es, weil ich zuerst über meine alte Beziehung hinwegkommen muss. Ich glaube, es wird nicht so einfach sein. Oliver hat mich an Thanksgiving angerufen.«

Danielle seufzte aufgelöst. Dr. Lillian hörte aufmerksam zu und sagte dann erstaunt:

»Diese Woche war wirklich wichtig für dich. Ich sehe, dass du sehr aufgeregt bist und ich kann es gut verstehen. Vor einigen Tagen hast du eine neue und wichtige Erfahrung gemacht und kurz danach tauchte Oliver wieder auf. Natürlich ist es irritierend, aber das war doch, was du wolltest, nicht wahr? Du willst erfahren, wieso er untreu war, und dafür musst du mit ihm reden.«

»Ich weiß, ich weiß, aber ich konnte einfach nicht viel sagen. Ich war so wütend, weil er im ungünstigsten Moment aufgetaucht ist, sodass ich einfach aufgelegt habe. Doch das ist nicht alles, er hat mir auch geschrieben. Oliver sagt, dass er mich sehen will.«

Danielle, die noch sehr unruhig war, las die E-Mail laut vor und gespannt wartete sie auf die Reaktion von Dr. Lillian.

Die Ärztin nickte und fragte mit ruhiger Stimme:

»Hast du ihm zurückgeschrieben?«

»Nein. Ich bin mir nicht sicher, was ich dazu sagen soll.«

»Willst du ihn sehen?«

»Ich weiß nicht. Ich habe Angst, ihn zu sehen, weil ich glaube, ich könnte ihm sogar aus der Verwirrung heraus ...«

»Vergeben?«

»Ja. Ich bin so durcheinander. Ich möchte ihm vergeben, aber nicht nur, weil ich ihn vermisse«, sagte Danielle von sich selbst enttäuscht. »Er macht mich schwach.«

»Ich verstehe ... Glaubst du, dass du auch vergessen kannst, was alles passiert ist?«

»Vergessen? Niemals«, sagte sie entschlossen.

»Okay, dann musst du für das kämpfen, was noch Hoffnung hat: Vergebung. Du solltest das Kapitel mit Oliver friedlich abschließen, um etwas Neues anfangen zu können, aber nur wenn du hundertprozentig sicher bist. Nächste Woche ist unser letzter Termin des Jahres und bis dahin brauche ich etwas von dir. Stell dir vor, dass Oliver vor dir steht: Was würdest du zu ihm sagen? Wie würdest du dich fühlen? Sollte es schwer für dich sein, mach eine Pause, schließ deine Augen und geh an diesen Ort, der dich beruhigt. Dann wirst du es noch mal versuchen. Okay?«

»Ja, ich werde es versuchen«, sagte sie ruhiger.

»Gut. Ich habe noch eine Frage an dich: Was ist da zwischen dir und Thomas?«

Danielle nahm eine Haarsträhne und drehte sie zwischen ihren Fingern. Sie seufzte wieder nervös.

»Wenn ich das nur wüsste ... Wir sind gute Freunde geworden. Es klingt vielleicht albern, aber schon als ich Thomas zum ersten Mal sah, wusste

92

ich, dass er ein ganz besonderer Mann ist. Zuerst war es nur körperliche Anziehung, doch jetzt, wo ich ihn besser kenne, und natürlich nach dieser Zeit zu zweit … Ich glaube, da ist mehr. Ich denke immer an ihn. Seine Stimme zu hören, ihn lachen zu sehen, das macht mich einfach glücklich. Er macht mich glücklich. Dennoch ist Oliver immer noch irgendwie da … Seine E-Mail hat eine Menge in mir bewegt. Ich bin mir nicht sicher, ob diese Nachricht mir Ärger oder Hoffnung bringt. Ich bin verwirrt und noch immer sehr verletzt. Im Moment weiß ich nicht weiter, weder was ich machen soll, noch was ich will. Zum Glück ist Thomas ein sehr reifer und unkomplizierter Mann. Er versteht meine Situation, ich musste ihm nicht einmal etwas erklären. Wie ich schon sagte, wir waren uns einig, dass zurzeit eine solche Beziehung nicht angemessen für uns sei … zumindest noch nicht.«

Dr. Lillian nickte mit der Überzeugung, dass Danielle und Thomas die richtige Entscheidung getroffen hatten.

»Ich bin froh, dass ihr in der Lage wart, alles zu klären. Die Zeit wird zeigen, was für euch am besten ist. Was du momentan brauchst, ist ein echter Freund. Du solltest dich nicht unter Druck setzen und wie du schon gesagt hast, musst du zuerst das Kapitel mit Oliver und seiner Untreue abschließen.«

Nach dem langen Gespräch verabschiedete sich Danielle schließlich von Dr. Lillian.

Als sie aus dem Sprechzimmer kam, wartete Theo schon draußen.

»Oh, Theo! Ich habe dich so vermisst«, sagte sie liebevoll und umarmte ihn.

Sie wechselten einige Worte und beschlossen, sich später bei ihr zu Hause zu treffen. Zuerst musste Theo noch seine Neuigkeiten mit Dr. Lillian teilen.

Danielle machte einen kurzen Zwischenstopp im Supermarkt. Als sie das Lieblingsbier von Theo suchte, sah sie eine Silhouette, die sich im Glas des Kühlschrankes widerspiegelte. Erschrocken drehte sie sich um und da war er, gut aussehend wie immer.

»Tom!«, rief sie, während sie verlegen versuchte, ihre Haare in Ordnung zu bringen.

»Na du, ist alles bereit für deinen Sonnenschein?«

»Ja, ich habe ihn bei Dr. Lillian getroffen und gleich kommt er zu mir. Willst du auch mitkommen?«

»Danke, aber ich habe noch ein paar Sachen zu erledigen. Wir sehen uns bald wieder«, sagte er und ging den Flur entlang.

Sie lächelte und versuchte, ihre Nervosität zu unterdrücken. Plötzlich kamen ihr jedoch die Erinnerungen in den Sinn, wie sehr sie sich geliebt haben, da wurden ihre Wangen rot.

Zurück zu Hause wartete Danielle schließlich ungeduldig auf Theo. Denn obwohl sie nicht alle ihre Neuigkeiten mit ihm teilen konnte, wollte sie wissen, wie es ihm in seiner Heimatstadt ergangen war.

Nach einer Weile klopfte Theo an ihrer Tür. Sie setzten sich auf der Veranda in die Schaukelstühle und redeten den ganzen Abend lang. Es schien so, als ob Theo sehr zufrieden war, ein paar Tage in seiner Stadt verbracht zu haben.

Fröhlich erzählte er ihr, dass die Gesellschaft seiner Familie und seiner Freunde ihm sehr gutgetan habe. Er war sogar im Stadion und er hatte mit seinem Team gespielt. Theo hatte endlich das Gefühl, er selbst zu sein.

»Mir geht es sehr gut, Danielle, ich bin bereit!«, rief er freudestrahlend.

Sie erlebte seine offensichtliche Freude, doch die Information von Thomas über den wahren Zustand von Theo ging ihr nicht aus dem Kopf. Theo war immer noch nicht fit und dies in nur zwei Monaten zu werden, klang mehr nach Utopie als nach Realität. Trotz dieser Gedanken blieb Danielle positiv und bat alle Kräfte des Universums, ihren Freund nicht zu enttäuschen.

Als Danielle an der Reihe war, ihre Neuigkeiten zu erzählen, blieben die wunderschönen Momente mit Thomas geheim. Auf keinen Fall wollte sie, dass ihre sinnlichen Bedürfnisse die Freundschaft zwischen ihnen dreien gefährdete. Daher konzentrierte sie sich auf die Nachricht von dem anderen Mann in ihrem Leben, Oliver. Genau wie Dr. Lillian empfahl auch Theo ihr, Oliver zu konfrontieren und sich die Antwort auf seine E-Mail gründlich zu überlegen. Er war auch der Meinung, dass diese Beziehung von Angesicht zu Angesicht beendet werden sollte.

Mit Theos Rückkehr kam für die drei Freunde der Alltag in Ville zurück. Allerdings würde die Ruhe nicht von langer Dauer sein, denn bald würden die zwei Freunde in die Stadt zurückkehren, um Weihnachten und Neujahr zu feiern. Thomas hatte inzwischen andere Verpflichtungen, trotzdem versprach er Theo und Danielle, Silvester mit ihnen zu verbringen.

In der Zwischenzeit schrieb Danielle weiter fleißig ihre Gedanken auf. Sie hatte die Empfehlung von Dr. Lillian nicht vergessen und wenn sie mutig genug war, stellte sie sich vor, dass Oliver vor der Tür stand. Manchmal dachte sie sich aus, wie es wäre, wenn sie Oliver freundlich reinbitten würde und andere Male begrüßte sie ihn in Gedanken mit einem Messer in der Hand oder mit einem bitteren Weinen. Aber die Vorstellung, ihn mit einem Kuss zu begrüßen und ihn leidenschaftlich zu lieben, war das, was ihr am meisten Angst machte. Nach mehreren Versuchen gelang es ihr, sich eine realistische und komfortable Reaktion auszumalen. Das Einzige, was sie wollte, war, den Grund für seine Handlungen zu erfahren. Sie konnte nicht mehr davonlaufen, sie musste ihn sehen. Dies war ihre einzige Möglichkeit, um den Schmerz und das Misstrauen zu überwinden.

Vor ihrer letzten Sitzung bei Dr. Lillian fühlte sich Danielle schon sehr viel ruhiger. Die Übungen hatten ihr geholfen, zu erkennen, dass sie bereit war,

Oliver zu treffen. Mit diesem Ergebnis war auch Dr. Lillian sehr zufrieden. Außerdem teilte sie der Ärztin mit, welche Pläne sie für Weihnachten hatte. Sie war sehr gespannt auf Theos Familie und auf seine Umgebung. Mit einem Funkeln in ihren Augen erwähnte sie, dass Thomas möglicherweise Silvester mit ihnen feiern würde.

Danielle erzählte ihr auch, wie dankbar sie dafür war, dass sie diese wichtigen Tage mit ihren besonderen Freunden verbringen durfte.

Um sich von der Ärztin zu verabschieden, umarmte Danielle sie fest und wünschte ihr eine schöne Weihnachtszeit. Solche Gesten waren für sie ungewöhnlich, doch in den letzten Monaten hatte sie für Dr. Lillian eine große Zuneigung entwickelt und sie wollte sich auf diese Art und Weise gebührend bei ihr bedanken. Um die Stimmung von Danielle noch zusätzlich zu verbessern, ließ Dr. Lillian sie wissen, dass die notwendigen Dokumente für ihren Anwalt fertig waren. In diesen Unterlagen bescheinigte Dr. Lillian Danielle, dass sie keine weitere Sitzung für Agressionsbewältigung brauchte. Die Doktorin hatte festgestellt, dass sie nicht aggressiv war, sondern dass sie nur an einem gebrochenen Herzen litt. Die gute Nachricht brachte Danielle zum Lächeln und erleichtert verließ sie die Arztpraxis.

Auf dem Heimweg rekapitulierte sie alles, was in den letzten Monaten geschehen war. Das Leben hatte für sie endlich wieder Sinn. Nachdenklich blieb sie am Strand stehen und beobachtete mit Faszination das blaue Meer und die roten Töne, die mit dem Sonnenuntergang den Himmel zu dekorieren begannen. Mit einer Siegesgeste auf ihrem Gesicht sah sie den Umschlag, den sie in ihren Händen hielt, an. Sie seufzte erleichtert, da sie wusste, dass dieses psychologische Gutachten viel mehr als nur eine legale Angelegenheit war, um den Ärger mit Agnes zu beenden. Für sie war es der Anfang des endgültigen Endes ihrer Geschichte mit Oliver.

Kapitel VII

Der Tag, auf den Danielle bereits ungeduldig gewartet hatte, war gekommen: Endlich konnte sie die Welt von Theo kennenlernen.

In der Morgendämmerung stand Theo pünktlich und ungeduldig vor ihrem Haus. Sie mussten rund 300 Kilometer bis zu seiner Heimatstadt zurücklegen und er wollte daher so früh wie möglich losfahren. Danielle eilte aus dem Haus, die Hände voller Gepäck und eine Scheibe Toast im Mund.

Die Reise war für beide spannend und wurde wie erwartet von lauter Musik, Gesang und viel Lachen begleitet.

Als sie nach ein paar Stunden ihr Ziel erreichten, war Danielle von dem offensichtlichen Wohlstand der Familie Cooper überrascht. Genau wie Theo waren seine Eltern und Schwestern voller Lebensfreude. Die ganze Familie wartete glücklich auf sie. Alle begrüßten Danielle freundlich und schienen sie zu mögen, alle außer Pam, Theos Freundin. Sie war so schön wie launisch, genau wie Theo sie beschrieben hatte.

Danielle war geblendet von der eleganten Villa und den umwerfenden Weihnachtsdekorationen. Theos Mutter, Anette, war elegant gekleidet und sehr sympathisch. Sie zeigte Danielle das Gästezimmer und den Rest des Hauses.

»Wunderschön!«, rief sie beeindruckt.

Nachdem sie fertig mit der Führung durch das Haus waren, hatte Danielle Zeit, sich zurechtzumachen. Frisch geduscht und gespannt, ging sie die Treppe runter zum Speisesaal. Auf sie warteten ein köstliches Essen sowie ein angenehmer Weihnachtsduft, den der riesige Weihnachtsbaum verströmte. Während des Abendessens erlebte Danielle eher wenig von Theos exzentrischer und lauter Art. In der Gegenwart seiner Eltern war Theo sittsam. Der Abend war trotzdem sehr angenehm, da sie viel Neues über ihren Freund erfahren konnte.

Danielle bedankte sich schließlich und entschuldigte sich bei ihren Gastgebern. Sie war nach dem langen Tag sehr müde und wollte sich ein wenig ausruhen und ging wieder in ihr Zimmer. Als sie dort schon unter der Decke lag, klopfte Theo an ihre Tür. Er wollte wissen, welchen Eindruck sie von seiner Familie hatte.

»Was denkst du über die Coopers?«, fragte Theo neugierig.

»Hm …Wie kann ich es sagen?«, fragte sie sich, während sie ihre Lippen mit dem Zeigefinger berührte.

»Was sagen?«

»Ich liebe sie! Jetzt verstehe ich, wieso du raus aus deiner Miniwohnung in Ville wolltest. Dieses Haus ist einfach wunderschön!«

»Das ist nicht der Grund, wieso ich von Ville weggehen möchte. Der Grund ist, dass ich wieder machen möchte, was ich liebe, nämlich Baseball spielen. Und nur damit du es weißt, die ›Miniwohnung‹ bezahle ich selbst und seit Jahren verlange ich keinen Cent von meinen Eltern. Genau deswegen ist meine Karriere so wichtig, ich will mehr als nur ein Cooper sein.«

»Oh, Theo! Natürlich bist du mehr als ein Cooper. Du bist sogar der Beste von ihnen. Ich bin mir sicher, dass du genauso erfolgreich wie deine Eltern sein wirst. Aber trotzdem muss ich fragen: Weißt du, ob deine Eltern eine vierte Tochter haben wollen?«, sagte sie schelmisch.

»Sehr lustig, aber glaub mir, wenn ich sage, dass du hier nicht leben willst. Wie sagt man so schön: Es ist nicht alles Gold, was glänzt.«

Sie unterhielten sich noch etwas weiter, als plötzlich Pam ins Zimmer kam und Theos Aufmerksamkeit verlangte.

»Du hast eine Stunde, um dich fertig zu machen. Wir gehen aus!«, sagte er, während er Pams Hand hielt.

»Sag mal, bist du wahnsinnig? Ich bin todmüde …«

»Keine Ausrede. Wir treffen uns um elf unten.«

Theo machte die Tür zu und ließ Danielle mit offenem Mund allein.

In einer Situation wie dieser erkannte sie den Altersunterschied zwischen Theo und ihr. Sie vermisste Thomas, denn sie war sich sicher, dass er auch nicht ausgehen und lieber im Bett bleiben würde.

In ihrer Verzweiflung nahm sie das Handy und war dabei, eine Nachricht an Thomas zu schreiben. Doch sie wusste, dass es unnötig war, ihn mit unsinnigen Teenager-Botschaften zu stören. Also nahm sie einen tiefen Atemzug und machte sich für das Abenteuer bereit.

Diese Nacht verbrachten sie in einem Nachtclub. Dort warteten zahlreiche Freunde auf Theo. Als Danielle erkannte, wie beliebt ihr Freund war, war sie erstaunt. Nur wenige Leute kamen nicht zu ihm, um ihn zu begrüßen.

Die meisten Freunde von Theo waren junge Sportler unter fünfundzwanzig, sodass Danielle Schwierigkeiten hatte, mit der jugendlichen Partystimmung klarzukommen. Dabei erinnerte sie sich an die lustigen Momente, die sie in demselben Alter erlebt hatte.

Mithilfe einiger Cadillac Margaritas passte sich Danielle schließlich an den Rhythmus der Gruppe an. Sie dachte, dass Tanzen und Trinken die perfekte Tarnung für sie wäre; so würde niemand merken, dass sie einer anderen Generation angehörte.

Am Ende der Nacht landete sie müde und etwas betrunken auf einem Bett mit schöner Seidenbettwäsche, natürlich allein.

Im Gegensatz zu Theo und Pam hatte Danielle alle Symptome einer wilden Partynacht erlitten. Sie hatte eine ruhelose und wenig erholsame Nacht. Mit einem schrecklichen Kopfschmerz wachte sie am nächsten Morgen auf. Der Lärm aus der Küche hatte sie geweckt. Lustlos stand sie auf und machte sich für das Frühstuck fertig.

Als sie herunterkam, entdeckte sie in der Küche die gesamte Familie Cooper, alle waren fleißig dabei, das Weihnachtsessen vorzubereiten. So etwas hatte Danielle bei ihrer Mutter nie erlebt und noch einmal freute sie sich nun, bei Theo und seiner Familie zu sein. Sie hatte den Eindruck, dass jeder eine bestimmte Aufgabe hatte, außer sie selbst. Sie wusste nicht so recht, wohin sie sich stellen sollte, um niemanden bei seiner Arbeit zu stören. Theo war für die Abholung der Nachtische verantwortlich sowie für den Einkauf der Zutaten für die beste Köchin im Hause, seine Mutter. Als Theo bereit war, aufzubrechen, um seine Weihnachtsmission zu erfüllen, holte Danielle eilig ihre Handtasche, um ihn zu begleiten. Diese Aktion war für Pam zu viel des Guten und eifersüchtig beschloss sie, Danielle für ein paar Stunden von ihrem Freund fernzuhalten.

»Danielle, ich bin sicher, dass Anette hier deine Hilfe braucht. Wir kommen gleich wieder, nicht war, Liebling?«, sagte Pam, während sie Theos Arm umklammert hielt.

Theo nickte verlegen. Danielle antwortete mit der gleichen Geste, denn das Letzte, was sie wollte, war, Ärger zu machen. Sie konnte nachvollziehen, dass das Paar ein wenig Zeit für sich brauchte. Darum blieb sie in der Villa, ohne sich zu beschweren.

Zum Heiligabend waren die Partner von Theos Schwestern sowie natürlich Pam und auch ihre wohlhabenden Eltern eingeladen.

Trotz Pams Misstrauen fühlte sich Danielle gut und war glücklich. Die Coopers sowie Pams Eltern, die sich als ein sehr lustiges Paar entpuppt hatten, behandelten sie sehr herzlich. Während Danielle das köstliche Abendessen und die gute Gesellschaft genoss, bemerkte sie, wie hoch die Erwartungen von Theos Eltern an ihn waren. Immer wieder wiederholten sie, wie dankbar sie dafür waren, dass Theo endlich eine Leidenschaft gefunden hätte. Sie erzählten, dass ihr Sohn mehrmals das Studium abgebrochen habe, und dass sie längst die Hoffnung auf eine erfolgreiche Zukunft verloren hatten. Doch jetzt war ihr kleiner Junge ein talentierter Baseballspieler. Sie rühmten sich, wie hoch sein Gehalt sein könnte, falls sein Team das Turnier gewinnen würde. Theo grinste nervös und Danielle lächelte nachdenklich, denn wenn Thomas Recht behalten sollte, müsste Theo bald akzeptieren, dass seine kurze Karriere zu Ende war.

Bald verlagerte sich die Aufmerksamkeit der Gäste rüber zu Danielle. Ihre unglückliche Liebesgesichte erzählen zu müssen, war für sie wenig reizvoll, ebenso wie die Gespräche über Theos Karriere zu ertragen. Dennoch, außer diesen Momenten der Verlegenheit, war das Abendessen und das anschließende Austauschen der Geschenke ein großes Vergnügen für alle Anwesenden.

Die folgenden Feiertage verbrachten Theo und Danielle glückselig wie kleine Kinder. Sie spielten im Schnee und spazierten im Wald. Diese Erfahrung war für sie belebend, denn solch ein trautes Familienleben hatte sie bis dahin nicht gekannt.

Während einer ihrer Spaziergänge erwähnte Theo schließlich Thomas. Danielle vermied es bisher, ihn zu erwähnen, da Theo keine Gelegenheit ausließ, um sich über ihre Schwäche für Thomas lustig zu machen und sie damit aufzuziehen.

»Übrigens, Thomas hat mich heute angerufen. Er hat gesagt, dass es eine neue Ausstellung in seiner Galerie gibt und er hat uns eingeladen, vorbeizukommen. Anscheinend werden die letzten Bilder von Grace ausgestellt. Was meinst du?«

»Schön! Von mir aus können wir gerne hingehen.«

»Wir könnten heute oder morgen gehen, ganz wie du magst.«

In dem Versuch, ihre Emotionen zu verdrängen, ließ Danielle Theo die Entscheidung treffen. Sie beschlossen, die Ausstellung am folgenden Tag zu besuchen.

Nach einem langen Spaziergang saßen alle vor dem Kamin und genossen einen Familienabend, an dem viele lustige Geschichten über den verwöhnten Theo und seine Kindheit erzählt wurden.

Bevor Danielle ins Bett ging, umarmte sie Theo.

»Du hast keine Ahnung, wie wichtig du für mich bist. Ich habe dich lieb«, flüsterte sie ihm ins Ohr.

»Ich dich auch«, sagte er bewegt.

Als sie im Bett lag, dachte sie an all die neuen Dinge, die sie über Theo erfahren hatte.

Obwohl Olivers Verrat sehr schmerzhaft für sie gewesen war, dankte sie ihm in Gedanken nun dafür. Ohne diese Enttäuschung hätte sie Theo nie kennengelernt. Für sie war dieser lächelnde und etwas unreife, junge Mann eine wahre Energiequelle geworden.

Danielle schlief diese Nacht unruhig. Sie wusste, dass sie am nächsten Tag Graces Ausstellung besuchen würden und Thomas in einer Atmosphäre voller Erinnerungen erleben würden.

Der Tag war für sie nicht besser als die Nacht, denn dieses beklemmende Gefühl in ihrer Brust, ließ einfach nicht nach.

Sie konnte nicht nachvollziehen, dass Thomas so viele Emotionen in ihr erweckte und, dass sie mit mehr als dreißig Jahren diese sentimentalen Gefühle einfach nicht beherrschen konnte.

Um sich zu beruhigen, sagte sie sich wiederholt »nur Freunde, wir sind nur Freunde«. Leider würde sie dieses Mantra schnell wieder vergessen.

Als sie bei der Galerie ankamen, waren Theo, Pam und Danielle von der Menge an Besuchern sehr beeindruckt. Für die Freunde von Thomas war es seltsam, ihn mit solch einem Ereignis zu verbinden. Er war für sie der leiseste und einsamste Mensch, den sie kannten.

In der Menge erkannte Danielle ihn sofort und sie konnte ihren Blick nicht von ihm abwenden. Thomas sah attraktiver aus als je zuvor. Er trug einen dunkelblauen Anzug und ein blaues, gemustertes Hemd. Der Bart war aus seinem Gesicht verschwunden, genau wie die innere Ruhe in Danielle.

Freunde..., sagte sie wieder zu sich selbst und wusste dennoch, dass die beruhigende Wirkung dieses Wortes bereits verschwunden war.

Diese zwei Wochen ohne Thomas hatten ihr überhaupt nicht geholfen, ihn zu vergessen, im Gegenteil: Als er sie dieses Mal anlächelte und sich ihr näherte, fühlte es sich so an, als ob ihr Herz aufgehört hätte, zu schlagen.

»Thomas, ich bin beeindruckt von eurem Talent. Die Gemälde von Grace sind fantastisch, genauso wie deine Bilder«, sagte Theo erstaunt

»Danke! Ich bin sehr froh, dass ihr kommen konntet. Du musst Pam sein«. sagte Thomas während er Theos Freundin begrüßte.

Sie lächelte nur freundlich.

Genau wie Danielle, war Pam sprachlos, denn obwohl Theo ein hübscher, junger Mann war, hatte Thomas eine Persönlichkeit, die alle erobern konnte. Er hatte einen Effekt der Sprachlosigkeit auf Frauen, den Theo bewunderte.

Zusammen gingen sie durch die Galerie und Thomas widmete seine volle Aufmerksamkeit seinen guten Freunden aus Ville.

»Und was denkst du über die Ausstellung?«, fragte der Gastgeber schließlich Danielle.

»Ich stimme Theo zu, es ist einfach wunderbar. Es tut mir leid, dass ich nicht früher gekommen bin.

Das alles hier ist viel mehr als nur Kunst«, sagte Danielle begeistert.

»Danke. Weißt du, diese Ausstellung ist ganz neu. Diese Gemälde, die du hier siehst, sind die letzten Bilder, die Grace gemalt hat. Nach ihrem Tod wurden diese Werke zu einem Schatz, den ich mit niemandem teilen wollte. Doch Lillian machte mir klar, dass ich das Talent von Grace mit der Welt teilen muss, und hier bin ich nun.«

»Ich verstehe … Es muss sehr schwierig für dich sein, aber ich möchte mich im Namen aller Anwesenden bei dir bedanken. Danke, dass du uns so viel Schönheit gezeigt hast. Ich fühle mich wirklich geehrt, Teil deines Publikums zu sein.«

»Danke, Danielle, das ist sehr nett von dir«, sagte er stolz.

»Und was ist mit deinen Bildern? Hast du sie vorher schon mal ausgestellt?«, fragte Danielle neugierig.

»Nur einige. Als Fotograf einer Zeitschrift hatte ich viele Anweisungen zu befolgen und ich konnte nur schwer meine eigenen Wünsche verfolgen. Aber dank Grace fand ich auf den Reisen wieder mehr Inspiration und wenn ich Zeit hatte, habe ich auch fotografiert und zwar das, was mir etwas bedeutet hat, und hier sind sie nun.«

Danielle sah sich jedes der ausgestellten Fotos genau an. Für sie zeigten diese Bilder nicht nur Momente, sondern ganze Geschichten. Die dort gezeigten Gesichter und Landschaften von abgelegenen

Orten aus weit entfernten Ländern waren einfach traumhaft und faszinierend.

Plötzlich erblickte sie ein Foto, das ihre ganze Aufmerksamkeit weckte. Es war das Bild einer alten Frau, die auf einem Schaukelstuhl saß. Hinter ihr war ein Graffiti an die Wand geschrieben, dort stand das englische Wort für Hoffnung.

»Hope … Ein wunderschönes Wort auf einem wunderschönen Foto. Ich muss dir sagen, dass diese Frau mich an meine Großmutter erinnert. Sie war mein liebster Mensch auf dieser Welt. Oh, Thomas, es ist eine bewundernswerte Arbeit«, sagte sie, ohne ihre Augen vom dem Bild abzuwenden.

Thomas bemerkte den Effekt, den das Bild bei Danielle auslöste und ohne etwas zu sagen, sah er sie voller Zärtlichkeit an.

Genau wie Danielle waren auch Pam und Theo begeistert.

»Fantastisch, Thomas, einfach wunderbar. Ich bin mir sicher, dass die Galerie bald leer sein wird. Ich glaube, es wird Zeit für dich, deine Kamera zu entstauben«, sagte Theo fröhlich.

»Danke, Theo, wir werden sehen … Vorerst muss ich weiterhin das Talent von Grace mit der Welt teilen und genau deshalb möchte ich euch zu einer Gala einladen. Sie wird morgen Abend im Saal des Grand Hotels stattfinden. Ich hatte viel zu tun und habe daher vergessen, euch Bescheid zu sagen, aber ich würde mich sehr freuen, wenn ihr kommen könntet.«

»Danke für die Einladung, leider haben wir morgen schon was vor. Es ist der Geburtstag meines Schwiegervaters und wir sind zum Abendessen eingeladen«, sagte Theo mit Bedauern.

»Wie schade! Dann werden wir eben Silvester zusammen feiern.«

In diesem Augenblick sah Pam die Gelegenheit, Danielle für eine Nacht loszuwerden.

»Ich bin mir sicher, dass Danielle dich gerne begleiten würde. Sie ist im Urlaub und es ist nicht fair, dass sie noch einen weiteren Abend in der Gesellschaft von alten Leuten verbringen muss; eine Abwechslung wird ihr sicherlich guttun«, sagte sie, während sie Danielle ansah.

»Eine sehr gute Idee, Pam!«, rief Thomas.

Danielle sah Theo hilflos an. Er presste seine Lippen zusammen, um nicht über den Einfall seiner Freundin zu lachen.

»Was denkst du, Danielle?«, fragte Pam spöttisch.

»Ich würde sehr gerne mitkommen, aber ich habe nicht einmal etwas Passendes zum Anziehen für ein solches Ereignis. Außerdem habe ich deinem Vater schon zugesagt, dass ich zu seiner Feier komme und ich will nicht unhöflich sein.«

»Über meinen Vater mach dir keine Sorgen, er wird es verstehen. Ein Kleid können wir auch morgen besorgen«, sagte Pam hartnäckig.

»Na wenn das so ist, dann nehme ich die Einladung gerne an«, antwortete Danielle nervös.

»Ausgezeichnet. Ich hole dich um sieben ab«, sagte Thomas zufrieden.

Nachdem sie sich von dem Gastgeber verabschiedet hatten, machten sich Danielle, Pam und Theo auf den Weg nach Hause. Auf der Fahrt dorthin lächelte das Paar und immer wieder wiederholten sie amüsiert, wie der Abend in der Galerie geendet hatte.

»Mit einem Date für Danielle!«, rief Pam in ironischem Ton.

Danielle saß auf dem Rücksitz und fand ihre Witze gar nicht lustig. Alles, was sie in diesem Moment fühlte, waren Angst und Unsicherheit. Noch beunruhigender war die Vorstellung, dass die Ankunft von Thomas auf der Gala mit einer neuen Frau an seiner Seite missverstanden werden könnte.

In dieser Nacht hatte die Ängstlichkeit ihr den Schlaf geraubt. Sie bewegte sich unruhig im Bett und wälzte sich hin und her, bis sie irgendwann doch endlich einschlafen konnte. Nach einer schwierigen Nacht voller Albträume wurde sie von Theos Stimme geweckt, der vor ihrer Tür stand.

»Steh auf, Schlafmütze! Du musst rechtzeitig für dein Traumdate fertig sein«, rief er spaßig.

Danielle lächelte, sie stand schnell auf und machte sich für den Tag fertig. Dann kam Pam und drängte sie, dass sie noch ins Einkaufszentrum gehen müsse, um sich etwas Passendes für die Gala zu besorgen.

Zum Glück war Pam eine Modeliebhaberin und begleitete sie gern. Danielle probierte zahllose Kleider, bis schließlich ein langes, schwarzes Kleid mit Rückenausschnitt beide begeisterte.

An diesem Tag schien Pam sehr hilfsbereit zu sein, da sie ein besonderes Interesse daran hatte, dass Danielle den Rest des Urlaubs mit jemand anderem als Theo verbrachte. Immerhin würden beide bald nach Ville zurückkehren und dort würden sie genug Gelegenheiten haben, um gemeinsam die Zeit miteinander zu verbringen.

Während Pam später Danielle schminkte und ihre Haare frisierte, erzählte sie, dass obwohl sie anfangs Angst um Theo gehabt habe, sie nun sehr froh sei, dass er die nötige Unterstützung in Ville gefunden hätte. Erkenntlich dankte Pam ihr für die bedingungslose Zuneigung, die sie ihrem Freund gab. Danielle freute sich über diese Veränderung in ihr und auch Theo war sehr erleichtert. Danielle hingegen erklärte Pam, dass Theo für sie selbst eine unerwartete Überraschung war und dass sie die Freundschaft, die sie mit ihm teilte, für immer schätzen würde.

»Ich werde immer für ihn da sein«, sagte Danielle nachdenklich.

Pam wusste, was sie meinte, sagte aber nichts mehr und lächelte dankbar.

Nachdem die beiden Frauen ihre Gedanken freundschaftlich ausgetauscht hatten, war Danielle endlich bereit für den Abend. Theo betrat das Schlafzimmer und betrachtete sie mit Begeisterung.

»Wie passend, dass die Party in einem Hotel stattfindet. Sobald Thomas dich sehen wird ... Wow!«

Danielle und Pam sahen sich einander mit Verbundenheit an, denn beide wussten, dass etwas Intimität mit Thomas nicht erschreckend war, sondern ganz im Gegenteil eine schöne Vorstellung.

»Du siehst sehr schön aus«, sagte Pam und war zufrieden mit dem Ergebnis ihrer Arbeit.

»Thomas wird sich freuen, dich als Begleitung zu haben«, fügte Theo anerkennend hinzu.

»Danke euch beiden, ich hoffe, dass ... ach, was soll's! Es ist nur eine Party«, sagte sie lächelnd und versuchte, ihre Nervosität zu verbergen.

»Ich weiß, aber ich freue mich dennoch für euch beide«, antwortete Theo.

Danielle lächelte schweigend, in der Gewissheit, dass seine Worte und sein Verdacht gut begründet waren.

Thomas kam pünktlich, um sie zu abholen. Danielle ging sofort raus, als sie die Klingel hörte. Sie wollte nicht, dass Theo mit seinen Witzen den Augenblick ruinierte und noch mehr zu ihrer Nervosität beitrug.

Als Thomas Danielle sah, war er begeistert. Zusammen liefen sie die Treppe runter und stiegen ins Auto. Bevor Thomas den Wagen startete, hatte er den Wunsch, seine Gedanken zu äußern.

»Ich muss dir sagen, dass du wunderschön bist. Ich bin mir sicher, dass ich keine bessere Unterstützung und keine schönere Begleiterin für heute Abend finden könnte. Ich bin sehr froh, dass du hier mit mir bist.«

Thomas küsste sie auf die Wange. Danielle schloss ihre Augen und für eine Sekunde genoss sie die Annährung.

Diese Worte hatten ihr verraten, dass dies für Thomas nicht irgendein Abend war und dass er ihre Freundschaft brauchte.

Auf dem Weg zum Hotel erhöhte sich Danielles Nervosität, da sie es nicht gewohnt war, an solch feinen Veranstaltungen teilzunehmen. Die Aufmerksamkeit war etwas, was sie nicht schätzte. Doch sie war die Begleiterin des Ehemannes der verehrten Grace und sie wusste, dass sie genau deswegen das Interesse der Gäste wecken würde. Es kam genauso, wie sie es vermutete: Als Thomas und Danielle die Gala betraten, begannen die Tuscheleien und Spekulationen um das angebliche Paar. Dies war auch der Fall, als sie die Eltern von Grace trafen.

»Thomas, mein lieber Thomas! Wie schön, dich wiederzusehen«, sagte die Frau glücklich.

»Greta, Peter, was für eine Freude, dass ihr hier seid.«

»Wir konnten unmöglich die Ehrung für unseren Engel verpassen«, sagte Graces Vater mit einer schmeichelhaften Stimme.

Thomas nickte verständnisvoll. Er seufzte und sah seine Begleiterin an.

»Ich möchte euch Danielle Kent vorstellen, sie ist eine gute Freundin aus Ville.«

Für Danielle war diese Situation mehr als unangenehm, da Greta und Peter auf ihre neue Bekanntschaft nur mit einem erzwungenen Lächeln und einem tödlichen Blick reagierten. An diesem Punkt wurde die Lage für Danielle unerträglich. Sie entschuldigte sich, um zur Toilette zu gehen, nur um einen Moment der Ruhe zu haben. Als sie wieder den Saal betrat, merkte sie, dass Thomas sich noch immer mit Peter und Greta unterhielt. Deshalb dachte Danielle, dass es unangemessen sei, sie zu unterbrechen und beschloss, alleine ein Glas Wein auf der Terrasse zu trinken. Ohne irgendjemandem Bescheid zu geben, ging sie raus, auf der Suche nach Stille und frischer Luft.

Sie setzte sich auf eine Marmorbank und betrachtete nachdenklich die Sterne am dunklen Himmel.

Wie sie gelernt hatte, dachte Danielle in solchen Situationen an Dr. Lillians Rat: »Schließ deine Augen und atme tief durch.« Sie tat es und als sie ihre Augen wieder öffnete, sah sie Thomas, der vor ihr stand.

»Oh Gott!«, rief sie erschrocken.

»Tut mir leid, ich wollte dich nicht erschrecken. Ich wollte nur nach dir sehen und fragen, wie es dir geht, aber jetzt, wo ich sehe, dass du Lillians Entspannungstechniken übst ... Ich glaube, du bist nicht so gut drauf. Was ist los?«, fragte Thomas besorgt.

»Mir geht es gut. Ich brauche nur ein bisschen frische Luft.«

»Bist du sicher?«

Danielle sah auf den Boden und seufzte.

»Um ehrlich zu sein, nein, mir geht's nicht besonders gut. Tut mir leid. Ich weiß, dass heute ein sehr wichtiger Abend für dich ist und ich möchte für dich da sein. Es ist nur sehr unangenehm für mich, dass du jedem Gast erklären musst, wer ich bin. Ich diskutiere ungern mit Fremden über mein Privatleben. Außerdem ist es seltsam, eine Art Ersatz für die perfekte Grace zu sein. Sie wird von allen geliebt und diese giftigen Blicke geben mir das Gefühl, dass ich dich nicht verdient habe. Es ist nicht so, dass ich dich …«

Als Danielle ihre Gefühle beichtete, setzte sich Thomas neben sie und streichelte mit beiden Händen ihr Gesicht. Diese Geste beruhigte Danielle so sehr, dass sie nichts mehr sagen konnte. Er hatte nun ihre volle Aufmerksamkeit.

»Wir müssen niemandem etwas erklären und bitte hör auf, zu denken, dass du mich nicht verdient hast. Ich bin mir sicher, dass sie sich einfach nur fragen: Was hat er getan, um so eine wundervolle Frau zu verdienen?«

Diese Worte berührten Danielle so sehr, dass eine Träne über ihr Gesicht rollte. Sie begriff nun, wie wertvoll es für sie war, dass ein Mann wie er sie schätzte. Oliver hatte alles in ihr zerstört, doch dank Thomas hatte Danielle erkannt, dass die aufrichtige und reine Liebe wirklich existierte. In diesem Augenblick beschloss sie, aufzuhören, gegen ihre Gefühle anzukämpfen und gestand sich ein, dass sie in diesen Mann verliebt war. Sie küsste ihn zärtlich. Thomas trat zurück und sah sie überrascht an. Danielle wollte sich gerade entschuldigen, als Thomas die Initiative ergriff und sie ebenfalls küsste. Sie teilten leidenschaftliche Küsse, welche sie beide vermisst hatten. Es war ein angenehmer Moment, aber sie wussten, dass sie zu der Gala zurückkehren mussten.

Thomas und Danielle betraten zusammen den Saal. Sie suchten ihre Plätze auf und saßen glücklich neben Greta und Peter. Bald musste Thomas aufstehen und für seine Grace eine Rede halten. Auf dem Podium drückte er die Verbundenheit und die Bewunderung aus, die er für seine verstorbene Frau empfand. Die Worte und der Ton, mit dem er sprach, zeigten allen Gästen, die unendliche Liebe, die er für Grace noch hatte. Grace hatte viel Glück mit ihm gehabt, genau wie es die Frau haben würde, welche seine neue Inspiration sein würde.

Der Rest des Abends war angenehmer für beide und nach einer Zeit voller Emotionen kehrten sie wie geplant zu Theos Haus zurück. Während Thomas sich auf die Straße konzentrierte, starrte Danielle aus dem Fenster. Sie hörten Radio, als sie plötzlich einen ihrer Lieblingssongs erkannte, »I Deserve It« von Madonna beschrieb ihre Gefühle für Thomas mit Perfektion.

Danielle sang innerlich mit und ihre Lippen bewegten sich nur, um ein Lächeln von großer Zufriedenheit zu bilden. Jedoch hatte keiner von beiden den Mut, die soeben geteilten Küsse zu erwähnen und so verabschiedeten sie sich voneinander. Als

Danielle zur Haustür ging, wusste sie, dass die Nacht so nicht enden durfte. In ein paar Stunden würden sie zusammen Silvester feiern und sie wollte das neue Jahr ohne Zweifel und ohne Ängste beginnen. Sie lief zurück zum Wagen und gab ihm einen letzten leidenschaftlichen Kuss. Sie sah ihm tief in die Augen und dankte ihm für die wundervolle Nacht. Er lächelte nur und dann räusperte er sich verlegen, wie er es manchmal machte, wenn er nicht weiterwusste.

Danielle ging ins Haus und fühlte sich glücklich. Sie ging die Treppe hoch und versuchte, leise zu sein, um die anderen nicht zu wecken. Als sie die Tür des Gästezimmers öffnete, warteten dort schon Theo und Pam gespannt auf sie. Sie forderten einen ausführlichen Bericht über den Abend mit Thomas. Sie erzählte ihnen, wie beliebt Thomas bei den Gästen war und auch wie bewegend seine Rede für Grace gewesen war. Aus Respekt für Thomas und die Freundschaft der Gruppe, ließ sie die schönen Momente auf der Terrasse weg. Zufrieden wünschten Theo und Pam ihr eine gute Nacht und gingen zurück in ihr Zimmer. Danielle fühlte sich etwas schuldig, da sie nicht vollkommen ehrlich mit Theo sein konnte, aber solange sie ihre Gefühle mit Thomas nicht geklärt hatte, wollte sie ihre Freundschaft vor Missverständnissen schützen. Sie wusste, dass sie in Thomas verliebt war, allerdings, trotz seiner Untreue, hatte Oliver noch immer einen wichtigen Platz in ihrem Herzen.

Nach den wunderschönen Tagen mit Theo und nach zwei faszinierenden Abenden mit Thomas kam der letzte Tag des Jahres. Nachdem sie ein schönes Abendessen mit der Familie Cooper genossen hatten, verabschiedeten sie sich, um gemeinsam zu einer Party zu gehen, die Theo zusammen mit seinen Freunden aus der Baseballmannschaft organisiert hatte. Als Danielle den Club betrat, fühlte sie sich wieder älter; alle tanzten zum Takt der ihr völlig unbekannten Musik. Sie setzte sich alleine an die Bar und lächelnd beobachtete sie, wie Theo, Pam und ihre Freunde feierten, als wenn es kein Morgen gäbe. Danielle hatte den anderen versprochen, ebenfalls mitzutanzen, sobald sie eine bekannte Melodie hören würde. In der Zwischenzeit würde sie wie üblich einige Cadillac Margaritas genießen.

Eine Stunde und einige Margaritas später war noch nichts von Thomas zu sehen. Sie wünschte sich nur, dass die gestrigen Ereignisse nicht der Grund für seine Abwesenheit wären. Um diese negativen Gedanken loszuwerden, konzentrierte sie sich auf Theo, der weiter mit voller Energie tanzte. Plötzlich erschien vor ihr das fast unsichtbare, aber unwiderstehliche Lächeln. Thomas küsste sie sanft auf die Wange und fragte den Barkeeper nach einem Bier.

»Bist du bereit für das neue Jahr?«

»Mehr denn je, und du, Tom?«

»Mehr denn je«, antwortete er lächelnd und bot ihr mit seinem Getränk an, miteinander anzustoßen.

Die Musik in dem Club war sehr laut, sodass sie nicht die Gelegenheit hatten, sich in Ruhe zu unterhalten. Trotzdem blieb die Atmosphäre angenehm, sodass Worte nicht nötig waren. Nachdem sie einige Blicke der Zuneigung ausgetauscht hatten, beschlossen sie, sich der Gruppe anzuschließen und mit ihnen zu tanzen.

Thomas war nicht der Beste auf der Tanzfläche, aber er war gut genug für Danielle. Sie wollte mit niemand anderem zusammen sein. Beide wünschten sich, die Momente des Vortages zu wiederholen, aber an diesem Tag ging es nicht um die beiden, sondern um einen neuen Anfang für alle Anwesenden.

Die letzten Minuten des Jahres vergingen, die Musik verstummte und alle waren bereit für den Countdown. Thomas und Danielle zählten die letzten Sekunden laut mit und schauten sich tief in die Augen. Für einen Augenblick vergaßen sie alles andere, und als die Glocken schlugen, umarmten sie sich zärtlich. Sie sahen, wie sich alle glücklichen Paare und Freunde küssten. Wieder war Pam diejenige, die sich einmischte und schob sie zueinander. Theo bemerkte ihre Absichten und sagte:

»Nun tut es endlich. Nur so kann das neue Jahr gut anfangen!«

Danielle und Thomas sahen sich an und genau wie zwei schüchterne Teenager küssten sie sich. Diese Nacht war eine der besten Nächte, die die drei Freunde jemals zusammen erlebt hatten.

Während der ersten Stunden des neuen Jahres trank Danielle mehr, als sie es gewohnt war. Als sie schließlich die Wirkung der Margaritas merkte, bat sie Theo, nach Hause zu gehen. Pam hingegen wollte die Party nicht verlassen und auch nicht, dass Theo wegging. Sie suchte eine schnelle Lösung. Zufällig wusste sie, dass sich Thomas ein Zimmer in einem Hotel in derselben Straße, wo der Club lag, genommen hatte und sie schlug vor, dass Danielle dort schlief, damit die anderen weiterfeiern konnten.

Danielles Zustand war nicht so kritisch, um nicht zu erkennen, dass Theo und Pam bleiben wollten. Sie wollte deren Partynacht nicht ruinieren und entschloss sich also, im nahegelegenen Hotel zu bleiben.

Mit der Hilfe von Thomas gelang es ihr, die beiden Straßenblöcke entlangzugehen, die sie von dem bequemen Zimmer trennten. Müde und immer noch schwindelig, legte sie sich auf das Bett und ohne ihre Partykleidung auszuziehen, schloss sie die Augen. Thomas zog ihre Pumps aus, bedeckte sie mit einer warmen Decke und ließ sie friedlich schlafen.

Nach ein paar Stunden tiefem Schlaf, wachte Danielle etwas verwirrt auf. Thomas schlief gemütlich neben ihr. Dieses Bild brachte sie zum Lächeln. Vorsichtig stand sie auf, ging ins Badezimmer und nahm eine kalte Dusche. Sie zog ein T-Shirt an, das Thomas auf einem Stuhl gelassen hatte, und ging wieder ins Bett. Alle ihre Bewegungen waren geschickt und leise, sodass sie ihn nicht weckte.

Ein paar Sonnenstrahlen schienen schon durch das Fenster und verschönerten das Bild, welches sie vorher schon fasziniert hatte. Dieses wundervolle und friedliche Gesicht brachte sie wieder dazu, vor Glück zu lächeln und genau in diesem friedlichen Moment wachte Thomas auf.

»Hey!«, sagte er schläfrig.

»Es tut mir leid, ich wollte dich nicht wecken.«

»Kein Problem. Geht es dir gut?«, fragte er besorgt.

»Ja, alles gut. Ich habe nur gerade gedacht, wie hässlich dein Gesicht mit den Sonnenstrahlen aussieht«, sagte Danielle ironisch.

»Dito«, sagte Thomas, während er sich ihr näherte und dann zärtlich küsste.

Danielle legte sich neben ihn und sanft streichelte sie seinen nackten Oberkörper. Erregt zogen sie ihre Kleider aus und liebten sich mit der intensiven Leidenschaft, die sie seit ihrer letzten Begegnung unterdrückt hatten. Für sie war jeder Moment, den sie mit ihm verbrachte, wie ein Traum. Bisher hatte sie gedacht, dass Liebesgeschichten perfekt sein sollten, aber jetzt wusste sie, dass je weniger es wie in einem makellosen Märchen aussah, desto intensiver war es. Der Mann, den sie in einem der schlimmsten Momente ihres Lebens kennengelernt hatte, gab ihr das Wichtigste wieder, was Oliver ihr weggenommen hatte: nämlich Hoffnung.

Danielle und Thomas frühstückten glücklich auf dem Hotelbett, blieben danach eng umschlungen liegen und redeten weiter. Thomas sprach über

Graces Tod, ein Thema, das er vorher noch nicht ausführlich erwähnt hatte.

Er erzählte Danielle, dass Grace nach ein paar Tagen voller Beschwerden einen Arzt konsultiert hatte und ohne es zu ahnen, bei ihr Krebs diagnostiziert wurde. Leider war die Krankheit in einem fortgeschrittenen Stadium und die Heilungsmöglichkeiten waren nicht ermutigend. Grace, die eine entschlossene und starke Frau war, entschied sich gegen die Behandlung. Sie wollte nicht ihre letzten Monate unter dem Einfluss von Medikamenten verbringen, sondern sie bewusst genießen. Diesen Beschluss fand Thomas damals unfassbar und inakzeptabel. Er konnte nicht verstehen, dass sie ihr Leben aufgab und hasste sie dafür. Nach langen Diskussionen war Thomas dennoch gezwungen, ihre Entscheidung zu respektieren. Er durfte die letzten Monate mit seiner Frau verbringen, die bis zu ihrem letzten Tag mutig war. Lernen, ohne sie zu leben, war für Thomas ein langer und schmerzlicher Prozess gewesen. In dieser Zeit war Dr. Lillian eine wichtige Unterstützung für ihn.

Danielle war sich sicher, dass eine so gute Frau wie Grace nur den besten Mann gewählt hätte und das war Thomas.

»Diese Jahre waren sehr hart, aber ich denke, dass ich nach und nach Frieden gefunden habe und ich bin nun bereit, mein Leben weiterzuleben. Mein Leben nach Grace …«

Als Danielle diese letzten Worte hörte, war sie erleichtert und dies nicht nur wegen ihrer Gefühle für ihn. Sie wusste, was Thomas durchgemacht hatte und sie war froh, dass er endlich bereit war, sein Schicksal anzunehmen und sein Leben zu leben.

»Ich freue mich für dich. Du verdienst nichts mehr, als glücklich zu sein.«

»Danke und um ehrlich zu sein ... Ich habe mich seit einigen Monaten in der Tat glücklicher gefühlt«, sagte er, während er ihre Wange zärtlich streichelte.

»Ich auch«, erwiderte sie verliebt.

Nach dem rührenden Gespräch nahmen sie zusammen eine warme Dusche und liebten sich mit Leib und Seele.

Der Morgen der Leidenschaft und der Geständnisse kam bald zu einem Ende. Danielle und Theo mussten nach Ville zurückkehren. Thomas hingegen musste noch ein paar Tage in der Stadt bleiben, da er dort noch einige Angelegenheiten zu erledigen hatte.

Als Thomas sich vor der Cooper Villa von Danielle verabschiedete, nahm er ihre Hand und küsste sie liebevoll. Danielle stieg aus dem Wagen und lehnte sich gegen das Fenster. Sie sah Thomas direkt in die Augen und sagte:

»Erinnerst du dich an die Konversation, die wir über Villes Namen hatten? Ich habe dir gesagt, dass er nach meinem Geschmack unvollständig ist ...«

»Ja«, sagte Thomas neugierig.

»Nun, ich dachte, dass die Hauptattraktion Teil des Namens sein sollte und jetzt ... habe ich es! Ich habe das fehlende Teil gefunden!«

»Ja? Was ist es? Das Meer? Oder vielleicht die Sonne?«, fragte er amüsiert.

»Es ist wahr, dass das Meer und die Sonne dort sehr schön sind. Aber für mich bist du das Besondere in Ville.« Sie lächelte und ging Richtung Haustür. Sie drehte sich noch mal zu ihm um und sagte zu ihm: »Wir sehen uns, wenn du wieder in Ville bist oder besser gesagt, wenn du nach *Tomville* zurückkommst.«

Kapitel VIII

Die Feiertage waren zu Ende. Danielle und Theo mussten nach Ville zurückkehren, um weiter gegen ihre inneren Dämonen zu kämpfen. Für Theo war es nicht leicht, sich von seiner Familie und von seiner geliebten Pam zu verabschieden. Die traurigen Gesichtsausdrücke von seiner Mutter und von Pam weckten in Theo nostalgische Gefühle. Zugleich war es genau dieses Gefühl, welches ihn zusätzlich motivierte, so schnell wie möglich wieder gesund zu werden. Ihrerseits bedankte sich Danielle bei ihren Gastgebern, die seit dem ersten Tag sehr warmherzig zu ihr gewesen waren.

Am Ende des Urlaubs hatte Danielle es auch endlich geschafft, Pam davon zu überzeugen, dass es zwischen ihr und Theo nichts weiter als eine unschuldige Freundschaft gab.

Nachdem einige Tränen geflossen waren, machten sich Danielle und Theo auf den Weg zurück nach Ville.

Die Stunden auf der Straße vergingen schnell, da die beiden Freunde lebhaft über die Highlights der Feiertage redeten. Danielle hatte natürlich nicht erwähnt, was im Hotel passiert war. Für sie waren die Stunden, die sie mit Thomas verbracht hatte, zu wertvoll und zu intim, um sie mit jemandem zu teilen. Sie hatte beschlossen, diese Ereignisse vor Theo und vor Dr. Lillian geheim zu halten, zumindest bis sie ihre Gefühle vollständig geklärt hatte.

Als sie bei Danielle zu Hause ankamen, dankte Theo ihr für ihre Gesellschaft und vor allem für ihre unendliche Geduld mit Pam. Theo umarmte sie und gab ihr einen Kuss auf die Stirn. Danielle lächelte und schlug vor, sich am Freitag nach der Therapie wiederzutreffen. Jetzt mussten sich beide zunächst einmal darauf konzentrieren, ihre unerledigten Angelegenheiten in Ordnung zu bringen.

In der Zwischenzeit trainierte Theo seinen Rücken weiter, während Danielle versuchte, ihre Gefühle für Thomas, aber vor allem auch ihre Gefühle für Oliver zu klären. Nach allem, was mit Thomas geschehen war, wollte sie das Kapitel mit ihrem ehemaligen Partner eiligst abschließen. Danielle grübelte darüber, ob ihre Beziehung mit Oliver immer ein Teil ihres Lebens sein würde oder ob letzten Endes vielleicht sogar nur eine entfernte Erinnerung an ihn übrig bleiben würde. Aus diesem Grund entschied sie, dass es nun Zeit war, ihn zu kontaktieren. Sie verfasste wiederholt eine E-Mail, aber sie sendete sie nicht. Für Danielle war es unmöglich, die richtigen Worte zu finden, um ihm zu erklären, dass sie ihn nur sehen wollte, um einige Fragen zu stellen, aber dass gleichzeitig eine Versöhnung für sie unmöglich wäre. Als sie dies nicht schaffte, war sie sehr frustriert, denn sie wollte den perfekten Text schreiben und sie konnte es einfach nicht. Darum beschloss sie, es später nochmals zu versuchen.

In den nächsten Tagen beschäftigte sie sich wieder mit dem normalen Alltag. Durch die Abwesenheit von Thomas und AC schienen die Spaziergänge am Strand eher langweilig, dennoch gaben diese Schritte ihrer Seele weiterhin Ruhe. An den Nachmittagen saß sie vor ihrem Laptop und schrieb weiter über all die Gefühle, die sie in so kurzer Zeit erlebt hatte. Fünf Monate waren seit ihrer Ankunft in Ville vergangen. Diese Stadt hatte sie mit einem gebrochenen Herzen und ohne jede Perspektive empfangen. Jetzt in der Mitte ihres Heilungsprozesses hatte sie die Möglichkeit zu einem neuen Leben in einer neuen Welt entdeckt. Sie fühlte sich so glücklich mit allem, was sie bis jetzt gewonnen hatte, dass das, was als Nächstes passieren würde, für sie fast irrelevant schien.

Danielle konnte noch sieben Monate an diesem wunderschönen Ort wohnen und sie nahm sich vor, jede Sekunde davon zu genießen.

Zufrieden mit ihren Überlegungen versuchte sie, sich um andere Angelegenheiten zu kümmern. Sie versuchte nochmals, Oliver zu schreiben, aber es schien so, als ob ihre Inspiration jedes Mal verschwand, wenn sie an ihn dachte. Die richtigen Worte waren einfach noch nicht zu finden. Verärgert beschloss sie, eine Pause zu machen und Theo bei seiner Physiotherapie zu überraschen. Er war so vertieft in sein Training, dass sie dachte, er könne etwas Unterstützung gut gebrauchen.

Als sie im Fitnessstudio ankam, schaute sie durch das Fenster und sah Theo, der mit Leib und Seele fleißig trainierte. Theo war so konzentriert, dass sie sich entschloss, dort auf ihn zu warten und ihn nach dem Training zum Essen einzuladen.

Sie beobachtete Theo mit Stolz, als plötzlich ein Mann zu ihr kam.

»Hallo, du bist eine Freundin von Theo, oder?«

»Ja«, antwortete sie überrascht.

»Ich habe mir schon gedacht, dass ich dich kenne. Theo hat uns an Halloween einander vorgestellt.«

»Oh je, Halloween … Ich bin Danielle«, sagte sie verlegen, da sie wegen der vielen Cocktails nichts mehr davon wusste.

»Sehr angenehm, Danielle, ich bin Sebastian. Ich bin Theos Physiotherapeut. Komm mit mir, er wird sich sicher freuen, dich zu sehen.«

»Nein, nicht nötig. Ich will ihn nicht stören. Ich bin mir sicher, dass für Theo jede Minute Training sehr wichtig ist, um in Form für die neue Saison zu sein.«

Der Trainer sah sie verwirrt an.

»Es tut mir leid, dass ich es dir sagen muss, aber auch wenn Theo 24 Stunden am Tag trainieren würde, so wird er nicht fit genug sein, um Baseball zu spielen, zumindest nicht mehr als Profi.«

»Was? Aber Theo sagte …«

»Theo ist in einem Zustand der Verneinung. So sehr wir ihm auch alle gerne helfen würden, seine Verletzung ist leider irreversibel, aber er will das einfach nicht einsehen. Dieser Sport verlangt eine hohe Leistung und ist eine extreme Belastung für den Körper. Abgesehen vom Schmerz könnte es weitere Komplikationen bei ihm verursachen und die Folgen wären verheerend für ihn.«

»Aber er sagt mir das Gegenteil. Wie kann das sein. Seit wann gibt es diese Diagnose?«, fragte sie besorgt.

»Seit ein paar Monaten. Theo weiß, dass das, was wir hier machen, lediglich hilft, die Schmerzen zu lindern. Aber die Chance, mit so einer Verletzung wieder professionell Baseball zu spielen, ist meiner Erfahrung nach, gleich null. Wenn jemand ihm eine andere Diagnose gegeben hat, so ist mir dies nicht bekannt und ich stimme dem auch nicht zu.«

»Oh, Theo«, sagte sie leise.

Danielle schaute Theo verzweifelt zu.

»Geht es dir gut? Willst du mitkommen, um ihn zu begrüßen?«, fragte Sebastian vorsichtig, denn die Verwirrung in Danielles Gesicht war offensichtlich.

»Nein … bitte sag Theo nicht, dass ich hier war. Ich werde später mit ihm reden, jetzt muss ich leider gehen. Mach's gut, Sebastian«, sagte sie eilig.

Danielle verließ das Fitnessstudio, so schnell sie konnte. Sie ging zurück zu ihrem Haus, um dort Schutz zu finden. Die Unterhaltung mit Sebastian hatte ihr eine schreckliche Angst gemacht.

Als sie endlich zu Hause ankam, setzte sie sich auf die Veranda und weinte.

»Oh, Theo!«, rief sie und bedeckte ihr Gesicht mit ihren Händen.

Die Zeit verging und Danielle saß noch immer draußen und dachte weiter an Theo. Sie wusste nicht, wie viele Stunden sie dort war, aber als sie auf ihre Uhr sah, bemerkte sie, dass es Zeit für ihre Session mit Dr. Lillian war.

In diesem Augenblick vergaß sie alles, was sie ihr erzählen wollte. Für Danielle war es nur noch wichtig, zu wissen, ob Theo zumindest Dr. Lillian gegenüber ehrlich gewesen war. Danielle hatte das Gefühl, dass es Theo gelungen war, die Wahrheit vor seiner Familie und vor seinen Freunden zu verbergen.

Diese Gedanken begleiteten sie auf ihrem Weg zu der Praxis. Sie wartete draußen ungeduldig. Sie wollte unbedingt von Dr. Lillian mehr über Theos Situation erfahren.

Nachdem sie ein paar Minuten im Wartezimmer gesessen hatte, hörte sie ihren Namen.

Sie saß auf dem Ledersessel und versuchte, zu lächeln.

»Hallo, Danielle, frohes neues Jahr. Wie geht es dir? Wie war dein Urlaub?«, fragte Dr. Lillian sie freundlich.

»Ausgezeichnet«, antwortete sie grob.

»Schön … und hast du Oliver kontaktiert?«

»Nein, noch nicht. Aber ich werde es machen.«

»Gut. Ist alles in Ordnung? Mir scheint, dass du etwas nervös bist.«

»Mir geht es gut, allerdings gibt es etwas, das mich sehr beunruhigt, und ich würde gern mit Ihnen darüber sprechen.«

»Natürlich, deswegen bin ich hier.«

»Das Problem ist, dass es hier nicht um mich geht, sondern um einen anderen Patienten von Ihnen.«

»Thomas Lake?«, fragte die Ärztin lächelnd.

»Nein, Theo Cooper. Mit ihm ist etwas nicht in Ordnung.«

Der Gesichtsausdruck von Dr. Lillian veränderte sich sofort, als sie Theos Namen hörte.

»Danielle, es tut mir wirklich leid. Ich verstehe deine Sorge um Theo, aber bitte versteh, dass ich nicht mit dir über andere Patienten reden darf«, sagte Dr. Lillian geduldig.

»Ich weiß es und das verstehe ich auch, aber ich brauche Ihre Hilfe. Ich weiß nicht, wie ich mit dieser Situation umgehen soll. Vielleicht könnten wir einfach hypothetisch über einen Freund sprechen, der in Schwierigkeiten steckt.«

»Okay, versuchen wir es mal. Was ist los mit deinem Freund?«

Danielle sah die Ärztin an, während sie nach den richtigen Worten suchte.

»Ich glaube, dass mein Freund vor der Realität wegläuft. Er lebt auf der Grundlage eines Traums, der in keinster Weise realisiert werden kann. Er hält die traurige Wahrheit vor allen geheim: vor mir, vor seiner Familie und sicher auch vor seiner Freundin. Er hat uns alle belogen.«

»Ich verstehe … Ich kann mir vorstellen, dass du ihn nun damit konfrontieren willst?«

»Ja, genau. Doch ich weiß nicht, wie … Ich möchte ihn nicht verletzen.«

»Du kennst deinen Freund gut, du weißt, wie man mit ihm reden kann. Vielleicht hat er nur Angst. Wenn ich er wäre, würde ich ungern alleine sein. Ich glaube, es würde ihm guttun, mit dir oder mit jemand anderem darüber zu sprechen.«

Danielle nickte und seufzte.

Nach dem langen und tröstenden Gespräch mit Dr. Lillian, wurde Danielle klar, dass sie Theo unbedingt helfen musste.

Als sie das Büro verließ, wartete Theo schon draußen. Er sah glücklich aus und lächelte.

»Oh, Danielle! Warum das lange Gesicht?«, fragte Theo besorgt.

»Ach, nichts. Du weißt doch, Weiberkram«, sagte sie lächelnd, um ihre Tränen zu verbergen.

»Komm schon! Heute ist Freitag, das bedeutet Karaoke! Also freu dich doch ein bisschen.«

»Du hast recht. Ich gehe nur kurz nach Hause und mache mich fertig. Wir treffen uns dort, okay?«

Theo zeigte ihr einen erhobenen Daumen als Zeichnen seiner Zustimmung und betrat das Sprechzimmer von Dr. Lillian. Dieses Bild brach Danielles Herz und sobald er hinter der Tür verschwunden war, füllten sich ihre Augen mit Tränen. Jetzt konnte sie nur hoffen, dass Dr. Lillian Theo davon überzeugte, seine unmöglichen Ambitionen aufzugeben. Sich so etwas zu wünschen, war grausam, doch sie wusste, dass dies das Beste für Theo war.

Wie jeden Freitag veranstalte Theo in der Karaoke-Bar seine Show, ohne irgendeine Spur von seinem inneren Kampf zu zeigen. Er sah glücklich aus, aber Danielle wusste, dass dieses Lächeln nur eine Fassade war. Sie beschloss, mit ihm zu sprechen, sobald Thomas zurück in Ville sein würde. In der Zwischenzeit würde sie sich um ihren eigenen Dämonen kümmern: nämlich Oliver.

Die nächsten Tage vergingen schnell vor dem Computer. Danielle schrieb fleißig weiter und verlor so völlig das Zeitgefühl. Sie versuchte abermals, eine Nachricht für Oliver zu schreiben, doch schließlich löschte sie die Sätze immer wieder.

Hallo Oliver,
ich will dich auch sehen ...

Wieder wusste sie nicht, was sie sonst noch zu sagen hatte. Sie dachte, ein bisschen frische Luft könnte ihr helfen. Sie trank einen warmen Tee und genoss draußen die Ruhe und das Rauschen des Meeres. Von der Veranda aus erkannte sie plötzlich, wie AC in ihre Richtung lief. Hinter AC konnte sie auch den Mann ihrer Träume erkennen, Thomas. Danielle spürte, wie ihr Herz schneller zu schlagen begann. Ihr Erstaunen war groß, denn sie hatte ihn erst in ein paar Tagen zurückerwartet.

»Was für eine wunderbare Überraschung!«, rief sie glücklich und umarmte Thomas. »Ich habe nicht erwartet, dich ... euch so bald zu sehen.«

»Ich weiß, aber ich konnte nicht länger warten ... Ich wollte dich unbedingt sehen.«

Thomas küsste Danielle zärtlich.

»Ich bin so froh, dass du zurück bist. Diese Tage waren nicht einfach ohne dich.«

»Warum? Was ist passiert?«, fragte er besorgt.

»Es ist Theo ... Ich mache mir Sorgen um ihn. Aber bitte lass uns später darüber reden. Jetzt bin ich glücklich und ich möchte erst mal mehr von dir hören.«

»Okay.«

»Und ...Wie läuft es in der Galerie?«

»Super! Die Gemälde von Grace verkaufen sich sehr gut. Das Geld werden wir, also ihre Eltern und ich, spenden. Es gibt eine Stiftung, die krebskranke Frauen mit niedrigem Einkommen unterstützt und wir wollen auch helfen. Grace hätte es so gewollt.

»Das ist sehr nett von euch. Ich weiß, wie schwierig es für dich ist, sie loszulassen, aber ich bin mir sicher, dass Grace sehr stolz auf deine Entscheidung wäre.«

»Ich hoffe es«, seufzte er nostalgisch.

»Und was ist mit deinen Fotos?«

»Ich habe auch sehr gute Kritiken erhalten. Ich bin zufrieden. Um die Wahrheit zu sagen, mein Leben hat sich in kurzer Zeit so sehr verändert, aber endlich bin ich wieder glücklich«, sagte er, während er sie um die Taille fasste.

»Ich bin froh, das zu hören.«

»Es gibt noch etwas, das ich dir erzählen möchte ...«

»Okay.«

»Ich will mein eigenes Restaurant in Ville eröffnen. Was hältst du davon?«

»Wow! Das ist eine großartige Idee!«

Thomas lächelte zufrieden und Danielle sah ihn verliebt an. Seine Anwesenheit ließ all ihre Ängste und Unsicherheiten verschwinden. Für einen Augenblick lang sagten sie nichts mehr und sahen sich nur in die Augen. Langsam näherten sie sich einander und teilten einen zarten Kuss. Sie betraten das Haus und die Küsse wurden intensiver. Thomas drückte Danielle gegen die Wand, küsste sie am Hals und streichelte ihre Beine.

Danielle war von seiner Zärtlichkeit verzaubert und mit dem Drang, seine Haut zu fühlen, zog sie so sehr an seinem Hemd, wodurch einige Knöpfe abplatzten.

»Ich habe dich so vermisst«, murmelte Danielle.

»Ich dich auch«, antwortete er mit einem leidenschaftlicheren Kuss.

Sie waren so ineinander vernarrt, dass ihnen in diesem Moment der Esstisch ein geeigneter Ort für ihr Liebespiel zu sein schien.

Dieses hemmungslose Gefühl war für Danielle nichts Neues, denn sie hatte schon das gleiche Begehren für Oliver empfunden, aber diese grenzenlose Freiheit, die sie jetzt fühlte, war das Werk von Thomas.

Nach den schönen Stunden der Liebe aßen sie zusammen bei Kerzenlicht zu Abend.

Thomas hatte eigentlich vor, nach dem Abendessen nach Hause zu gehen, aber Danielle bat ihn, sie noch nicht alleine zu lassen. Stattdessen schlug sie ihm vor, einen Spaziergang am Strand zu machen. So konnte auch AC sich endlich draußen austoben, denn der Hund sprudelte nur so vor Energie und wartete ungeduldig darauf, an den Strand laufen zu dürfen.

Während des Spazierganges erwähnte Danielle ihre Sorge um Theo. Thomas hörte aufmerksam zu und obwohl er nicht davon überzeugt war, dass eine Intervention das Beste für Theo wäre, nahm er ihren Vorschlag an. Thomas wusste, wie schädlich es war, vor der Realität wegzulaufen und genau deswegen versprach er, ihr dabei zu helfen. Sie würden Theo zum Abendessen einladen und dann offen mit ihm sprechen.

Als sie von ihrem Spaziergang zurückkamen, planten sie verschiedene Aktivitäten für die nächsten Tage. Eine davon war ein Ausflug mit dem Boot, vorausgesetzt die Wetterbedingungen würden es erlauben.

Am nächsten Morgen wachte Thomas als Erster auf. Er dachte, es wäre romantisch, Danielle mit dem Frühstück zu überraschen.

Zu seinem Glück hatte Danielle alle notwendigen Zutaten vorrätig, damit er sie zu einer Köstlichkeit verwandeln konnte. Während Thomas auf seine wundervollen Pfannkuchen wartete, entschied er sich, kurz im Internet die Wettervorhersage nachzuschauen. Als er den Laptop von Danielle öffnete, erschien vor seinen Augen die unvollständige E-Mail für Oliver.

Hallo Oliver,
ich will dich auch sehen ...

Verwirrt klappte er den Laptop wieder zu und kehrte in die Küche zurück. Er trank einen Kaffee und setzte sich auf die Küchenbank. In diesen Minuten des völligen Schweigens kamen ihm unzählige unerwünschte Gedanken, die ihn eifersüchtig und sehr wütend machten.

Es war der Geruch von verbrannten Pfannkuchen, der ihn aus seiner mentalen Folter erlöste sowie Danielle aus ihrem tiefen Schlaf weckte. Sie kam in die Küche und küsste ihn auf die Wange. Er räusperte sich nervös.

»Eine neue Definition von ›well-done‹«, sagte sie grinsend, als sie den Inhalt der Pfanne sah.

»Tut mir leid ... Ich war abgelenkt.«

»Mach dir keine Sorgen, war nur ein Witz. Hast du gut geschlafen?«, fragte sie, während sie ihn von hinten umarmte.

»Ja«, antwortete er grob.

»Alles in Ordnung?«

»Ja.«

»Bist du sicher?«, fragte sie besorgt und setze sich ihm gegenüber.

»Ich weiß nicht, ob alles in Ordnung ist. Sag du es mir.«

»Tom, ich verstehe nicht, was -«

Thomas unterbrach sie und mit einer wütenden Stimme fragte er sie:

»Wann wird Oliver kommen? Oder wirst du zu ihm fliegen?«

»Oliver? Wovon sprichst du? Ich verstehe nicht, was ...« In diesem Moment sah Danielle instinktiv zu dem Raum, wo ihr Laptop auf dem Schreibtisch lag.

»Genau davon spreche ich.«

»Hast du meine Nachrichten gelesen?!«, fragte sie empört.

»Nicht mit Absicht! Ich wollte nur etwas im Internet nachsehen, denn der Akku von meinem Handy ist leer. Also habe ich deinen Computer angemacht und deine E-Mail erschien direkt auf dem Bildschirm.«

»Tom, es ist nicht, was du denkst.«

»Ach ja? Dann wirst du ihn nicht treffen? Willst du ihn nicht nach ›Tomville‹ einladen?«

Danielle war von seinen Worten überrascht.

»Ja, ich werde ihn bitten, nach Ville zu kommen, aber nicht aus den Gründen, die du vermutest. Ich muss mit ihm reden ... Du hast selbst gesagt, dass ich mich meinen Problemen stellen muss.«

»Ja, das habe ich wohl gesagt, aber nicht persönlich! Ist es wirklich nötig?«

»Oliver und ich, wir waren fünf Jahre zusammen. So eine Beziehung kann man nicht per Telefon beenden. Ich habe gedacht, dass du es verstehen würdest.«

»Bitte vergleich meine Beziehung nicht mit deiner«, erwiderte er immer noch wütend.

»Mache ich nicht. Das Einzige, was ich sagen möchte, ist -«

»Ich kann nicht glauben, dass du den Kerl hierhinbringst, um mit ihm Kaffee zu trinken, obwohl er dich betrogen und verletzt hat.«

»Ich kann nicht glauben, wie du dich verhältst. Würdest du mich bitte ausreden lassen?«

»Ich brauche keine Erklärung. Ich will nur wissen: Was willst du denn von mir? Willst du, dass er eifersüchtig wird? Du weißt schon: Auge um Auge, Zahn um Zahn.«

»Was?! Natürlich nicht!«, rief sie beleidigt.

»Wann wolltest du es mir denn erzählen?«

Danielle schwieg, denn sie hatte tatsächlich nicht die Absicht, diese Information mit Thomas zu teilen, jedenfalls nicht, solange sie keinen bestimmten Termin mit Oliver vereinbart hatte.

»Oh, Danielle, wie naiv ich war. Ich habe dir so viele Sachen über Grace und von mir anvertraut … Und du, du hast nicht einmal daran gedacht, deine Pläne mit mir zu besprechen? Ich möchte nur etwas klarstellen: Sollte Oliver dich wieder verletzen, komm nicht zu mir, damit ich dich im Bett tröste.«

Seine raue Art war für Danielle erschreckend. Sie legte ihre Hände auf den Kopf und sah ihn verwirrt an.

»Es ist besser, wenn du jetzt gehst«, sagte sie enttäuscht.

Thomas nickte, rief AC und schweigend ging er. Danielle stand noch sehr verwirrt in der Küche und wusste nicht, ob sie weinen oder lachen sollte. Ein paar Minuten später saß sie draußen und eine große Beklemmung überfiel sie. Eine solche Reaktion, die so ungerecht und übertrieben war, hätte sie niemals von Thomas erwartet. Sie war so traurig, dass das Geräusch des Meeres nicht mehr die gleiche entspannende Wirkung auf sie hatte. Danielle hatte das Gefühl, dass sie bekommen hatte, was sie wollte, aber was sie aktuell nicht brauchte. Sie hatte einfach nicht die emotionale Kraft, um jetzt einen eifersüchtigen und nachtragenden Mann zu ertragen. Sie wusste auch, dass Theo viel größere Probleme hatte und er sie nun brauchte. In ein paar Stunden würden die drei sich bei Thomas treffen, um seine Situation zu klären und dies hatte für sie oberste Priorität. Theo sollte nicht erfahren, dass etwas zwischen ihr und Thomas vorgefallen war.

Obwohl sie sich bemühte, nicht an Thomas zu denken, kamen ihr immer wieder die Tränen. Aus dem Traum wurde wieder ein Albtraum und sie wusste nicht, warum. Traurig musste sie sich eingestehen, dass sie Thomas gegenüber unehrlich gewesen war, und dass dies ihn sehr verletzt hatte. Doch seine Reaktion hatte ihr gezeigt, dass er nicht an ihre Liebe für ihn glaubte. Diese Gedanken quälten sie einige Stunden lang.

Zum Glück hatte sie wie jeden Freitag die Möglichkeit, ihre Sorgen bei Dr. Lillian zu besprechen. Dennoch beschloss sie, ihre flüchtige Romanze mit

Thomas vorerst weiterhin geheim zu halten und stattdessen würde sie sich bei ihrem Termin auf Oliver konzentrieren.

Das Gespräch mit Dr. Lillian hatte ihr wie immer sehr geholfen.

Als sie das Sprechzimmer verließ, war Theo schon da. Danielle bemerkte keinerlei Besorgnis oder Anspannung in seinem Gesicht. Dabei erkannte sie, dass das, was sie am meisten an Theo bewunderte, eine fiktive Qualität war. Mit einem Lächeln erinnerte Theo sie daran, dass Thomas sie beide nach dem Karaoke-Abend bei sich zu Hause zum Essen eigeladen hatte.

Nach ein paar Stunden der Ruhe und Einsamkeit waren die drei Freunde bereit, einen weiteren Abend zusammen zu genießen. Doch Theo wusste nicht, dass diese Nacht ganz anders verlaufen sollte.

Danielle kam mit gemischten Gefühlen pünktlich zum Treffpunkt. Den Streit mit Thomas hatte sie noch nicht überwunden und die nächste Herausforderung wartete schon auf sie. Mit der Absicht, ihre Wut zu verschleiern, begrüßte sie Thomas und Theo sehr herzlich. An diesem Abend würde sie Theo zuliebe ihre Verärgerung unterdrücken. Seinerseits hatte auch Thomas nachgedacht. Er war zu dem Schluss gekommen, dass seine Reaktion nicht angemessen gewesen war, doch tief in seinem Herzen war er immer noch sehr enttäuscht von Danielle.

Nach der Show gingen die drei Freunde zu Thomas nach Hause, dort wartete ein köstliches Abendessen auf sie.

»Verdammt, Thomas! Dein Essen ist köstlich!«, sagte Theo mit vollem Mund.

»Ich bin froh, dass es dir gefällt ... Wenn alles wie geplant läuft, wirst du meine Gerichte bald in meinem Restaurant genießen können.«

»Ausgezeichnet! Ich bin mir sicher, dass dies ein voller Erfolg sein wird. Glaubst du nicht auch, Danielle?«

Sie nickte mit einem erzwungenen Lächeln.

Nachdem sie mit dem Dessert fertig waren, tauschten Danielle und Thomas einen Blick aus. Es war Zeit für die Intervention.

»Theo, Thomas und ich müssen mit dir reden«, sagte Danielle behutsam.

»Ich wusste es! Da läuft was zwischen euch, nicht wahr?«

»Was? Nein! Natürlich nicht«, sagte sie, während sie Thomas verärgert ansah.

»Okay ... Was ist dann los?«, fragte Theo verwirrt.

»Bitte, sei uns nicht böse und hör bitte gut zu ... Vor einigen Tagen war ich im Fitesssstudio zu Besuch, weil ich dich überraschen wollte. Du warst bei deinem Training so konzentriert, dass ich dich nicht stören wollte und ich habe einfach auf dich gewartet. Als ich da war, sprach ich dann mit Sebastian.«

Theo schloss die Augen und schwieg.

»Wieso hast du es mir nicht erzählt?«, fügte sie hinzu.

»Du weißt, du kannst uns vertrauen. Danielle und ich wollen dir nur helfen.«

»Helfen mit was? Mir geht es gut. Sebastian versteht und weiß nichts.

»Theo, bitte«, sagte Danielle besorgt.

»Ihr könnt das nicht verstehen!«

»Wie können wir etwas verstehen, wenn du uns nichts sagst. Du musst nicht allein sein, Theo, wir sind alle für dich da: ich, Thomas, Pam, deine Familie, deine Freunde.«

»Alle? Meine Familie? Ich möchte nicht wieder der Sohn ohne Talent und Erfolg sein. Ich will nicht der Verlierer in einem Reich der Perfektion sein.«

»Niemand denkt so etwas von dir. Deine Eltern sind vielleicht ein bisschen fordernd, aber -«

»Na klar! Nach einer Woche kennst du meine Eltern so gut. Du weißt gar nichts! Du kennst sie nicht! Und du kennst mich nicht!«, rief Theo.

Er war so aufgeregt, dass er wie eine andere Person aussah. Wütend ging er durch das Zimmer, Thomas verfolgte ihn besorgt mit den Augen. Danielle hatte einen dicken Kloß im Hals, jetzt, wo sie endlich den Schmerz sah, den Theo Tag für Tag mit sich trug.

»Natürlich kenne ich dich. Du bist eine einzigartige Person mit vielen Talenten. Du hast mein Leben verändert, ich habe dich wirklich lieb. Wir alle lieben dich und wir werden dich unterstützen. Du wirst es schaffen und vorankommen, Theo, aber du musst ehrlich zu dir selbst sein.«

»Danke, aber leider bringt mir diese Liebe nichts. Ohne Baseball ist mein Leben vorbei. Ich kann nichts anderes machen und ich will nichts anderes machen. Wenn ich spiele, fühle ich mich lebendig und zufrieden. Wieso sollte ich was anderes machen? Sebastian und Dr. Lillian irren sich. Ich weiß, ich kann es schaffen!«, rief er verzweifelt.

»Theo, bitte beruhige dich. Danielle und ich wollen dich unterstützen und dich nicht verurteilen. Alles, um was wir dich bitten, ist, dass du die Realität akzeptierst.«

»Du meinst diese Realität, in welcher mein Leben völlig ruiniert ist?«

»Aber, Theo, es gibt viele Optionen. Mit deiner Erfahrung kannst du Trainer oder Reporter werden … Ich bin mir sicher, dass es etwas Neues für dich gibt«, sagte Danielle hoffnungsvoll.

»Ich will aber nichts Neues! Danielle, mein Problem ist nicht wie deins; Ich kann keinen Freund durch einen anderen ersetzen. Wir reden über meine Karriere, meine einzige Chance …«

Theo sprach lauter. Danielle und Thomas sahen sich verwirrt an, aber es war kein guter Moment, Schwäche zu zeigen. Sie war fest entschlossen, Theo zu helfen, komme, was wolle.

»Hast du wieder was genommen?«, fragte Danielle mit ernster Miene.

Thomas machte große Augen und sah sie überrascht an.

»Was? Nein! Ich habe dir doch schon erklärt, was passiert ist«, antwortete Theo noch wütender.

»Ich möchte nur sichergehen, dass du nichts gegen die äußeren und inneren Schmerzen genommen hast. Das ist alles.«

»Das ist nicht dein Problem«, erwiderte Theo barsch.

Thomas beobachtete beide wie benommen und versuchte, zu verstehen, worüber sie redeten.

»Theo, hör auf damit!«, rief Danielle.

»Nein, du musst es endlich verstehen! Ich werde bald zu Hause sein und wieder Baseball spielen«, sagte er überzeugt.

»Hör auf, dir selbst etwas vorzumachen! Dieser Traum ist vorbei! Du musst begreifen, dass dein Körper nicht schaffen kann, was du von ihm verlangst. Bitte tue dir selbst nicht noch mehr weh«, sagte Danielle traurig.

Theo sah sie verärgert und aufgebracht an, und sagte nichts mehr. Er nahm seinen Mantel und ging. Danielle versuchte, ihn aufzuhalten, indem sie seinen Namen rief. Thomas packte sie am Arm und bat sie, Theo etwas Zeit zu geben, um sich zu beruhigen.

»Was habe ich getan?«, sagte Danielle verzweifelt und weinte.

»Du hast nur einem Freund geholfen. Jemand musste mit ihm sprechen. Jetzt müssen wir nur darauf warten, dass er sich beruhigt. Für heute gibt es nichts mehr zu tun«, sagte Thomas traurig.

»Ich hoffe, du hast recht, denn ich habe ihn noch nie so gesehen.«

»Ich auch nicht, aber Theo ist ein guter Mann und tief in seinem Innersten weiß er, dass wir es seinetwillen getan haben. Das Einzige, was mir nicht klar ist, ist die Sache mit den Pillen. Warum hast du mir davon nichts gesagt?«

»Weil er mich gebeten hat, dir nichts zu sagen. Ich fand die Pillen zufällig in der Schublade zwischen seinen T-Shirts, aber er hat mir geschworen, dass er nichts davon genommen hätte. Damals wusste ich nicht, wie schlimm seine Situation ist und ich verließ mich auf seine Worte, aber jetzt ... Ich glaube, ich bin nicht in der Lage, seine Lügen zu erkennen«, sagte sie schluchzend mit tränenerstickter Stimme.

»Danielle, ich bin mir sicher, dass Theo uns noch alles erklären wird, er braucht nur ein bisschen Zeit. Bitte fühl dich nicht schuldig, du konntest so etwas nicht ahnen«, sagte Thomas, um sie aufzumuntern.

Danielle nickte und ging zur Tür.

»Vielen Dank für alles und bitte, sei aufmerksam mit Theo.«

»Ja, das werde ich. Lass mich dich begleiten, es ist spät und du solltest nachts nicht alleine am Strand entlanggehen.«

»Mach dir keine Sorgen um mich, ich komme schon klar. Gute Nacht, Thomas«

»Gute Nacht«, sagte er enttäuscht von ihrem trockenen und emotionslosen Abschied.

Danielle dachte die ganze Zeit an Theo, sodass sie Thomas kaum noch beachtete.

Thomas beobachtete sie und seufzte enttäuscht. »Thomas«, murmelte er und wusste, dass die »Tom-Zeiten« vorbei waren.

Als Danielle am Strand entlangging, traf sie Theo.

»Hey, du da!«, sagte sie und streichelte sein Haar.

Theo sah sie an und sagte nichts, er wandte seinen Blick wieder auf das Meer.

Sie merkte die Tränen in seinem Gesicht und seufzte. Sie setzte sich sofort neben ihn und umarmte ihn. Sie blieben so für ein paar Minuten sitzen, bis Theo ihr anbot, sie nach Hause zu begleiten. Die Spannung zwischen den beiden verschwand, jedoch fehlten auf dem Heimweg noch die Worte.

»Willst du reinkommen? Wenn du magst, kannst du hier schlafen. Ich will nicht, dass du in deiner Wohnung alleine bist. Und ich will auch nicht alleine sein.«

»Okay, aber unter einer Bedingung; lass uns nicht mehr darüber sprechen, zumindest für heute.«

»Wir werden reden, wenn du bereit dazu bist.«

Während Danielle Kaffee machte, legte sich Theo auf die Couch. Aus der Küche erzählte Danielle ihm, wie sehr sie das Lied mochte, welches er an diesem Abend gesungen hatte. Theo lächelte zum ersten Mal seit mehreren Stunden. Danielle brachte ihm die Tasse Kaffee und erkannte, dass er tief schlief. Sie bedeckte ihn mit einer Decke, küsste ihn auf die Stirn und ging mit einem besseren Gefühl ins Bett.

So viele intensive Emotionen hatten Danielle erschöpft und genau wie Theo schlief sie sofort ein.

Ein paar Stunden später wachte sie auf und bemerkte, dass Theo schon weg war. Auf der Küchentheke fand sie eine Nachricht von ihm. Ihm war klar geworden, dass Thomas und sie ihm helfen wollten, aber er brauche etwas Zeit für sich. Theo wollte seine Gedanken klären und den Mut finden, um schwierige Entscheidungen zu treffen. Als Danielle die Notiz zu Ende gelesen hatte, nahm sie ihr Handy und schrieb Thomas alles, was gestern passiert war und berichtete ihm von Theos Wunsch, etwas Zeit für sich alleine zu haben. Thomas antwortete mit einem kurzen »Okay«, was ihr deutlich machte, dass er immer noch verärgert war.

In diesen Tagen, in denen alle Freunde etwas Zeit für sich brauchten, schrieb Danielle fleißig weiter. Diese neuen Seiten enthielten nicht so positive Texte wie die vorherigen, denn jetzt erkannte sie, dass, obwohl es Hoffnung für einen Neuanfang gab, dieser nicht frei war von Hindernissen und Enttäuschungen.

Als sie die geschriebenen Worte las, erhielt sie überraschenderweise eine E-Mail von Oliver. Er wiederholte seinen Wunsch, mit ihr zu sprechen. Ohne zu zögern, drückte sie das Antwort-Symbol.

Die letzten Wochen waren für sie ein Hin und Her der Emotionen gewesen; sie war sehr glücklich gewesen und jetzt war sie wieder alleine. Sie dachte, es wäre gut für sie, das Problem mit Oliver endlich zu beenden.

Oliver,

ich habe deine Nachrichten erhalten und genau wie du, denke ich, dass es gut wäre, wenn wir uns treffen. Im Moment kann ich dir nicht sagen, wann und wo.

Wir müssen die Situation klären, um unserer Beziehung ein besseres Ende zu geben, denn zumindest für mich war es eine sehr schöne und wichtige Zeit.

Ich werde mich bald melden.

Pass auf dich auf, Danielle.

Diesmal schickte sie die Nachricht, ohne zu zögern. Sie war überzeugt, dass diese Angelegenheit nun endlich zu einem Ende kommen musste. Genau wie Danielle Theo geraten hatte, war es Zeit, mit dem Versteckspiel aufzuhören und der Realität ins Auge zu sehen, egal, wie unangenehm es sein würde.

Nach diesem großen Schritt dachte sie, dass sie eine Pause verdient hätte. Sie ging daher ein wenig am Strand spazieren. Fast aus Gewohnheit befand sie sich plötzlich wieder vor Thomas' Haus. Vor seiner Tür zweifelte sie kurz, ob Klingeln die richtige Entscheidung wäre. Obwohl die Reaktion von Thomas nicht fair war, dachte sie, dass es die Eifersucht war, die ihn in diesem Moment beherrscht hatte. Außerdem würde sie wegen Oliver keine weiteren Glücksmomente auslassen. Mutig klopfte Danielle an seine Tür und Thomas öffnete sie sofort.

»Danielle! Was machst du hier?«, fragte er überrascht.

»Ich wollte nur Hallo sagen. Ich war am Strand und ich dachte … Störe ich dich?«, fragte sie, als sie die Überraschung im Gesicht von Thomas bemerkte.

In diesem Augenblick war eine Frauenstimme im Haus zu hören. Thomas räusperte sich. Danielle blickte enttäuscht zu Boden und als sie sich gerade verabschieden wollte, kam eine junge, blonde Frau zur Tür.

»Danielle, das ist Marie, die Galeristin. Marie, das ist Danielle, eine gute Freundin.«

»Sehr angenehm«, sagte Danielle mit einem gezwungenen Lächeln.

»Gleichfalls. Ich kenne dich doch. Du warst auf der Gala neulich, richtig?«

Danielle nickte und presste ihre Lippen aufeinander.

»Es war eine wundervolle Veranstaltung, nicht wahr?«

»Ja, war ein toller Abend«, antwortete Danielle trocken und sah Thomas an.

»Möchtest du zum Abendessen bleiben? Wir kochen gerade eine weitere Köstlichkeit von Thomas.«

»Danke, aber ich muss jetzt gehen. Viel Spaß!«

Eilig drehte sich Danielle um und ging zum Strand zurück. Mit einer Geste entschuldigte sich Thomas bei Marie und lief hinter Danielle her.

»Warte mal!«

»Was denn?«, fragte sie verärgert.

»Wieso bist du hier?«

»Wie ich schon sagte, ich wollte nur Hallo sagen. Es tut mir leid, dass ich einfach so, ohne Bescheid zu sagen, vorbeigekommen bin. Es wird nie wieder passieren. Jetzt geh und genieß das Abendessen und natürlich die Gesellschaft.«

»Was ist los mit dir? Warum machst du das? Mit Marie arbeite ich schon seit Jahren zusammen, also bitte benimm dich nicht wie eine eifersüchtige Freundin.«

»Du meinst, ich bin eifersüchtig? Und was ist mit dir? Du hast mich wie Dreck behandelt, weil ich mich endlich meiner Vergangenheit stellen möchte. Ich möchte Oliver treffen, um unsere Situation endgültig zu klären und um ein besseres Ende zu erreichen. Ich finde es sehr schade, dass du das nicht verstehen kannst. Es tut mir leid, Thomas, aber das hier brauche ich wirklich nicht. Jetzt weiß ich, dass ich bei dir falschlag, du bist gar nichts Besonderes. Du bist nur ein verbitterter Mann, der denkt, dass sein Schmerz der Einzige ist, der zählt. Von mir aus halt an deiner Depression fest und halt alle Menschen, die dich wirklich lieben, fern von dir. Immerhin werden deine Gemälde immer für dich da sein.«

»Danielle, ich -«

»Genieß dein Abendessen«, sagte sie und ging wieder weiter.

Thomas war erstaunt von ihrer Kälte. Trotzdem musste er zugeben, dass er sehr streng zu ihr gewesen war. Er hatte mit seiner kindischen Art und Weise ihre Beziehung ruiniert. Er wusste auch, dass in ihren harten Worten etwas Wahrheit verborgen war. Seit dem Tod von Grace hatte er nicht den Mut gehabt, sich wieder zu verlieben, und er war, wie sie es richtigerweise sagte, eine einsame und nachtragende Person geworden.

Danielle lief schnell nach Hause. Sie spürte wieder einen dicken Kloß in ihrem Hals und einen Zorn, der so mächtig war, wie sie es schon lange nicht mehr erlebt hatte. Sie war blind gewesen und hatte sich schon wieder in den falschen Mann verliebt. Vor allem war sie wütend auf sich selbst, denn sie hatte von Anfang an gespürt, dass Thomas nicht bereit war, ihr sein Herz zu öffnen. Beide hatten Angst gehabt, noch einmal verletzt zu werden und dies nicht ohne Grund.

Als Danielle zu Hause ankam, warf sie sich aufs Bett und zum ersten Mal bedauerte sie ihre Ankunft in Ville.

Kapitel IX

Wie jeden Freitag wartete Danielle ungeduldig darauf, ihre Gefühle mit Dr. Lillian zu teilen. Es waren sehr schwierige Tage für sie gewesen und sie musste sich dringend aussprechen.

»Danielle, wie geht es dir? Wie war deine Woche?«

»Um es kurz zu machen, einfach schrecklich«, antwortete sie seufzend.

»Warum?«, fragte die Ärztin interessiert.

»Nun, Tom und … Thomas und ich haben mit Theo gesprochen. Thomas hat uns beide zum Essen eingeladen und dort haben wir Theo dann gesagt, dass wir Bescheid wissen. Wir empfahlen ihm, nicht mehr vor der Wahrheit wegzulaufen. Theo wurde natürlich sehr wütend und bat uns, ihm den nötigen Freiraum zu geben, um seine Gedanken zu sortieren. Heute werde ich ihn, nun nach einer Woche zum ersten Mal, wiedersehen. Ich bin sehr nervös, weil ich nicht weiß, wie er reagieren wird … oder ich. Ich mache mir wirklich Sorgen.«

»Bist du besorgt, dass eure Freundschaft nicht mehr die gleiche sein wird?«

»Ja, ich habe Angst, dass er von uns weg will. Doch wir wollen ihm nur helfen.«

»Ich verstehe. Was sagt Thomas zu all dem?«

»Na ja … Das ist eine andere böse Geschichte. Ich denke, dass unsere Freundschaft auch zu Ende ist.«

»Oh, es tut mir leid, das zu hören. Ich weiß, dass diese Situation nicht einfach für euch ist und sicher wird damit eure Freundschaft auf eine harte Probe gestellt, aber so ist das Leben. Auf uns kommen immer wieder neue Herausforderungen zu. Dies hier ist nur ein weiterer schwieriger Moment, bitte sei geduldig. Am Ende findet sich für alles eine Lösung.«

»Ja, ich weiß. Irgendwie bin ich auch zuversichtlich, dass Theo und ich unsere Differenzen lösen können, aber das mit Thomas wird sehr schwierig werden. Ich glaube, wir haben einen großen Fehler gemacht, indem wir unsere Freundschaft mit etwas anderem verwechselt haben. So etwas kann man einfach nicht mehr wiedergutmachen.«

»Sei dir da nicht so sicher. Kommt Zeit, kommt Rat. Du hast noch einige Monate in diesem schönen Ort mit tollen Freunden, die dich sehr lieb haben und ich glaube nicht, dass sie dich einfach so vergessen werden. Vergiss nicht, die Zeit kann alle Wunden heilen.«

In den verbleibenden Minuten erzählte Danielle ihr ausführlich, was zwischen ihr und Thomas geschehen war; all die schrecklichen Worte, die sie sich gesagt hatten und wie sehr sie sich gegenseitig verletzt hatten. Danielle war auch kurz davor, zu verraten, was sie auf der Halloweenparty in Theos Zimmer gefunden hatte, doch am Ende sagte sie nichts.

Sie glaubte, dass nur Theo das Recht hätte, seine Schwäche selbst zu gestehen.

Danielle verabschiedete sich schließlich von Dr. Lillian, dabei fühlte sie sich erleichtert. Als sie allerdings das Sprechzimmer verließ, fürchtete sie, dass Theo nicht wie immer draußen warten würde. Zum Glück für alle war er pünktlich da, wie gewöhnlich. Als Danielle ihn sah, umarmte sie ihn fest, schloss ihre Augen und wünschte sich, dass er sie nicht hasste.

»Wie geht es dir?«, fragte sie ihn mit sanfter Stimme.

»Danke, mir geht es gut. Tut mir leid, dass ich deine Anrufe nicht beantwortet habe, aber ich war in der Stadt bei Pam und ich hatte keine Zeit, dich zurückzurufen.«

»Kein Problem, ich verstehe. Wichtig ist nur, dass es dir gut geht.«

»Alles ist in Ordnung, Danielle. Jetzt muss ich aber gehen, Dr. Lillian wartet auf mich. Wir reden später, okay?«

»Natürlich. Sehen wir uns in der Bar?«

»Hm. Wenn es dir nichts ausmacht, würde ich lieber nach der Therapie direkt nach Hause gehen. Ich bin noch müde von der Reise.«

»Okay, kein Problem. Aber bitte ruf mich an, wenn du Zeit hast. Ich vermisse dich wirklich.«

Theo lächelte liebevoll und betrat das Sprechzimmer.

Danielle ging zurück nach Hause und dabei wünschte sie sich, dass alles wieder so wie zuvor wäre. Von der lustigen Freundschaft waren nur noch die Sorge um Theo und die Enttäuschung über Thomas übrig geblieben. Jetzt musste sie den Abend alleine vor dem Fernseher verbringen.

Die Spaziergänge am Strand hatten ebenfalls ihren Charme verloren, da es auch von Thomas und AC keinerlei Lebenszeichen gab.

In diesen Tagen der Einsamkeit fand Danielle den Trost durchs Schreiben. Als sie schließlich von Oliver benachrichtigt wurde, dass er sofort nach Ville kommen würde, sobald sie Zeit für ihn hätte, war sie zusätzlich beunruhigt.

Nach langen Tagen des Wartens klopfte jemand an ihre Tür. Es war Theo, der mit einem ehrlichen Lächeln im Gesicht unerwartet vorbeigekommen war.

Endlich hatte Theo den Mut gefunden, sich der Realität zu stellen und diese mit ihr zu teilen. Theo gestand ihr, dass er seit Monaten von der Diagnose wusste. Doch er hatte dennoch geglaubt, dass er mit genug Training und Eifer wieder fit werden könnte. Jetzt wusste er jedoch, dass dies unmöglich war. Er musste akzeptieren, dass seine Karriere als professioneller Baseballspieler zu Ende war. Hoffnungsvoll erwähnte er auch die Pläne, die Pam für ihn hatte. Seine Freundin versprach ihm, mit ihrem Vater zu reden, um Theo eine Stelle im Team zu verschaffen, vielleicht sogar als Assistenztrainer. Ebenso sicherte er Danielle zu, dass er mit den Pillen definitiv aufgehört hatte und schwor ihr, dass er nur einen kurzen Rückfall wegen des ständigen Stresses und des großen Drucks gehabt hätte.

Obwohl Theo sie schon in knapp einem Monat alleine in Ville zurücklassen würde, war Danielle dankbar, dass er wieder Hoffnung hatte und dass er sich mit Freude und Elan auf sein berufliches Ziel vorbereitete.

»Danke, dass du mir vertraust. Diese guten Nachrichten freuen mich sehr. Ich wusste, dass du eine Lösung finden würdest. Obwohl ich dich sehr vermissen werde.«

»Ich dich auch, aber du kannst mich so oft du willst besuchen. Mi casa es tu casa!«

»Na, wenn das so ist«, sagte sie lächelnd.

»Danielle, ich will mich noch bei dir bedanken. Danke, dass du dich so sehr um mich gekümmert hast. Ihr seid mir sehr wichtig. Dank euch bin ich nun erleichtert. Jetzt bin ich sogar zuversichtlich, dass ich doch beim Turnier dabei sein werde, zwar nicht als Spieler, aber ich werde dabei sein. Ist das nicht großartig?!«, rief er aufgeregt.

»Ja, das ist großartig. Und wie werden wir das feiern?«

»Ach ja, Thomas hat uns übrigens zum Essen eingeladen. Er erwartet uns schon in seinem Haus. Was sagst du? Gehen wir?«

Danielle sah Theo überrascht an, und obwohl sie vorhatte, Thomas zu meiden, wollte sie die gute

Laune von Theo nicht verderben. Mit einem erzwungenen Lächeln nahm sie die Einladung an.

Als sie bei Thomas ankamen, begrüßten er und Danielle sich ganz normal, da beide nicht den wichtigen Abend von Theo zerstören wollten.

Zum Glück für Danielle gab es keine Anzeichen dafür, dass Marie noch dort war, was sie beruhigte.

Die drei Freunde hatten ein spektakuläres und köstliches Abendessen. Mit Getränken und Tänzen verschwanden die Sorgen der drei, zumindest für ein paar Stunden.

Nachdem sie ausgiebig gefeiert hatten, beendete Theo den Abend tief schlafend auf dem Sofa. Währenddessen hatten Thomas und Danielle aufgeräumt und als sie fertig waren, war es Zeit für sie, sich zu verabschieden.

»Wenn du willst, kannst du hier schlafen.«

»Danke, aber ich gehe besser nach Hause. Du hast schon genug zu tun mit Theo.«

»Dann begleite ich dich. Theo wird meine Abwesenheit nicht bemerken«, sagte er spaßig.

»Nein, nicht nötig. Vielen Dank für das Abendessen«, sagte sie grob.

Thomas sah, wie Danielle das Haus verließ, ohne ein weiteres Wort zu sagen. Er wusste, dass ihre Freundschaft sehr beschädigt war. Trotzdem war er zuversichtlich, dass die Zeit auch diese Wunden heilen könnte, genau wie sie die Qual von Theo beendet hatte.

In den folgenden Tagen blieb Theo in ständigem Kontakt mit seinen Freunden. Er unterhielt sich fast jeden Tag mit Thomas im Fitnessstudio und an manchen Tagen besuchte er Danielle und sie redeten stundenlang miteinander, genauso wie zuvor. Die Normalität war endlich in ihr Leben zurückgekehrt. Dieses sollte sich jedoch bald ändern. Die nächste Krise kam ohne Vorwarnung.

An einem Donnerstagabend, während Danielle bereits schlief, klopfte jemand sehr laut an ihre Tür. Das Geräusch war so stark, dass sie vor Schreck aus ihrem Bett sprang. Ängstlich verließ sie ihr Zimmer und ging vorsichtig zur Tür. Sie erkannte die Stimme von Theo, der sie bat, ihn hereinzulassen.

»Theo! Was ist denn los mit dir?«, fragte sie, als sie die Wut in seinem Gesicht bemerkte.

»Diese verdammte Schlampe!«, schrie Theo rasend.

»Wer?!«, fragte sie besorgt.

»Lillian! Diese Schlampe von Dr. Lillian!«

»Bitte, beruhig dich und sag mir, was passiert ist.«

»Pam hat mich angerufen. Sie hat heute mit ihrem Vater gesprochen und er hat gesagt, dass ich nicht als Assistent für das Team arbeiten darf. Und weißt du, warum? Nach den Ergebnissen von Lillians psychologischem Gutachten bin ich noch nicht so weit dafür. Sie schlägt vor, dass ich wieder in eine Reha-Klinik gehe. Sie glaubt, ich brauche noch mehr Zeit. Warum hört mir niemand zu, was ich zu sagen habe? Mir geht es gut! Wegen ihr ist jetzt alles ruiniert! Danielle, ich kann nicht mehr warten. Was werde ich in dieser Zeit tun? Kreuzworträtsel lösen? Ich will nicht dorthin zurück!«

»Ich verstehe nicht ... Warum will sie, dass du die Reha fortführst?«

Theo wendete seinen Blick zu Boden und seufzte deprimiert.

»Oh, Theo«, sagte Danielle enttäuscht. An seinem Blick konnte sie erkennen, dass er seine Tablettensucht noch nicht überwunden hatte, anders als er es sie glauben ließ. Danielle konnte jetzt die Gründe von Dr. Lillian verstehen; Theo war zwar körperlich fit, um als Assistenztrainer zu arbeiten, aber mental war er es immer noch nicht.

Danielle umarmte ihn und versuchte, ihm etwas Trost zu geben.

»Tut mir leid, dass ich dich geweckt habe. Ich muss jetzt aber gehen«, sagte er und befreite sich aus ihren Armen.

»Bitte geh nicht. Ich verspreche dir, dich in Ruhe zu lassen, aber bitte bleib hier. In diesem Zustand solltest du nicht alleine sein.«

»Danke, aber ich brauche etwas Zeit für mich. Außerdem habe ich Pam versprochen, sie anzurufen. Du brauchst dir keine Sorgen um mich zu machen, ich werde alles wieder in Ordnung bringen.«

Theo ging noch, bevor sie etwas dazu sagen konnte. Sie starrte die Tür an und fragte sich, ob sie ihm hinterher gehen sollte, doch sie musste seinen Wunsch respektieren.

Danielle blieb fast die ganze Nacht wach. Sie beschäftigte sich weiter mit Theos Situation. Während sie sich im Bett hin und her wälzte, dachte sie darüber nach, wie sie den Schmerz und die Frustration von Theo lindern könnte. Sie würde mit Dr. Lillian sprechen und sie bitten, ihre Entscheidung zu überdenken. Sie wusste, dass dies sicherlich nichts bringen würde, aber Danielle wollte es zumindest versuchen.

An diesem Freitag konnte Danielle nur noch an Theo denken. Die Stunden vergingen, aber sie kam nicht zur Ruhe.

Während sie zu Dr. Lillians Praxis ging, überlegte sich Danielle einige Überzeugungsstrategien, die sie bei der Ärztin anwenden könnte.

Mit einem tiefen Seufzer betrat sie das Sprechzimmer und setzte sich wie gewöhnlich in den Ledersessel. An diesem besonderen Tag schien der Sessel unbequemer als sonst. Danielle bewegte sich ständig und versuchte, die richtige Position zu finden. Dabei beschrieb sie ihre Gefühle für Oliver und für Thomas, aber eigentlich wartete sie nur auf den richtigen Moment, um Theo erwähnen zu können.

»Danielle, wenn du willst, kannst du dich auch woanders hinsetzen.«

»Nein danke«, antwortete sie nervös.

»Geht es dir gut?«

»Nein, mir geht es gar nicht gut. Ich würde gerne mit Ihnen über etwas sehr Wichtiges sprechen.«

»Falls es um Theo geht, tut mir leid, aber ich kann nicht -«

»Ja, ich weiß. Sie dürfen nicht mit mir über andere Patienten sprechen, ich weiß Bescheid. Trotzdem möchte ich Sie bitten, Ihre Entscheidung zu überdenken. Bitte, Theo -«

»Es tut mir leid, Danielle, aber das ist nicht möglich. Ich muss meinen Job machen und obwohl es manchmal sehr hart ist, muss ich unparteiisch sein. Bitte, versuche das zu verstehen.«

»Glauben Sie mir, ich versuche es, aber in diesem Fall kann ich das nicht. Diese Gelegenheit, die Sie Theo verbauen, ist das letzte, was von seinem Traum noch übrig ist. Jetzt glaubt er, dass er gar nichts mehr hat.«

»Ich werde dieses Thema nicht mit dir diskutieren. Ich kann dir nur sagen, dass alles, was ich tue, zu seinem Besten ist. Die Menschen sind in diesem Raum etwas anderes als das, was sie da draußen sind. Theo ist ohne Zweifel ein wunderbarer junger Mann mit viel Potenzial. Er hat sich sehr auf seine körperliche Genesung konzentriert und dabei vergaß er, dass es auch emotionale Wunden gibt, die dasselbe Engagement zur völligen Genesung benötigen. Jetzt sieht er das als eine Katastrophe an, aber bald wird er verstehen, dass eine Pause am besten für ihn ist.«

»Aber diese Stelle im Team wäre seine Heilung, zumindest in Theos Augen.«

»Es wird so sein, das wird es zur rechten Zeit sein«, sagte die Ärztin zuversichtlich.

»Aber -«

»Danielle, ich habe dazu genug gesagt. Vertrau mir, alles wird gut. Genau wie du, möchte ich auch, dass es Theo gut geht. Jetzt solltest du ihn einfach weiter unterstützen, so wie du es bisher getan hast.«

»Aber er ist total außer sich! Er ist sehr wütend und enttäuscht. Ich fürchte, Sie machen einen Fehler.«

»Mach dir keine Sorgen; früher oder später wird er es verstehen und akzeptieren.«

Die Ärztin bat Danielle, den Rest der Sitzung über ihre eigenen Probleme zu reden, weil sie über Theos Situation nicht mehr sprechen dürfe.

Die Therapiesitzung endete schließlich und Danielle war immer noch nicht überzeugt, dass Dr. Lillian die richtige Entscheidung getroffen hatte. Anderseits erkannte sie, dass Theo als Sportler mit konstantem Druck gelebt hatte und genau wie sie, brauchte er nun einige Zeit, um gegen seine inneren Dämonen zu kämpfen.

Verzweifelt wartete Theo auf Dr. Lillian im Flur. Diesmal lächelte er nicht, wie es bei ihm üblicherweise der Fall war. Obwohl sein Gesicht noch Enttäuschung zeigte, freute sich Danielle, dass er bereit war, mit der Ärztin zu sprechen.

»Theo! Ich hatte schon befürchtet, dass du heute nicht zu deinem Termin kommen würdest.«

»Ja, ich weiß. Ich wusste auch nicht, ob ich kommen sollte, aber ich muss einfach noch mal mit ihr sprechen. Ich denke, dass sie nach diesem Gespräch ihre Meinung über mich ändern wird.«

Danielle war sich nicht sicher, ob Theo damit recht hatte, aber sie äußerte ihre Befürchtungen nicht.

»Es wird alles gut, du wirst schon sehen. Wenn du fertig bist, können wir uns bei mir zu Hause treffen. Wenn du willst, kann ich auch Thomas Bescheid sagen.«

»Danke, aber ich möchte mich heute ausruhen. Es war eine schwierige Nacht und ich will lieber direkt nach Hause gehen.«

»Bist du sicher?«

»Ja.«

»Okay, aber bitte ruf mich später an.«

Theo lächelte sanft und betrat das Sprechzimmer. Theos Verzweiflung machte Danielle große Sorge. Es war das erste Mal, dass sie seine Depression so deutlich spüren konnte. Sie wollte nicht, dass Theo allein nach Hause ging und entschied sich, in der Praxis auf ihn zu warten.

Sie saß im Wartezimmer, es war still und sie las eine Zeitschrift. Plötzlich hörte sie Theos Stimme, die aus dem Sprechzimmer kam. Kurz darauf bemerkte sie, wie auch Dr. Lillian ihre Stimme erhob. Danielle ging den Flur entlang und obwohl sie die Worte nicht genau verstehen konnte, schien es eine sehr ernste Diskussion zu sein. Die Sprechstundenhilfe stand neben Danielle und sie tauschten einen nervösen Blick aus. Zusammen liefen sie zum Sprechzimmer, da sie wussten, dass die Situation außer Kontrolle geraten war. Als sie vor der Tür standen, hörten sie plötzlich einen starken Knall, der sie vor

Angst erzittern ließ. Erschrocken öffnete Danielle die Tür und fand ihren verwirrten Freund mit einer Pistole in der Hand. Dr. Lillian lag auf dem Boden; Theo hatte sie erschossen.

Es war eine schreckliche Szene und die Frauen standen mit vor Panik weit aufgerissenen Augen geschockt in der Tür.

In diesem Augenblick hatte Danielle das Gefühl, als ob der Sauerstoff ihre Lungen nicht erreichen konnte.

Die entsetzte Sprechstundenhilfe eilte zu ihrem Schreibtisch, um einen Krankenwagen anzurufen. Währenddessen kniete Danielle sich neben die bewusstlose Ärztin und bemerkte dabei, dass Dr. Lillian eine Schussverletzung in ihrer Brust hatte. Theo sah sich verstört die Folgen seiner Verzweiflung an.

»Was hast du getan?«, schrie Danielle weinend.

»Ich … Ich wollte sie nicht verletzen. Es war ein Unfall! Sie versuchte, mir die Waffe wegzunehmen und der Schuss löste sich von selbst … Oh Gott! Oh Gott!«, sagte Theo panisch.

In diesem Moment kam die Sprechstundenhilfe zurück, sie weinte und verfluchte Theo, was ihn nur noch mehr aufwühlte. Hysterisch befahl er ihr, den Raum zu verlassen und die Tür zu schließen. Die Frau blieb vor Angst reglos stehen. Als Danielle sah, dass sie nicht reagierte, schrie Danielle sie an und sagte ihr, dass sie draußen auf die Sanitäter warten solle. Die ängstliche Sprechstundenhilfe befolgte den Rat und ging raus.

»Theo, bitte, beruhige dich! Alles wird gut. Es war ein Unfall und Dr. Lillian wird wieder gesund werden«, sagte sie, während sie die blutende Wunde der Ärztin mit ihren bloßen Händen abdrückte.

»Nein, Danielle, sie wird nicht mehr gesund! Sie ist tot, tot! Ich habe sie getötet!«

Sie schaute nach unten und sah, dass Theo recht hatte: Dr. Lillians Leben war ausgelöscht. Die Wunde war tödlich gewesen. Verwirrt von diesem schrecklichen Bild, fuhr Danielle mit den blutigen Händen durch ihr Haar. Sie war total aufgelöst.

»Theo, ich bitte dich, leg die Waffe weg«, sagte sie, ohne ihn anzusehen.

»Nein!«

Danielle stand langsam auf und versuchte, sich ihm zu nähern.

»Bleib, wo du bist! Ich will dich nicht verletzen«, rief Theo schluchzend.

»Das würdest du nie tun. Leg die Waffe auf den Boden, die Polizei wird bald hier sein.«

»Nein, ich kann nicht. Für mich gibt es keinen Ausweg; ich werde nicht ins Gefängnis gehen. Dies war nicht der Plan!«

»Wovon redest du? Welcher Plan?«

»Ich kann so nicht mehr leben, Danielle. Ich sagte es ihr und sie versuchte, mich aufzuhalten. Warum?! Warum hast du das getan?!«, schrie Theo den leblosen Körper von Dr. Lillian.

»Sag so was nicht, wir werden eine Lösung finden. Es war ein schrecklicher Unfall.«

Die Sirenen vom Krankenwagen und der Polizei waren in der Ferne schon zu hören. Theos Gesicht verwandelte sich in das Gesicht eines verängstigten Kindes, voller Tränen und Verzweiflung. Theo seufzte und hielt den Revolver hoch. Langsam setzte er die Mündung an seine Schläfe.

»Theo! Tu das nicht! Bitte verlass mich nicht!«, rief Danielle entsetzt.

»Vergib mir …«

»Nein! Ich werde das nicht zulassen, du musst mich zuerst töten.«

»Bitte, versuch mich zu verstehen. Ich habe es satt, zu kämpfen. Ich kann einfach nicht mehr und ich werde mit diesem Schuldgefühl nicht weiterleben können.«

»Theo, nicht …«

»Verzeih mir! Mögen mir alle vergeben! Schließ bitte jetzt deine Augen! Schließ sie!«

Danielle hörte die Stimmen der Polizisten und Sanitäter immer näher kommen, dabei sah sie Theos Ausweglosigkeit und wusste, dass sie nichts mehr für ihn tun konnte.

»Ich habe dir schon vergeben … Ich liebe dich«, sagte sie mit zitternder Stimme.

Die Freunde teilten ein letztes Lächeln. Danielle schloss die Augen und die Tränen flossen reichlich über ihr Gesicht.

Nachdem sie das Flüstern eines »Ich liebe dich« gehört hatte, hörte sie das schreckliche Grollen eines Schusses. Sie öffnete die Augen und sah den leblosen Körper ihres besten Freundes. Danielle kniete nieder und schrie, so laut sie konnte, in dem Versuch, ihren immensen Schmerz zu mildern. Mit ihren letzten Kräften kroch sie über den blutigen Teppich und drückte fest Theos Hand.

Die Polizei stürmte in das Sprechzimmer und stellte die Lage sicher. Die Sanitäter durften jetzt auch eintreten. Nachdem sie die Verwundeten untersuchten, stellten sie fest, dass sie nichts mehr für ihre Rettung tun konnten und bestätigten deren Tod.

Als Danielle dies hörte, schrie sie entsetzt auf und klammerte sich an Theos Leiche. Die Sanitäter hoben sie vom Boden auf und versuchten, sie zu beruhigen. Danielles Stimmung ging von Hysterie in komplette Stille über, ihre Augen schienen leer von Emotionen zu sein. Zwei Männer halfen ihr, sie auf eine Krankentrage zu legen und trugen sie aus dem Gebäude. Dort wartete bereits eine Menge neugieriger Menschen sowie die Medien, die bereits die Tragödie verbreiteten.

Vor Danielles Augen spielte sich diese Szenerie verwirrend und zugleich beängstigend ab. Die Bewegungen der Menschen und Objekte nahm sie wie in Zeitlupe wahr. Das einzige Bild, das sie deutlich erkennen konnte, war Thomas' verzweifeltes Gesicht. Seine Lippen bewegten sich, aber sie konnte seine Worte nicht verstehen. Danielle ignorierte seine Stimme und wandte ihren Blick auf das Gebäude, in dem die Leichen ihrer beiden Vertrauten lagen. »Schließ deine Augen«, murmelte sie benommen.

Kapitel X

Danielle wachte in einem Krankenbett auf. Desorientiert hob sie den Kopf und versuchte, zu verstehen, wieso sie dort war. Für einen Moment hatte sie es geschafft, die Erinnerungen des Vortages zu verdrängen.

Sie blickte von einer Seite zur anderen und betrachtete den Raum. Dort entdeckte sie Oliver, der auf der Couch neben ihrem Bett schlief. Dadurch fühlte sie sich noch verwirrter und dachte, es könnte nur ein Albtraum gewesen sein, und dass sie immer noch träumte.

Nach einigen Minuten der Unklarheit wachte auch Oliver auf. Er rieb sich die Augen und bemerkte, dass ihn Danielle ratlos ansah. Er näherte sich ihr und nahm ihre Hand.

»Wie geht es dir?«, fragte er in einem besorgten Ton.

Als Danielle diese vertraute Stimme hörte, erwachte sie in der Wirklichkeit.

»Was machst du hier? Wo bin ich?«, fragte sie ängstlich.

»Du bist im Krankenhaus.«

»Oliver, wo ist Theo?«

»Oh, Danny, es tut mir leid. Theo hat es nicht -«

»Wage es nicht, das zu sagen!«, rief sie wütend.

Oliver versuchte, sie zu umarmen und zu trösten, aber sie schob ihn weg. Verärgert wischte sie sich die Tränen aus dem Gesicht und fragte ihn noch einmal, warum er hier sei.

»Deine Mutter hat mich angerufen und mich gebeten, hierherzukommen. Sie ist zwar dein Notfallkontakt, aber sie ist noch auf einer Kreuzfahrt und konnte leider keinen Flug finden … Sie wollte nicht, dass du alleine bist. Willst du mit ihr sprechen? Sie bat mich, sie anzurufen, sobald du aufwachst.«

»Vielleicht später. Jetzt habe ich keinen Kopf dafür, sie zu ertragen. Mir geht es gut; du musst auch nicht hierbleiben«, sagte sie etwas ruhiger.

»Ich möchte aber bleiben. Nach einer Erfahrung wie dieser solltest du nicht alleine sein.«

Danielle nahm sein Angebot an, denn tatsächlich war sie noch nicht bereit, der Realität ins Auge zu sehen. Außerdem dachte sie, es wäre einfacher, Oliver loszuwerden als ihre Mutter.

Ihr unerwarteter Besucher versuchte, sie abzulenken, indem er ihr erzählte, wie sich die Dinge in der Firma nach ihrer Abreise verändert hatten. Danielle versuchte, aufmerksam zuzuhören, doch jemand klopfte an ihre Tür.

»Darf ich reinkommen?«, fragte Thomas, dem man genau wie Danielle den Kummer über den schrecklichen Verlust ansah.

Oliver sah Danielle an und wartete auf ihre Zustimmung. Danielle nickte kraftlos.

»Darf ich vorstellen: Thomas, das ist Oliver, Oliver, das ist Thomas.«

Thomas runzelte die Stirn und begrüßte Oliver mit einem gezwungenen Lächeln.

»Oliver, kannst du bitte meine Mutter anrufen und sagen, dass es mir gut geht? Es ist nicht nötig, dass sie hierherkommt. Du würdest mir damit einen großen Gefallen tun.«

Oliver nickte und verließ den Raum.

»Wie fühlst du dich?«, fragte Thomas besorgt.

»Gut, Oliver hat mir gesagt, dass ich Morgen schon nach Hause darf.«

»Das freut mich. Gestern habe ich versucht, dich zu besuchen, aber sie ließen mich nicht rein. Ich musste gehen, weil die Polizei mich bat, Theos Familie zu benachrichtigen. Es war besser, dass sie es von mir gehört haben als von einem Unbekannten.«

Danielle nickte und ihre Augen füllten sich mit Tränen.

»Was kann ich für dich tun? Brauchst du irgendetwas?«

»Ich brauche nichts, danke.«

»Oh, Danielle, ich weiß einfach nicht, was ich sagen soll.«

»Es gibt nichts zu sagen und es gibt nichts zu tun.«

»Ich möchte einfach, dass du weißt, dass du nicht allein bist.«

»Ich weiß, Oliver ist da und mehr brauche ich nicht«, sagte sie barsch.

Thomas wendete den Blick zu Boden und biss sich auf die Lippen.

»Nun, solltest du dennoch einen Freund brauchen, du weißt, wo ich bin.«

»Danke.«

»Ich sollte besser gehen. Bitte ruf mich an, wenn du mich brauchst.«

»Werde ich.«

Danielle drehte sich um, und legte sich mit dem Rücken zur Tür wieder hin. Sie hielt ihre Tränen zurück und hörte, wie Thomas wegging. Oliver kehrte in das Zimmer zurück und zog es vor, keine Fragen zu stellen.

Nach ein paar Stunden oberflächlicher Unterhaltung bat Danielle Oliver, zu ihrem Haus zu gehen und ein paar Sachen für sie zu holen, so hatte sie die Gelegenheit, endlich für einen Moment alleine zu sein. Seit dem Besuch von Thomas spürte sie einen Druck auf ihrer Brust. Sie wollte am liebsten schreien, weinen und alle verfluchen, aber sie wusste, dass wenn sie alles rausließe, die Ärzte sie nicht nach Hause gehen lassen würden.

Sobald Oliver gegangen war, betrat ein Arzt mit einer Akte in der Hand das Zimmer, begleitet von einem anderen Mann.

Danielle ließ sich in ihr Bett zurückfallen und holte tief Luft. Sie musste noch ein bisschen länger durchhalten.

»Miss Kent, ich bin Dr. Benson und das hier ist Kommissar Pascal. Wie geht es Ihnen? Wie fühlen Sie sich?«

»Besser.«

»Wissen Sie, warum Sie hier sind?«

»Nein.«

»Sie hatten einen Schock erlitten, als Sie völlig unerwartet Zeuge des Todes von zwei geliebten Menschen wurden.«

Danielle nickte.

»Wir wollen Sie nicht belästigen, aber wir müssen Ihnen leider ein paar Fragen stellen, um besser zu verstehen, was passiert ist. Glauben Sie, Sie können uns dabei helfen?«

»Ja«, sagte sie leise.

Danielle wollte gar nicht über den vorherigen Tag nachdenken, und in diesem Moment war sie gezwungen, nicht nur darüber nachzudenken, sondern auch im Detail davon zu erzählen. Sie hätte es jedoch ablehnen können, aber Theos Ehre zu verteidigen, hatte für sie Priorität.

»Ich weiß, es ist nicht einfach, aber wir brauchen Ihre Hilfe, um den Fall zu klären. Sie sollten sich nicht unter Druck gesetzt fühlen, wenn Sie nicht bereit sind, kann ich später wieder zurückkommen«, sagte der Kommissar, während er etwas in sein kleines, schwarzes Notizbuch schrieb.

Die Fragen des Polizeibeamten bewirkten, dass das Herz von Danielle schneller schlug. Sie holte tief Luft und nahm allen Mut zusammen, um zu erzählen, was geschehen war.

»Es war ein Unfall. Bitte, dokumentieren Sie es auch als solches. Theo könnte niemals absichtlich irgendjemanden verletzen, geschweige denn Dr. Lillian. Sie hatten eine Diskussion, die außer Kon-

174

trolle geraten ist. Er war deprimiert und sah keinen anderen Ausweg mehr, Dr. Lillian versuchte, ihn aufzuhalten und dafür starb sie. Theo konnte nicht mit diesem Schuldgefühl weiterleben und … den Rest kennen Sie schon.«

»Sind sie sich da ganz sicher?«

»Ja, der Tod von Dr. Lillian war ein schrecklicher Unfall.«

»Ich verstehe … vielen Dank für Ihre Mitarbeit.«

Der Kommissar nahm die Aussage von Danielle zu Protokoll und nachdem er ihr weitere Fragen gestellt hatte, ging er zufrieden.

Dr. Benson war ein Psychiater. Der freundliche Arzt versuchte, Danielle mit einigen Worten der Ermutigung wieder zu beruhigen. Ironischerweise glaubte sie aber, dass die einzige Person, die ihr nun helfen könnte, Dr. Lillian wäre.

»Jetzt versuchen Sie erst einmal, sich auszuruhen. Hier ist meine Karte, wenn Sie reden möchten, rufen Sie mich bitte an«, sagte der Arzt und legte die Visitenkarte auf ihren Nachttisch.

»Danke«, sagte Danielle leise.

Als Dr. Benson den Raum verlassen hatte, atmete Danielle unruhig und fühlte sich plötzlich krank. In großer Eile stand sie vom Bett auf und schloss sich im Badezimmer ein. Sie legte ihre Hände auf das Waschbecken und sah ihr Spiegelbild an. Dort sah sie nur eine Frau voller Schmerz und Wut. Sie dachte darüber nach, wie sie jemals ohne Theo und Dr. Lillian wieder glücklich sein könnte. Als ihr diese Gedanken bewusst wurden, konnte sie nicht mehr dagegen ankämpfen. Langsam kniete sie sich auf den kalten Boden nieder, weinte bitterlich und ließ etwas von der Qual los, die ihr Herz jetzt beherrschte.

Nach ein paar Minuten der Einsamkeit und Erleichterung kehrte sie in ihr Bett zurück und wollte einfach nur noch schlafen, aufwachen und endlich nach Hause gehen.

Am nächsten Morgen wurde Danielle schließlich aus dem Krankenhaus entlassen. Oliver, der die ganze Zeit nicht von ihrer Seite gewichen war, begleitete sie bis zu ihrer Haustür.

»Ich danke dir, dass du hierhergekommen bist, um mir Gesellschaft zu leisten, aber wie du ja siehst, geht es mir gut. Nichts für ungut, aber ich möchte jetzt wirklich alleine sein.«

»Nichts zu danken, das ist das Mindeste, was ich für dich tun kann. Doch ich glaube nicht, dass Einsamkeit dir guttut. Wenn du möchtest, kann ich noch ein paar Tage bleiben ... ich möchte dir nur helfen.«

»Danke, aber das ist nicht nötig. Ich denke, dass ich nun Ruhe und etwas Zeit für mich alleine brauche.«

»In Ordnung, ich verstehe. Aber bitte, wenn du etwas brauchst oder wenn du einfach nur reden willst, ich bin immer für dich da und ich kann jederzeit gerne nach Ville kommen, okay?«

»Das ist nett von dir, danke«, sagte sie mit einem schüchternen Lächeln, denn die kurze Anwesenheit von Oliver war überraschend beruhigend für sie gewesen.

Oliver umarmte sie mit Zärtlichkeit, was Danielle zutiefst erschütterte. In diesem Moment der Nähe erkannte sie, dass sie seine Gesellschaft sehr vermisste und wollte, dass er bei ihr bliebe. Gleichzeitig wusste sie, dass ihre aktuelle emotionale Situation ihre Gefühle beeinflusste, und dass die Annahme von Olivers Vorschlag daher nur noch für mehr Verwirrung sorgen würde.

Nach Olivers Abreise saß Danielle stundenlang im Wohnzimmer. Immer wieder spielte sich die schreckliche Szene von Theos Tod vor ihren Augen ab. Sie quälte sich selbst, indem sie sich immer wieder fragte, ob sie richtig gehandelt hatte. Hätte sie die Entscheidung von Theo erahnen können? War sie eine gute Freundin gewesen? Was würde mit seiner Familie passieren? Dies waren nur einige der unzähligen Fragen, die sie von Minute zu Minute ständig verfolgten.

Um etwas Ruhe zu finden, setzte sie sich auf die Veranda und beobachtete, wie die Wellen des Meeres kamen und gingen. Als sie sich endlich niederließ, weckte sie das Klingeln des Telefons aus ihrem emotionalen Schlaf. Verärgert über die Annahme, dass sie ihre Mutter und ihre absurden Fragen über Oliver ertragen musste, holte Danielle tief Luft und nahm das Telefon ab.

»Danielle?«, fragte Anette Cooper mit gebrochener Stimme.

»Mrs. Cooper! Es tut mir so leid, ich -«

»Oh, Danielle, ich weiß. Mir tut es so leid, dass du da warst. Ich habe versucht, dich zu erreichen. Übermorgen um vier Uhr nachmittags haben wir eine Zeremonie für Theo geplant. Es wird im Stadion sein und ich möchte gerne, dass du und Thomas dabei seid. Leider konnte ich ihn nicht erreichen. Würdest du ihm bitte Bescheid sagen?«

»Natürlich, wir werden dort sein. «

»Danke. Bis dahin, liebe Danielle.«

Als Danielle das Telefonat beendete, wurde der Schmerz in ihrer Brust wieder stärker.

Sie zog ihre Jacke an und ging den Strand entlang zu Thomas. Sie hätte ihn auch einfach anrufen können, aber sie glaubte, dass es besser wäre, ihm eine solche Einladung persönlich mitzuteilen.

Als sie vor der Tür stand, hörte sie Maries Stimme. Diesmal sah es so aus, als ob es ihr egal wäre. In ihrem Herzen schienen alle Gefühle für Thomas verdorrt zu sein.

Sie wischte sich die Tränen aus dem Gesicht und klingelte. Marie öffnete die Tür mit einem breiten Lächeln auf ihrem Gesicht, das jedoch verschwand, als sie Danielles mutloses Erscheinungsbild sah.

»Oh, Danielle! Dein Verlust tut mir so leid«, sagte Marie ehrlich ergriffen.

»Danke. Ist Thomas da?«

»Ja, komm rein.«

»Nein, ich werde lieber hier warten«, antwortete sie grob.

Marie nickte und ging rein, um Thomas zu holen. Währenddessen beobachtete Danielle das wunderschöne Meer, das die beruhigende Wirkung auf sie verloren zu haben schien.

Thomas kam raus und für einen Moment beobachtete er sie schweigend. Er ging auf sie zu und streichelte zärtlich ihren Rücken.

»Bitte, komm doch rein; es ist sehr kalt hier draußen.«

Danielle drehte sich zu ihm um und lächelte mit einer emotionalen und körperlichen Müdigkeit.

»Nein danke. Ich wollte dich nur wissen lassen, dass übermorgen um vier Uhr eine Zeremonie für Theo im Stadion stattfinden wird. Seine Mutter möchte, dass du dabei bist.«

»Natürlich werde ich dabei sein. Soll ich dich abholen?«

»Nein. Ich will euch keine Umstände machen.«

»Es ist nicht umständlich«, erwiderte Thomas.

»Ich fahre lieber selber, aber danke. Wir sehen uns. Ah! Und, Tom, genieß dein Abendessen«, sagte sie sarkastisch.

Nicht einmal sie selbst wusste, warum sie Thomas plötzlich so sehr hasste und sie wünschte sich, dass er genauso leiden musste, wie sie es tat.

Thomas sah wortlos dabei zu, wie Danielle wegging. Sie sah so verändert aus, als ob von der reizenden Frau, die ihn erobert hatte, nichts mehr übrig wäre.

Nach dem Besuch bei Thomas war Danielle noch trauriger als zuvor. Sie glaubte, dass Thomas nur noch eine Erinnerung an eine vergangene glückliche Zeit war, so wie Theo und Dr. Lillian es nun auch waren.

In dieser Nacht konnte Danielle keine Ruhe finden und als sie schließlich tief einschlief, wurde sie von einem Albtraum geweckt. Die fünf längsten Minuten musste sie wieder durchleben. Sie konnte es noch immer nicht fassen, dass sie zwei der drei Menschen für immer verloren hatte, die ihr die Hoffnung auf ein neues Leben gegeben hatten. Verzweifelt hielt sie das Bettlaken fest und versuchte, die Ohnmacht zu lindern, die sie in dieser Nacht empfand.

Nach mehreren gescheiterten Versuchen, wieder einzuschlafen, stand sie auf und ging zum Strand hinaus. Die Nacht war kalt, aber es schien so, als ob Danielle nichts mehr fühlen konnte. Nur mit einer umschlungenen Decke saß sie auf dem Sand und brach wieder in Tränen aus und ließ einen tiefen und wütenden Schrei los. Zum ersten Mal hasste sie Theo. Sie verstand nicht, wie er so selbstsüchtig sein konnte, indem er ihr und seinen Liebsten so viel Schmerzen verursachte. Die Welt war für sie nur noch leer.

Einige Stunden vergingen und Danielle saß noch immer am Strand. Sie dachte an all die Momente, die sie mit Theo geteilt hatte. Sie weinte und lachte zugleich, denn obwohl er die Tragödie provoziert hatte, von welcher sie Zeuge geworden war, hatte Theo ihr auch große Freude bereitet.

Sie blickte auf den Horizont und bemerkte, dass der Sonnenaufgang bald zu sehen sein würde. In den sieben Monaten, die sie nun schon in Ville wohnte, hatte sie es noch nicht geschafft, dieses Spektakel zu erleben. Jetzt, ohne es geplant zu haben, konnte sie es sehen. Dieser friedliche Augenblick schien ein Geschenk der wunderbaren Dr. Lillian zu sein. Danielle erinnerte sich an ihre Worte und atmete tief durch. Sie schloss die Augen und genoss die Wärme der Sonne. Ein paar Sekunden lang fand sie ein bisschen Frieden.

Der Tag begann auch für einige Nachbarn, die den Morgen mit einem Spaziergang am Strand begannen. Danielle bemerkte dies und entschied, dass es Zeit für sie war, nach Hause zu gehen. Gerade als sie versuchte, aufzustehen, rammte AC sie und bereitete ihr damit eine lustige Überraschung. Zum ersten Mal seit drei Tagen konnte sie endlich lächeln.

»AC! Warum bist du so ungehorsam?«, sagte Thomas verlegen.

»Nichts passiert«, sagte Danielle, während sie den Kopf ihres Lieblingshundes streichelte.

»Oh, tut mir sehr leid, sieh nur, wie dreckig AC deine Decke gemacht hat. Lass dir helfen.«

Thomas nahm Danielles Hand und half ihr auf die Beine.

»Mein Gott! Du frierest ja!«, rief Thomas besorgt.

»Ja, ich weiß. Ich konnte nicht schlafen und habe die Nacht hier verbracht.«

»Komm, lass uns reingehen. Ich mache dir einen schönen warmen Tee.«

Als sie das Haus betraten, saß Danielle zitternd auf dem Sofa und gab AC ihre ganze Aufmerksamkeit, auf diese Art ignorierte sie Thomas vollkommen. Es fehlte ihnen an Worten.

»Heute ist Lillians Beerdigung«, sagte Thomas mit leiser Stimme.

»Heute? Wann genau?«, fragte Danielle überrascht.

»Ich weiß nicht, wie ich dir das sagen soll. Die Familie Andrews hat keinen Patienten eingeladen, sie möchten nicht, dass wir dabei sind. Es tut mir leid.«

»Ich verstehe«, sagte Danielle enttäuscht.

Thomas brachte ihr die Tasse Tee und als Danielle sie in ihren Händen hielt, trafen sich für einen Moment ihre Blicke.

»Bist du sicher, dass du morgen nicht mit mir fahren willst?«

»Ja, wie ich schon gesagt habe: Ich möchte euch keine Umstände machen.«

»Euch?«, fragte Thomas ratlos.

»Ja, dir und Marie.«

»Marie? Sie ist schon gestern in die Stadt gefahren. Ich habe es dir bereits erklärt -«

»Oh bitte! Du muss mir gar nichts erklären«, sagte sie genervt.

»Ich verstehe nicht, warum du so sauer auf mich bist. Was habe ich denn getan?«

»Bist du sicher, dass du es wissen willst?«

»Ja!«, rief Thomas verärgert.

»Okay. Wenn ich meine Zeit nicht mit deinen Spielchen verschwendet hätte, hätte ich meine ganze Aufmerksamkeit Theo widmen können. Nichts davon wäre passiert!«

Thomas sah sie erstaunt an.

»Wie kannst du so etwas sagen? Niemand hat Schuld daran, weder du noch irgendjemand sonst hätte etwas tun können. Theo hat diese Entscheidung selbst getroffen, obwohl wir alle unser Bestes getan haben, um ihm zu helfen. Danielle, versteh endlich, dass man nicht jemanden retten kann, der nicht gerettet werden möchte.«

»Doch! Ich hätte es vermeiden können, aber du …«, rief Danielle verzweifelt und den Tränen nah.

»Ich kann mir gar nicht vorstellen, wie es für dich war, so eine schreckliche Szene zu erleben und es tut mir wirklich leid für dich, aber du vergisst, dass du nicht die Einzige bist, die zwei wichtige Menschen verloren hat. Es ist dir egal, wie elend ich mich fühle. Ich habe niemanden, der mich tröstet, so wie Oliver dich tröstet. Ich hätte deine Freundschaft wirklich gut gebrauchen können, doch ich glaube, dass nur Theo dieses Privileg hatte.«

Danielle stand wütend vor Thomas und sagte:

»Dich in mein Leben und in mein Bett zu lassen, waren die schlimmsten Fehler, die ich je gemacht habe.«

Danielle drehte sich um und schloss sich in ihrem Schlafzimmer ein. Thomas war von ihren harten Worten wie betäubt. Sie lag im Bett mit der Hand über dem Mund, um ihr Weinen zu unterdrücken, bis sie ihn gehen hörte. »Was ist los mit mir?«, murmelte sie schluchzend.

Als Folge der Schlaflosigkeit der letzten Nacht verließ Danielle ihr Bett für den Rest des Tages nicht. Am nächsten Morgen zwang der Wecker sie aus den Federn. Sie fühlte sich ruhiger und bereitete sich darauf vor, in die Stadt zu fahren. Sie kleidete sich schwarz, trank einen starken Kaffee, stieg in den Wagen und machte sich auf die traurigste Reise ihres Lebens.

Während der Fahrt erinnerte Danielle sich daran, wie viel Spaß sie gehabt hatte, als sie das letzte Mal die gleiche Strecke gefahren war. Um Theo zu ehren, erhöhte sie die Lautstärke der Musik, und sie sang jedes Lied mit Tränen in den Augen, aber einem Lächeln im Gesicht laut mit.

Als sie im Stadion ankam, sah sie eine ihr unbekannte Menge an Menschen. Bald entdeckte sie auch Thomas. Danielle hatte instinktiv den Wunsch, an seiner Seite zu sein, denn obwohl sie es nicht akzeptieren wollte, brauchte sie ihn nun mehr denn je. Als Thomas ihre Anwesenheit bemerkte, machte er einen Schritt in ihre Richtung, doch Danielle zog es vor, zwischen den Menschen zu verschwinden. Der Streit, den sie am Tag zuvor gehabt hatten, hatte bereits genug Schaden angerichtet. Aus diesem Grund wollte sie Abstand halten und Thomas vor ihren Launen schützen, bis sie ihren Schmerz beherrschen konnte.

Die Zeremonie begann mit einem der Lieblingssongs von Theo, der ironischerweise davon handelte, niemals aufzugeben. Später widmeten seine Eltern ihm ein paar Worte, mit denen sie ausdrückten, dass Theo ein wundervoller Mensch gewesen war, und dass sie ihn immer vermissen würden. All diese Worte, Fotos und Lieder sowie seine Asche, die frei durch das Stadion flog, machten Danielle noch klarer, dass das kein Albtraum war. Theo war weg und diesmal für immer. In diesem traurigen Moment wollte sie am liebsten zusammen mit Theo in die Unendlichkeit davonfliegen. Der Schmerz, den sie fühlte, war so groß, dass sie davor weglaufen wollte oder unkontrolliert zu weinen anfangen, so wie es Anette Cooper tat. Doch mit großen Anstrengungen gelang es ihr, ihre Gefühle zu kontrollieren und sie saß einfach nur ruhig da.

Am Ende der Zeremonie wollte Danielle endlich nach Hause gehen, aber nicht bevor sie mit Theos Eltern gesprochen hatte, um ihnen zu sagen, wie wichtig ihr Sohn für sie gewesen war.

»Oh, Danielle! Meine arme Danielle!«, rief Anette Cooper, als sie Danielle erblickte.

»Es tut mir wirklich leid. Ich wollte ihm helfen, doch ich habe versagt«, sagte Danielle weinend.

»Nein, mach dir keine Vorwürfe, meine Liebe. Unser Theo hat schweigend gelitten und jetzt hat er endlich seinen Frieden gefunden.«

»Ich vermisse ihn so sehr.«

»Ich weiß.«

Unfähig, mehr zu sagen, umarmten sich die beiden Frauen. Als Danielle ein bisschen der Schmerzen, die sie unterdrückt hatte, losließ, hörte sie Schreie. Danielle befreite sich aus Anettes Armen und wandte ihren Blick ab. Sie wusste nicht, woher die Anschuldigungen kamen, bis sie Pam sah. Das Make-up der schönen Frau war von Tränen verschmiert.

»Wie kannst du es wagen, hier zu sein? Du wusstest es, du hast es gesehen und du hast nichts getan!«, rief Pam wütend.

»Pam, ich -«

»Warum hast du ihn nicht aufgehalten? Warum hast du ihn einfach sterben lassen? Du bist diejenige, die tot sein sollte, nicht er, sondern du!«, sagte Pam voller Hass und Trauer.

Dies waren genau die Worte, die Danielle befürchtet hatte, zu hören. Jetzt fühlte sie sich wieder elend und schuldig. Sie war so bestürzt über Pams Vorwürfe, dass, obwohl sich ihre Lippen bewegten, kein einziges Wort ihren Mund verließ.

Pams Vater nahm den Arm ihrer Tochter und zog sie von der Menge weg, welche verblüfft die ganze Szene mit angesehen hatte.

Danielle sah Theos Mutter mit Tränen in den Augen an und verabschiedete sich von ihr. Bevor Anette Cooper reagieren konnte, eilte Danielle zu ihrem Auto. Thomas, der mitbekommen hatte, was gerade passiert war, folgte ihr schnellen Schrittes.

Danielle setzte sich ans Steuer. Ihre Hände zitterten unkontrolliert, genauso wie jede Faser in ihrem Körper es tat.

Thomas klopfte sanft an das Fenster, worauf Danielle sich sehr eschreckte, weil sie dachte, es sei Pam gewesen.

Danielle wischte sich die Tränen aus dem Gesicht und öffnete genervt das Fenster ihres Wagens.

»Wo willst du hin?«, fragte Thomas besorgt.

»Nach Hause«, murmelte sie leise.

»Nach Ville?!«, rief er überrascht.

»Ja.«

»Ich glaube nicht, dass du in diesem Zustand fahren solltest.«

»Thomas, bitte …«

»Du zitterst ja! Lass mich dich zum Hotel bringen.«

»Hotel? Ich fahre aber heute noch zurück nach Ville.«

»Nein, das wirst du nicht. Du bleibst in meinem Zimmer und ich werde ein anderes für mich nehmen.«

»Ich will aber -«

»Ich werde nicht mehr mit dir diskutieren. Du bleibst hier. Also komm, lass uns gehen.«

»Okay, aber ich werde dir mit meinem Auto folgen.«

Thomas nickte unzufrieden, denn Danielles Sturheit war oft unbezwingbar.

Danielle folgte ihm ins Hotel, währenddessen fühlte sie sich wegen Pams Vorwürfen immer noch sehr unwohl. Als sie vor dem Hotel standen, seufzte Danielle sehnsüchtig, während Thomas nervös seine Kehle räusperte, denn ironischerweise war es dasselbe Hotel, in dem sie unvergessliche Momente zusammen erlebt hatten. Thomas begleitete sie zur Tür ihres Zimmers. Ohne ihn anzusehen, bedankte sich Danielle für die nette Geste und verschwand hinter der Tür. Thomas seufzte besorgt und mit den Händen in den Taschen ging er den langen Gang entlang zu seinem Zimmer.

Danielle saß auf dem Bett und starrte ihr dunkles Spiegelbild im Fernseher an. Tränen strömten über ihre Wangen und Pams Worte hallten noch immer in ihren Ohren. Sie verstand, dass Pam unter dem Tod des Mannes, den sie liebte, unendlich litt und dass dieser Schmerz sie dazu brachte, diese schrecklichen Worte zu sagen, doch Danielle fühlte sich dennoch schuldig bezüglich Theos Tod.

Während sie komplett in Tränen und Reue versank, erhielt sie plötzlich einen Anruf von Oliver. Seit dem Besuch im Krankenhaus blieben sie in ständigem Kontakt. Natürlich war seine Liebesaffäre mit Agnes kein passendes Gesprächsthema gewesen. Danielle war weit davon entfernt, es zu vergessen, aber im Moment schien es ihr egal zu sein.

Schwankend nahm sie das Telefon in die Hand und zögerte, zu antworten, aber sie wusste, dass Oliver nicht mit den Anrufen aufhören würde, bis er sie erreichen konnte. Mit einem tiefen Atemzug stoppte sie ihre Tränen. Mit zitternden Händen hielt sie das Telefon an ihr Ohr.

»Oliver!«, sagte Danielle fröhlich und versuchte, ihren Kummer zu verbergen.

»Hallo! Ich wollte dich nicht stören. Ich weiß, dass heute kein einfacher Tag für dich war und ich wollte nur fragen, wie es dir geht.«

Danielle lächelte gerührt.

»Danke, dass du an mich gedacht hast. Mir geht es gut. Es war … es ist schwierig, aber ich weiß, dass Theo nun endlich den Frieden, nach dem er suchte, gefunden hat.«

»Es tut mir leid, ich wäre gerne mit dir dort gewesen, um dich zu unterstützen.«

»Danke, aber mir geht es gut und alles wird wieder in Ordnung sein. Können wir vielleicht an einem anderen Tag weiterreden? Ich bin wirklich müde«, sagte sie mit brüchiger Stimme.

»Ja, natürlich. Gute Nacht, Danielle.«

»Gute Nacht.«

Am Ende von diesem kurzen Gespräch brach Danielle wieder in Tränen aus. Mit verheultem Gesicht lag sie auf dem Bett und weinte weiter, bis sie schließlich einschlief.

Ein paar Stunden später wachte sie mit dem dringenden Wunsch auf, nach Hause zurückzukehren. Noch immer deprimiert nahm sie ein Bad, und nachdem sie sich angezogen und fertig gemacht hatte, ging sie zur Rezeption und bezahlte ihr Zimmer. Sie eilte zu ihrem Auto und fuhr einfach los.

Eine Stunde nach ihrer Abreise ging Thomas zu ihrem Zimmer, um sie zum Frühstück einzuladen. Als er bemerkte, dass das Zimmermädchen schon dort war, ging er runter ins Restaurant, in der Hoffnung, sie dort zu finden. Doch Danielle war nicht da. Thomas fragte an der Rezeption nach und wurde informiert, dass Danielle schon ausgecheckt hatte. Man gab ihm eine Nachricht, die Danielle für ihn da gelassen hatte.

Tut mir leid, dass ich, ohne mich zu verabschieden, gegangen bin, aber ich muss nach Hause.

Danke für alles, Danielle.

Thomas faltete das Papier zusammen und seufzte. Er wusste, dass Danielle ihn von ihrem Leben fernhalten wollte, und dass sie dann in der Einsamkeit von Ville versinken würde. Für sie beide war Ville eine Geisterstadt geworden.

Kapitel XI

Wie Thomas es vermutet hatte, versank Danielle in Villes Einsamkeit. Abgesehen von den wenigen Anrufen, die sie von Oliver annahm, hatte sie keinen Kontakt zu irgendjemandem, nicht einmal zu ihrer Mutter. Sie hatte sich in eine Welt der Trauer und der Schuld eingeschlossen. Sie war so deprimiert, dass sie am helllichten Tag zwölf Stunden schlief, um dann nachts aufzuwachen, wenn alle in der Stadt schon ruhten. Sie verließ ihr Haus nur, um in den Supermarkt zu gehen, um zu kaufen, was ihrer Seele guttat, eine Flasche Rotwein, die sie vierundzwanzig Stunden begleitete.

Stundenlang saß sie auf der Veranda und mit ihrem Blick auf das endlose Meer fixiert, dachte sie immer wieder über jene langen Minuten nach, die ihr Leben für immer verändert hatten. Der Schmerz, den sie spürte, war so gewaltig, dass sie glaubte, sie könne niemals darüber hinwegkommen.

Sie fragte sich, ob sie zu schnell aufgegeben hatte. Sie dachte, wenn sie nicht aufgegeben hätte, wäre Theo wenigstens nicht tot; möglicherweise im Gefängnis, aber am Leben und unglücklich ... Danielle stellte sich vor, was mit ihm passiert wäre, wenn er nicht den Abzug gedrückt hätte. Vielleicht hätten ihn die Polizisten erschossen und wenn nicht, wäre Theo ins Gefängnis oder noch schlimmer in eine Klinik verlegt worden, umgeben von Leuten, die fernab von der Realität lebten. Alle diese Szenarien machten sie verrückt. Am Ende musste sie akzeptieren, dass Theo sein Schicksal schon vor langer Zeit selbst entschieden hatte und man konnte nichts tun, um dies zu ändern. Trotzdem zehrte Theos Abwesenheit ihren ganzen Lebensmut auf.

Die Inspiration zum Schreiben schien auch verblasst, denn als sie den Laptop einschaltete, blieb ihr Blick auf dem leeren Bildschirm hängen, ohne ein einziges Wort schreiben zu können. Alles in ihr schien tot zu sein. Sie konnte es nicht ertragen, dass ihr Paradies zu ihrem schlimmsten Albtraum geworden war.

Natürlich konnte sie den irdischen Engel auch nicht vergessen, der in ihren Armen gestorben war, nämlich Dr. Lillian. Als sie sich an die traurige Szene erinnerte, rollten wieder Tränen über ihr Gesicht. Danielle bewunderte sie, weil sie alles riskiert hatte, um eine verzweifelte Seele zu retten. Leider war der Preis, den sie dafür bezahlt hatte, zu hoch gewesen.

In der Dämmerung der Nacht starrte sie in den Sternenhimmel und versuchte, dort ein Zeichen der Hoffnung zu finden. Doch alles, was sie fand, war die Stille, die mit dem Brechen der Wellen endete.

Enttäuscht suchte sie Trost beim Lesen ihrer Lieblingsbücher. Dann nahm sie lange Bäder in der Wanne und trank dabei ein Glas Wein. In einigen der schwierigeren Nächte wünschte sie sich, dass das Wasser ihr Gesicht bedeckte, durch ihre Lungen lief und so den immensen Schmerz, der in ihre Seele eingedrungen war, endlich beendete. Als ihr diese dunklen Gedanken kamen, erinnerte sie sich an die Worte von Dr. Lillian, dass man nicht nur überleben sollte, sondern auch für ein glückliches Leben weiterkämpfen musste.

Wie jeden Morgen klopfte Thomas an ihre Tür. Besorgt bat er sie, die Tür zu öffnen. Als Danielle ihn hörte, bedeckte sie ihr Gesicht mit der Decke und versuchte, seine Anwesenheit zu ignorieren. Um ihn zu beruhigen, schickte sie ihm ab und zu Nachrichten, nur um ihm zu sagen, dass es ihr gut gehe und dass sie nur etwas Zeit für sich brauche. Thomas gab jedoch nicht auf.

»Danielle, ich weiß, dass du da bist, bitte las mich rein«, sagte er ungeduldig.

Als er sah, dass sein Bitten und Betteln nutzlos waren, sagte er noch:

»Ich wollte dir nur etwas geben. Ich würde dich gerne sehen und mit dir reden. Wenn du mich brauchst, weißt du, wo du mich finden kannst ... So, hier wird dein Geschenk auf dich warten, alles Gute zum Geburtstag!«

Danielle kam aus der Dunkelheit der Decken raus und schaute erstaunt auf das Datum auf ihrem Handybildschirm. Thomas hatte recht, es war ihr vierunddreißigster Geburtstag und sie selbst hatte es vergessen. Jetzt verstand sie die ständigen Anrufe von Oliver und ihrer Mutter. Sie wusste, dass sie ihnen das Vergnügen geben sollte, ihr zu gratulieren. Denn sonst würden sie sich ernsthaft Sorgen machen und das Bedürfnis haben, sie in Ville zu besuchen, was Danielle auf jeden Fall vermeiden wollte.

Sie stand auf und rief ihre Mutter an. Während sie Ingrids Monologen zuhörte, ging Danielle auf die Veranda und nahm das Geschenk auf, das Thomas ihr dort vor ihrer Tür hinterlassen hatte. Mit einem Lächeln im Gesicht legte sie das Päckchen auf den Tisch und öffnete es neugierig. Der Inhalt bewegte sie tief und füllte ihre Augen mit Tränen.

»Oh, Tom«, murmelte sie leise.

»Geht es dir gut? Wer ist Tom?«, fragte ihre neugierige Mutter.

»Ja, mir geht es gut. Es tut mir leid, aber ich muss jetzt auflegen. Vielen Dank für deine Glückwünsche. Tschüss«, sagte sie eilig, um den Anruf zu beenden.

Was Thomas ihr geschenkt hatte, war das Foto der alten Frau mit dem »hope«-Graffiti, dieselbe Aufnahme, an die sie ihr Herz verloren hatte.

Danielle fühlte sich beschämt darüber, wie sie die Unterstützung von Thomas so strikt abgelehnt hatte. Schließlich hatte er ebenfalls zwei geliebte Menschen verloren und litt zweifellos genauso, wie sie es tat.

Berührt von der Geste stellte sie das Bild auf den Kamin und setzte sich auf das Sofa. Ohne ihren Blick von dem schönen Bild abwenden zu können, fragte sie sich, ob sie überhaupt noch Hoffnung haben könnte? Wie sollte sie die Tragödie von Lillian und Theo überwinden? Wie könnte sie diese Schuldgefühle endlich auslöschen? In diesem Moment wusste sie: Das Zeichen, nach dem sie suchte, war Thomas. Diesmal ging es nicht um Liebe oder um Begierde, sondern um Freundschaft. Sie brauchte Thomas, genauso wie Thomas sie brauchte.

Seit dem Vorfall in der Praxis hatte Danielle nicht die Erleichterung spüren können, die sie in diesem Moment empfand. Etwas in ihr hatte sich verändert und sie wollte diese Gefühle dokumentieren. Ohne ein Glas Wein, sondern mit einer Tasse Kaffee ging sie ins Arbeitszimmer und setzte sich an ihren Laptop. Nach einem tiefen Atemzug tauchten die Worte schnell auf dem Bildschirm auf. Jetzt wusste sie, dass, obwohl sie etwas sehr Wertvolles verloren hatte, es noch viel mehr Lebenswertes auf der Welt gab.

Bevor sie mit Thomas sprechen würde, um sich bei ihm zu entschuldigen, wollte sie jedoch erst noch ein paar Tage alleine verbringen. Während dieser Zeit hatte sie die Gelegenheit, einen der Ratschläge von Dr. Lillian zu praktizieren: nämlich die Selbstbeobachtung. Dank dieser Praxis erkannte sie, wie anspruchsvoll sie mit Thomas, mit Oliver und sogar mit sich selbst gewesen war. Sie erkannte, dass Olivers Bedürfnis nach Perfektion nicht von ihm stammte, sondern von ihr selbst. Er war ein Mann, der einen Fehler gemacht hatte, einen Fehler, wie jeder andere Mensch ihn auch machen könnte. Das bedeutete längst nicht, dass sie es vergessen konnte und sie wollte noch immer eine Erklärung hören, aber irgendwie hatte sie ihm schon verziehen. Allerdings war die wertvollste Lektion dieser Erfahrung, zu verstehen, dass jemanden zu lieben, hieß, auch loslassen zu können ...

Kapitel XII

Nach einer weiteren Woche hatte Danielle immer noch nicht den Mut, mit Thomas zu sprechen. Wieder wurde sie von der Türklingel aus ihrem tiefen Schlaf geweckt. Das Bellen von AC kündigte Thomas an. Nach drei gescheiterten Versuchen musste Thomas wieder aufgeben. Durch die geschlossene Tür teilte er ihr den Grund für seinen Besuch mit.

»Ich werde heute Lillian besuchen. Bis jetzt konnte ich es nicht machen, ich habe es nicht alleine geschafft. Ich werde um fünf dort sein und ich würde sehr dankbar sein, wenn du mitkommen würdest. Ich brauche dich. Bis dann.«

Sie biss sich vor Reue auf die Lippen, denn der Ton in Thomas' Stimme verriet seine Traurigkeit. Danielle beschloss, sich nicht mehr vor ihm zu verstecken und ein paar Stunden später bereitete sie sich für den Besuch auf dem Friedhof vor.

Mit einem Bouquet weißer Lilien in der verschwitzten und zitternden Hand, ging sie zum Grab von Dr. Lillian. Danielle sah, dass sich ein Mann vor der Nische aufhielt. Zuerst dachte sie, es wäre Thomas, aber als sie sich näherte, erkannte sie Mr. Andrews, den Ehemann von Dr. Lillian.

Der Mann sah sie an und mit einer Geste zeigte er ihr, dass sie näher kommen sollte. Danielle zögerte, weil sie wusste, dass die Familie Andrews darum gebeten hatte, dass keiner der Patienten bei der Trauerfeier anwesend sein sollte und sie wollte ihn nicht mit ihrer Anwesenheit beleidigen.

»Es tut mir sehr leid um Ihren Verlust«, sagte sie nervös.

»Danke.«

»Ich wollte Sie nicht stören. Ich bringe nur diese Blumen und -«

»Mach dir keine Sorgen. Ich verabschiede mich gerade. Darf ich dich fragen, woher du meine Lillian kanntest?«

»Ich bin ... Ich war eine ihrer Patienten«, sagte sie ängstlich.

»Hm ... verstehe. Es tut mir leid, dass meine Kinder euch von der Beerdigung ausgeschlossen haben, aber ihr Schmerz ist sehr groß und sie wissen nicht, wie sie mit dem Tod ihrer Mutter umgehen sollen.«

»Ich verstehe, wir verstehen ...«

»Danke. Oh! Entschuldigung für meine mangelnde Höflichkeit, darf ich mich vorstellen, ich bin John Andrews.«

»Sehr angenehm, Mr. Andrews. Ich bin Danielle Kent.«

Als der Mann ihren Namen hörte, zeigte sein Gesicht einen erstaunten Ausdruck.

»Du? Du bist Danielle Kent? Du warst dort ...«, fragte der Mann sichtlich nervös.

Danielle nickte ängstlich. Sie hatte befürchtet, dass seine Reaktion die gleiche wie die von Pam sein könnte.

»Ich wollte dich suchen und mit dir reden, aber meine Kinder ließen es nicht zu. Was geschehen ist, hat uns der Kommissar Pascal schon mittgeteilt, aber er konnte uns eine wichtige Frage nicht beantworten. Diese Frage quält mich jede Nacht. Bitte, ich will nur wissen, ob meine Lillian gelitten hat.«

Die Bitte des Mannes bewegte Danielle so sehr, dass sie sich auf die Lippen beißen musste, um die Tränen zurückzuhalten.

»Nein, Dr. Lillian hat nicht gelitten. Es schien so, als ob sie nur friedlich schlief. Ich weiß, dass Ihnen das keinen Trost geben kann, aber Ihre Frau war eine Heldin, die viele Leben gerettet hat, einschließlich meines.«

John Andrews legte die Hand auf seinen Mund und nickte mit Tränen in den Augen.

»Danke, Danielle«, seine Stimme zitterte.

Sie lächelte mitfühlend.

Immer noch sehr betroffen von der unerwarteten Begegnung, verabschiedete sich der Mann hastig von ihr und ging sofort weg. Für Danielle war die Unterhaltung beruhigend und sie hoffte, dass auch John Andrews bald seine innere Ruhe finden könnte. Dr. Lillian hatte ein Leben gehabt, das sehr früh geendet hatte, aber in dieser Zeit hatte sie das Leben vieler Menschen positiv beeinflusst, sodass sie sich mit Respekt und vor allem mit Zuneigung an sie erinnern würden.

Danielle war nun allein in der Stille des Friedhofs und seufzte traurig. Langsam näherte Danielle sich dem Grab und stellte die Blumen unter ihren Namen. Dann kniete sie sich vor Dr. Lillians Ruhestätte nieder, und wie John Andrews sprach Danielle auch mit ihr. Mit brüchiger Stimme bedankte sich Danielle für alles, was sie für sie getan hatte und versprach, dass sie von jetzt an auch auf Thomas Lake aufpassen würde.

Danielle gestand, wie sehr sie Theo und Dr. Lillian vermisste, dabei spürte sie, dass jemand sie auf den Kopf küsste. Nachdem Thomas seine Blumen neben Danielles gelegt hatte, setzte er sich neben sie auf das Gras. Für einen Augenblick blieben sie schweigend da und betrachteten den Grabstein.

»Glaubst du wirklich, dass es noch Hoffnung in dieser traurigen Realität gibt?«, fragte ihn Danielle schließlich.

»Es scheint eine traurige Realität zu sein, aber ich denke lieber darüber wie meine Großmutter. Sie sagte immer, dass die traurige Realität nicht existiert, weil die Tatsache, etwas zu fühlen, egal ob gut oder schlecht, ein Grund zum Feiern ist. Diese Gefühle erinnern uns daran, dass wir immer noch ein Teil davon sind ... wir sind immer noch Teil des Lebens. Ich glaube, dass die Realität, in der wir uns befinden, schwierig ist, aber ich bin mir sicher, dass wir sie überwinden können. Nicht nur habe ich das von meiner Großmutter gelernt, auch Dr. Lillian hat mir etwas sehr Wichtiges gezeigt. Wenn wir denken, dass der Schmerz uns ertränkt, wird es immer eine

Hand geben, die uns rettet und uns wieder Hoffnung gibt ... Für sie und für Theo müssen wir stark sein und weiterkämpfen, trotz ihrer Abwesenheit, die uns so wehtut.«

Danielle lächelte berührt von seinen weisen Worten, doch die Bestürzung erschütterte noch einmal die Ruhe, die sie gefühlt hatte. Obwohl sie ein Meer an Tränen vergossen hatte, war der Schmerz noch nicht verschwunden. Sie konnte das Weinen nicht mehr unterdrücken und sie umarmte Thomas fest.

»Versprichst du mir, dass deine Hand mich in schwierigen Zeiten retten wird?«, fragte sie ihn schluchzend.

»Ja, ich werde immer für dich da sein«, antwortete er auch mit Tränen in den Augen.

Kapitel XIII

Einige Monate waren vergangen, seit dem Tod von Theo und Dr. Lillian. Das Leben in Ville war bereits wieder »normal« und die Bevölkerung freute sich auf die Ankunft des Frühlings. Doch für Danielle und Thomas war das Leben alles andere als normal. Die beiden Freunde waren unzertrennlich geworden und gemeinsam versuchten sie, den grausamen Verlust zu überwinden. Gemeinsam etablierten sie eine neue Routine, die aus den alten Spaziergängen am Strand und einem Abendessen zu zweit bestand.

Während dieser Zeit des inneren Kampfes hatte Thomas sich darauf konzentriert, seinen großen Traum zu verwirklichen: Er würde bald sein eigenes Restaurant eröffnen. An diesem Projekt hatte er auch zusammen mit Danielle gearbeitet, denn für einige Details fehlte ihm die feminine Note und genau das war es, was sie mit ihren organisatorischen Qualitäten beitrug.

Die Stunden, die sie nicht mit Thomas teilte, verbrachte Danielle vor dem Computer, wo die Worte mit Leichtigkeit wieder flossen. Sie schrieb über die Hoffnungslosigkeit, die sie in den Momenten der Verzweiflung gefühlt hatte, und wie allmählich der Optimismus wieder in ihr aufblühte. Sie war jedoch immer noch erstaunt, dass Dr. Lillians Warnungen so schnell in Erfüllung gegangen waren. Das Leben würde niemals einfach sein. In weniger als einem Jahr hatte sich ihr Leben mehrmals verändert. Zuerst wegen einer Liebesenttäuschung und jetzt wegen des Verlustes zweier geliebter Menschen. Obwohl sie den Schmerz noch spüren konnte, hatte sie Dank der bedingungslosen Unterstützung von Thomas gelernt, mit Theos Entscheidung zu leben. Aus der Wut, die sie zuvor empfunden hatte, war nun Mitgefühl geworden.

Eines Tages wurde ihre Inspiration durch das Klingeln des Telefons unterbrochen. Es war Theos Mutter, mit der sie seit der Zeremonie im Stadion nicht mehr gesprochen hatte. Danielle antwortete nervös, weil sie nicht wusste, was ihr dieser unerwartete Anruf bringen würde.

»Danielle, hier ist Anette Cooper, Theos Mutter«, sagte die Frau nervös.

»Ja, ich weiß. Wie geht es Ihnen?«

»Ich versuche, zu überleben, Danielle, einfach nur zu überleben. Tut mir leid, dass ich dich nicht zurückgerufen habe, aber es ist eine harte Zeit für mich gewesen.«

»Machen Sie sich keine Sorgen, ich verstehe das sehr gut.«

»Danke. Wie geht es dir und Thomas?«

»Danke, soweit ganz gut, aber wir vermissen auch sehr unseren Sonnenschein.«

»Mein Theo ... er hat uns so viel Freude geschenkt. Er wäre sicher sehr traurig, zu wissen, dass er uns mit einem so großen Schmerz zurückgelassen hat.«

»Das wäre er und deshalb müssen wir weitermachen. Das wäre es, was Theo gewollt hätte.«

»Das ist wahr, Danielle und genau deswegen rufe ich dich an. Ich habe nicht den Mut gehabt, nach Ville zu fahren, um seine Wohnung zu räumen. Dieses Wochenende möchte ich es tun und ich wollte dich fragen, ob du mir helfen kannst. Für Pam und meine Familie ist es zu viel Realität. Ich glaube nicht, dass sie es schaffen können.«

»Natürlich, ich werde Ihnen gerne dabei helfen.«

Nachdem die Details geklärt waren, endete das Gespräch. Danielle wusste, dass diese Aktion die nächste emotionale Herausforderung war. Trotzdem sehnte sie sich danach, ein letztes Mal dort zu sein und die schönen Momente, die sie an diesem Ort verbracht hatte, in ihren Gedanken wieder zu erleben.

Wenige Minuten später klingelte das Telefon wieder, diesmal war es Oliver. Der Kontakt mit ihm war regelmäßig geworden, ironischerweise war er für Danielle inzwischen eine große Unterstützung geworden. Sie sah ihn derart verändert, dass sie keine Zweifel mehr daran hatte, dass Oliver trotz seines schrecklichen Fehlers ein guter Mann war. Dank seiner besonderen Art erinnerte sie sich nun wieder, warum sie sich einmal in ihn verliebt hatte.

Ihre Gespräche konzentrierten sich immer noch auf die Ereignisse, die vor einigen Monaten geschehen waren, aber dieses Mal hatte Oliver an etwas anderes gedacht. Er bat Danielle, sie am Wochenende besuchen zu dürfen, weil er dachte, es sei die Zeit gekommen, alles zu erklären, was mit Agnes passiert war. Er sagte, dass er die Schuldgefühle jeden Tag mit sich trage, und dass, auch wenn nun alles vorbei sei, er sich zumindest persönlich entschuldigen wolle. Diese unerwartete Wendung verursachte einen solchen Aufruhr in ihr, dass sie die Kaffeetasse vor Schreck auf den Boden fallen ließ.

»Was war das?«, fragte Oliver neugierig.

»Ach, nichts«, antwortete sie beschämt.

»Okay … Was denkst du? Kann ich vorbeikommen?«

Danielle wusste, dass sie nicht mehr weglaufen konnte. Sie folgte dem Rat von Dr. Lillian und beschloss, den Vorschlag anzunehmen.

»Ich glaube, du hast recht. Es ist Zeit, einige Dinge zu klären. Dieses Wochenende kann ich nicht, aber wir können uns danach treffen. Okay?«

»Das klingt sehr gut, aber ich würde gerne wissen, wann …«

»Lass mich in Ruhe darüber nachdenken und ich werde dich dann anrufen.«

»Sehr gut. Ich werde auf deinen Anruf warten.«

Oliver, der ihre Nervosität bemerkt hatte, wollte sie nicht noch weiter quälen und nachdem er seinen Wunsch, sie zu sehen, wiederholte, beendete er das Gespräch. Danielle fühlte, wie jeder Teil ihres Köpers zitterte. Sie ging auf die Veranda, um dort etwas Frieden zu finden. Sie hatte Angst, dass die Wut zu ihr zurückkehren würde, wenn sie die Einzelheiten seines Betrugs erfahren würde.

In diesen Augenblicken der Verzweiflung konnte Danielle in ihrem Inneren die Stimme von Dr. Lillian wahrnehmen: »Atme tief ein und schließ deine Augen.« Sie konzentrierte sich auf das harmonische Geräusch der Wellen, und wie durch Zauberei fühlte sie sich ruhiger.

Nach diesem hektischen Tag ging sie früh zu Bett. Sie konnte es nicht erwarten, Thomas zu sehen, um mit ihm die beunruhigenden Neuigkeiten zu teilen.

Am nächsten Morgen ging Danielle ungeduldig zum Strand. Sie wusste, dass Thomas und AC bald vorbeikommen würden, um die wilden Wellen zu genießen. Als Thomas und sein geliebter Hund eintrafen, freuten sie sich, Danielle zu sehen.

»Bist du aus dem Bett gefallen?«, scherzte Thomas.

»Nein, es ist nur so, dass ich dringend mit dir sprechen möchte.«

»Ach ja? Was ist denn los?«, fragte er besorgt.

»Ich habe gestern zwei wichtige Telefonate gehabt. Das erste mit Theos Mutter. Sie wird an diesem Wochenende nach Ville kommen, um Theos Wohnung zu räumen und bat mich, ihr dabei zu helfen. Ich weiß, dass es keine einfache Situation sein wird, aber ich denke, es wird mir guttun, dort zu sein und wieder zu fühlen, was Theo für mich war … ist.«

»Ich verstehe deine Sorge, das ist wirklich ein wichtiger Schritt für sie und auch für dich. Bitte, wenn ihr Hilfe braucht, ruft mich an.«

»Danke, das werde ich.«

»Und das andere war …«

»Es geht um Oliver …«, sagte sie vorsichtig.

»Oliver?«, fragte Thomas überraschst.

Die Beziehung zwischen Danielle und Thomas war eine bedingungslose Freundschaft geworden. Keiner von ihnen hatte das Bedürfnis verspürt, über die Diskussionen zu sprechen, die Marie und Oliver ausgelöst hatten. Die Abwesenheit von Theo und Dr. Lillian zu überwinden, war bei beiden zur Priorität geworden. Trotzdem verstand Danielle in diesem Augenblick, dass es nicht angebracht war, mit ihm über Oliver zu sprechen.

»Ja, er … Ach, es ist wirklich nichts Wichtiges.«

»Ich bitte dich. Wir sind reif genug, um darüber zu sprechen. Ich weiß, ich hatte kein Recht dazu, dich zu verurteilen, und wie ich dir einmal sagte, ich bin hier, wann immer du mich brauchst. Es spielt keine Rolle, um was es geht, auch wenn es um Oliver geht. Also sag mir einfach, was du loswerden möchtest.«

»Bist du dir sicher?«, fragte sie erleichtert über seine Ehrlichkeit.

»Aber ja.«

»Oliver wird nach Ville kommen, damit wir endlich alles klären, was passiert ist. Ich bin nervös, weil ich ihn so verändert sehe. Ich dachte, ich hasse ihn, aber manchmal denke ich, es ist unmöglich, ihn zu hassen.«

Während Thomas diesen Neuigkeiten überrascht zuhörte, biss er sich auf die Lippen und sah zu Boden. Er hatte erwartet, das Gegenteil zu hören, denn er wünschte sich, dass Danielle Oliver endlich vergessen könnte. Doch er musste sein Versprechen halten und ein guter Freund sein.

»Wow! Ich weiß nicht, was ich dir sagen soll. Viel Glück.«

»Viel Glück? Ist das alles? Sag mir, was ich tun soll! Was kann ich ihm sagen? Ich habe Angst vor den Details. Ich könnte es nicht ertragen, zu hören, dass er schon seit Jahren eine Affäre hatte.«

»Entschuldigung, aber ich bin ein bisschen überrascht. Das Einzige, was ich dir sagen kann, ist, dass zumindest für mich die Details unwichtig sind. Du wolltest doch den Grund wissen, wieso er das getan hat und darauf solltest du dich konzentrieren, oder?«

»Du hast recht, die Details seiner Liebesbeziehung mit Agnes würden nichts ändern.«

»Alles wird gut. Mach dir keine Sorgen.«

Thomas umarmte Danielle als Zeichen der Unterstützung. Thomas hielt sie in den Armen und fühlte etwas Melancholie, weil er akzeptieren musste, dass sie es verdiente, glücklich zu sein, auch wenn es nicht mit ihm wäre. Zugleich fühlte Danielle in seiner Nähe Schmetterlinge im Bauch, weil die Liebe, die sie für ihn empfand, noch nicht ganz verschwunden war. Aus irgendeinem Grund hatte Danielle das Gefühl, dass dies der perfekte Moment war, um mit Thomas alles zu klären. Ohne zu zögern, schaute sie direkt in seine Augen.

»Kann ich dich etwas fragen?«

»Sicher«, sagte Thomas, während er Danielles Haare sanft hinter ihr Ohr strich.

»Warum wolltest du meine Nähe nicht mehr, nachdem ich dir die Sache mit der E-Mail an Oliver erklärt habe? Hast du wirklich gedacht, dass du für mich nur ein Wochenende voller Spaß warst? War ich für dich nur etwas Vorübergehendes?«

Thomas wurde wieder mal von ihr überrascht. Er zögerte, bevor er antworten konnte.

»Nein, natürlich nicht. Alles, was ich sagte, war echt. Aber wir müssen auch ehrlich zueinander sein. Du bist noch nicht ganz fertig mit Oliver und das hat mich verunsichert. Ich wollte nicht alles geben, um am Ende wieder nur zu verlieren. Ich habe schon viel wegen der Liebe gelitten. Ich denke, dass es meine Art und Weise war, mich zu schützen. Es tut mir leid, dass ich so kindisch war. Ich schäme mich dafür.«

»Du musst dich nicht schämen, ich kann das sehr gut verstehen. Es war eine komplizierte Situation, und keiner von uns wusste, was das Richtige war. Aber ich bin froh, dass zumindest unsere Freundschaft überlebt hat. Thomas, ich möchte dir nur sagen, dass alles, was ich in dieser schönen Zeit mit dir getan habe, aufrichtig war und ich bereue nichts. Du hast mir die Hoffnung zurückgegeben, die ich verloren hatte und deshalb danke ich dir.«

Thomas' unwiderstehliches und leicht angedeutetes Lächeln erschien, was Danielle ebenfalls zum Lächeln brachte, denn es war eins der Bilder, das sie am meisten beruhigte.

»Ich möchte dir nur noch einen Rat geben. Als Freund empfehle ich dir, dass du, bevor du eine neue Beziehung beginnst, nicht nur die Situation mit Oliver klärst, sondern auch deine Gefühle für ihn«, sagte Thomas eindringlich.

Danielle nickte und schaute auf den Boden.

»So … Ich werde nun ein wenig surfen. Bleibst du noch?«

»Ich bleibe noch ein paar Minuten, um mit AC zu spielen, und dann gehe ich.«

»Okay … willst du heute zum Abendessen vorbeikommen? Du wirst in den nächsten Tagen sehr beschäftigt sein, und ich habe ein neues Rezept, das du probieren solltest. Was sagst du?«

»Gerne, danke.«

Während sie die Einzelheiten des Abendessens besprachen, rückte Thomas seinen Surfanzug zurecht. Danielle sah fasziniert zu, wie sich bei jeder Bewegung die Muskeln seines gebräunten Körpers abzeichneten. Unwillkürlich holte sie tief Luft und presste ihre Lippen aufeinander, dabei dachte sie daran, wie gut er aussah und wie sehr sie es genossen hatte, seinen Körper zu streicheln. Zum Glück bemerkte dieser Adonis ihre erotischen Gedanken nicht, die er in ihr erweckte und ohne jeglichen Verdacht, verabschiedete er sich von ihr.

Auf dem Heimweg genoss Danielle die Meeresbrise und erinnerte sich dabei an die Momente, die sie mit Thomas verbracht hatte. Sie war sehr frustriert darüber, dass sie ihm so nah gewesen war und nun nicht mehr in der Lage war, mit Küssen die Liebe und Leidenschaft auszudrücken, die sie immer noch für ihn empfand. Trotz ihres Verlangens wusste sie, dass Thomas recht hatte. Sie sollte definitiv ihre Bindung mit Oliver brechen, bevor sie eine neue Liebesbeziehung anfing. Sie wollte diesen Fehler nicht noch einmal machen. Als sie nach Hause kam, setzte sie sich an den Computer und schrieb einige ihrer Gedanken auf.

Nachdem sie ihre Seele durch Worte befreit hatte, machte sie sich für das Abendessen bereit. Wie sie es sich selbst versprochen hatte, vergaß sie während des Essens ihre Lust und konzentrierte sich darauf, sein kulinarisches Talent zu genießen.

Nach ein paar Stunden gingen Danielle und Thomas gemeinsam am Strand entlang zurück zu ihrem Haus. Thomas verabschiedete sich mit einem zärtlichen Kuss auf die Wange und machte sich gemeinsam mit AC auf den Heimweg.

Nach dem schönen Abend mit Thomas legte sich Danielle nachdenklich in ihr Bett. Sie erinnerte sich daran, wie sehr sie sich gewünscht hatte, einen Mann zu finden, der sie bedingungslos liebte. Das Leben hatte ihr viele schwierige Momente beschert, die zu extremer Qual geführt hatten, aber jetzt schien es ihr so, als ob sie schließlich belohnt werden würde. Zwei besondere und unwiderstehliche Männer hatten ihren Weg gekreuzt. Doch sie wusste nicht, ob einer von den beiden der Richtige für sie war.

Nach einigen Stunden der Schlaflosigkeit, verursacht durch den Liebeskummer, übermannte sie am Ende die Müdigkeit, und sie schaffte es, tief und fest zu schlafen.

Sehr früh am nächsten Morgen weckte sie das Summen ihres Telefons. Auf der anderen Seite der Leitung war Anette Cooper, die ihr mitteilte, dass sie bereits in Ville angekommen sei. Eilig duschte sich Danielle und ging dann zu Theos Wohnung.

Obwohl sie versuchte, dies als einen weiteren Schritt zu ihrer Genesung zu betrachten, wusste sie, wie schmerzhaft es sein würde, der traurigen Abwesenheit ihres Freundes zu begegnen.

Danielle betrat die Wohnung und fühlte sich, als ob ein Messer ihre Brust durchbohrte. Dieses herzzerreißende Gefühl erinnerte sie an den traurigen Abschiedsmoment. Als sie das Schlafzimmer erreichte, fand sie Theos Mutter auf dem Bett sitzend und mit dem Gesicht voller Tränen. Von der eleganten Frau war nichts mehr zu sehen.

Als Danielle sie so aufgeregt sah, setzte sie sich neben Anette und umarmte sie, was die arme Frau vor Schmerz aufschreien ließ. Danielle konnte ihre Tränen auch nicht zurückhalten und zusammen weinten sie bitterlich über den Verlust dieses wunderbaren, jungen Mannes.

»Oh, Danielle, mein Theo, mein Baby ... Warum lieber Gott?! Was werde ich nur ohne ihn machen?

Ich kann nicht ohne ihn leben! Ich will nicht ohne ihn leben!«, rief die Frau unter Tränen.

»Sagen Sie so was nicht. Sie haben Ihren Ehemann und Ihre Töchter, die Sie brauchen. Theo hätte niemals gewollt, dass Sie so leiden.«

»Und warum hat er mich dann verlassen? Warum hat er nicht mit mir gesprochen?«

»Ich weiß es nicht … Ich kann Ihnen nur sagen, dass Theo bereits eine Entscheidung getroffen hatte und obwohl es wehtut, müssen wir es respektieren. Niemand hätte seine Meinung ändern können. Thomas und ich haben es versucht, Dr. Lillian hat es versucht, aber Theo hat einfach nicht an ein Leben ohne Träume geglaubt. Sie sind nicht schuld daran, niemand ist es.«

»Das ist wahr, Theo war ein Träumer. Mein Gott … Diese arme Frau! Es tut mir so leid für ihre Familie. Ich möchte nicht einmal darüber nachdenken, wie sehr sie meinen Theo hassen.«

»Mrs. Cooper, Sie wissen, dass Theo niemals jemanden verletzt hätte. Das, was passiert ist, war ein Unfall. Die Familie von Dr. Lillian wird etwas Ruhe finden, weil sie wissen, dass sie nur versucht hatte, ein Leben zu retten.«

»Diese Frau war eine Heilige, sie half meinem Sohn so sehr und sie versuchte, ihm immer weiterzuhelfen.«

»Ja, das hat sie getan. Sie wird für uns, ihre Patienten, immer eine Heilige und eine Heldin sein.«

Anette nickte bekümmert und schien für einen Moment lang in ihren Gedanken zu versinken.

»Danielle, ich weiß, dass das auch für dich schwierig ist ... Mein Sohn hatte eine große Zuneigung zu dir und du auch für ihn, dafür danke ich dir. Ich möchte dir nicht noch mehr Schmerzen bereiten, aber bitte verstehe, wie wichtig es für mich ist, zu wissen, was in diesem Sprechzimmer passiert ist. Ich muss wissen, was seine letzten Worte waren.«

Dies war einer der Momente, die Danielle am meisten gefürchtet hatte: Einer trauernden Mutter erzählen zu müssen, wie ihr Sohn die letzten Minuten seines Lebens verbracht hatte. Das war nicht einfach für sie, jedoch zeigte sie große Beharrlichkeit. Danielle seufzte, hielt Anettes Hand fest und erzählte ihr von den schmerzhaftesten Minuten ihrer Existenz. Anette hörte aufmerksam zu und obwohl sie viel weinte, fühlte sie etwas Ruhe, wohl wissend, dass sie in den letzten Gedanken ihres Sohnes anwesend war.

Nachdem sie das schwierige Gespräch hinter sich gebracht hatten, packten sie Theos Habseligkeiten in Kartons. Dabei fand Danielle einige Fotos, die sie während der Ferien in der Stadt gemacht hatten. Eines davon zeigte Theo, Danielle und Thomas lächelnd in der Galerie. Sie schaute sich das Bild einige Minuten lang an. Dabei presste sie ihre Lippen aufeinander, um die Tränen zurückzuhalten, die diese wunderschöne Erinnerung bei ihr verursachte. Theos Mutter bemerkte dies und bat sie, die Fotos zu behalten, weil sie wusste, dass diese einen großen emotionalen Wert für sie hatten.

Während Danielle das Wohnzimmer aufräumte, kümmerte Theos Mutter sich um die Küche. Aus Versehen ließ Danielle einen der Baseball-Bälle fallen, der ein Bücherregal schmückte. Der Ball rollte auf dem Boden entlang, bis er unter dem Sofa verschwunden war. Um ihn zurückzuholen, kniete sie sich hin und versuchte, ihn mit dem Arm zu erreichen. Nach mehreren Versuchen fasste sie etwas an, das sich wie eine kleine Truhe anfühlte. Langsam schob sie den Fund über den Boden und setzte sich schweigend auf das Sofa und öffnete sie. Drinnen waren mehrere Pillenfalschen, die gleichen wie die, die sie zuvor in der Kommode gefunden hatte. Einige waren schon leer. Bestürzt von dieser Entdeckung, legte sie ihre zitternde Hand auf ihren Mund und blickte traurig an die Decke. Wieder hatte sie große Schuldgefühle, weil sie wusste, dass ihre Zuneigung für Theo sie naiv gemacht hatte. Doch sie wusste auch, dass diese Vorwürfe nichts mehr ändern würden und wie Thomas gesagt hatte: Man konnte niemanden retten, der nicht gerettet werden wollte.

Vorsichtig wickelte sie die Schachtel in eine Zeitung und warf sie in den Müll, weil sie Theos Mutter nicht noch weiter quälen wollte. Dies würde weiterhin ein Geheimnis von Theo bleiben.

An diesem schwierigen Nachmittag gab es aber nicht nur Tränen und Trauer. Während sie einpackten, erzählten sie sich gegenseitig Anekdoten über Theo, die beide zum Lachen brachten.

Als sie schließlich das Schlafzimmer aufräumten, setzte sich Anette plötzlich auf das Bett. Danielle bemerkte den schockierten Ausdruck in ihrem Gesicht und fragte, ob alles in Ordnung sei. Anette sah Danielle an und zeigte ihr einen Haufen weißer Umschläge mit Namen darauf. Danielle legte verblüfft ihre Hände auf ihre Brust und wusste nicht, was sie sagen sollte.

Anette zog zwei Umschläge hervor und reichte sie ihr. Danielle nahm sie und erkannte sofort ihren Namen und den von Thomas.

»Danielle, ich denke, wir sind hier fertig. Morgen werden die Kisten abgeholt«, sagte Anette mit zitternder Stimme.

Noch immer war Danielle von diesem unerwarteten Brief überwältigt, trotzdem erkannte sie, dass Anette Privatsphäre brauchte, um in Ruhe den Brief ihres Sohnes zu lesen. Sie verabschiedete sich mit einer festen Umarmung. Bevor sie den Raum verließ, wandte sie sich an die traurige Frau.

»Mrs. Cooper?«

»Ja?«

»Ich will Ihnen nur sagen, dass Ihr Sohn mehr als nur ein Freund für mich war. Theo war der Bruder, den ich nie hatte ... die Familie, die ich nie hatte. Und obwohl wir nur wenig Zeit zusammen verbracht haben, habe ich seine Gesellschaft sehr genossen und er hat mein Leben für immer verändert. Vergessen Sie nie, wie besonders Ihr Sohn war.«

»Danke«, sagte Anette und versuchte, ihre Tränen zu unterdrücken.

Als Danielle zu Thomas ging, dachte sie ununterbrochen über den möglichen Inhalt des Umschlags nach. Sie hatte Angst, den Brief zu lesen, um womöglich dort zu erkennen, dass sie doch etwas hätte tun können, um ihm zu helfen. Vielleicht hatte er sich nur ohne Weiteres verabschiedet. All diese Gedanken hatten sie den ganzen Weg gemartert, weil sie nicht wusste, ob es besser wäre, die Erinnerung an Theo zu behalten, die sie hatte, ohne mehr zu hinterfragen und ohne mehr zu erforschen.

Schließlich klopfte sie an die Tür von Thomas, ohne zu wissen, wie sie dort angekommen war.

»Danielle! Ich habe nicht erwartet, dich heute zu sehen. Geht es dir gut?«

Danielle war blass. Sie ging rein und setzte sich ins Wohnzimmer, ohne ein Wort zu sagen.

»Kann ich dir etwas anbieten? Einen Tee vielleicht?«

»Ich glaube, etwas Stärkeres wäre passender … Nimm auch ein Glas für dich.«

Thomas nickte. Verwirrt ging er in die Küche und kam mit zwei Gläsern und einer Flasche Wein zurück.

»Ist Wein in Ordnung? Wenn du willst, kann ich dir auch etwas anderes vorbereiten.«

»Wein ist genug, danke«, sagte sie nervös.

Thomas schenkte ihr ein Glas ein, das sie in einem Schluck leer trank, dasselbe galt für das zweite Glas.

»Ich weiß nicht, wie ich es dir sagen soll …«

»Was? Was ist passiert?«, fragte er alarmiert.

»Mrs. Cooper hat Briefe von Theo für uns gefunden.«

Danielle nahm den Brief für Thomas aus ihrer Tasche und reichte ihn ihm. Als er seinen Namen auf dem Umschlag las, fuhr Thomas sich nervös mit der Hand durch die Haare, denn er war ebenso überwältigt wie die beiden Frauen zuvor.

»Was soll ich sagen? Danke, dass du ihn mir gebracht hast.«

»Bitte. Ich denke, es ist besser, wenn ich gehe. Du brauchst sicher Ruhe, um das zu lesen.«

»Bist du dir da sicher?«

»Ja, es ist etwas zwischen dir und Theo. Ich denke, wir sollten das respektieren.«

»Du hast recht. Hast du deinen Brief schon gelesen?«

»Nein, noch nicht.«

»Nun, dann sehen wir uns morgen am Strand?«

Danielle nickte und nachdem sie das dritte Glas Wein leer getrunken hatte, umarmte sie Thomas und ging.

Als sie nach Hause kam, warf sie sich auf das Bett und sah sich die Fotos genau an. Diese schönen Bilder provozierten ein Lächeln, aber gleichzeitig eine tiefe Traurigkeit, weil sich diese schönen Momente niemals mehr wiederholen würden. Sie legte die Fotos vorsichtig in ein Album, das sie in einer Schublade aufbewahrt hatte.

Auf dem Nachttisch lag Theos Brief, er war noch immer verschlossen. Sie betrachtete ihn vom Bett aus, und als sie ihren Namen noch einmal in der unverwechselbaren Schrift ihres Freundes las, flossen erneut die Tränen über ihr Gesicht. Sie nahm den Umschlag, legte ihn auf ihre Brust und kauerte sich wie ein Kind hin und weinte, bis sie schließlich einschlief.

Es war unvermeidlich, dass sie diese Nacht von Theo träumte, der seit seinem Tod oft in ihren Träumen anwesend war. Oft endeten diese in Albträumen, da sie die schreckliche Szene im Sprechzimmer immer und immer wieder erleben musste. Jedoch war es diesmal anders. Danielle sah sich ruhig am Strand entlangspazieren. Der Himmel war mit einem nie zuvor gesehenen Blau erleuchtet, die Sonne schien stark und das Meer sang die schönste Musik, die sie je gehört hatte. Während sie den Sand unter ihren Füßen genoss, schaute sie in die Ferne und erkannte Theo, der zusah, wie die Wellen kamen und gingen.

»Theo!«, rief Danielle aufgeregt.

Theo sah sie an und lächelte. Wie die Sonne glänzte seine Haut auch und als sie näher kann, glänzte er mehr und mehr, bis sein Bild verschwand. Obwohl er verschwunden war, konnte Danielle ihn fühlen. Es war, als ob diese Energie in ihren Körper eingedrungen wäre und ihr Frieden gegeben hätte. Danielle wachte mit verweinten Augen auf, doch sie war glücklich. Sie nahm Theos Brief und steckte ihn zusammen mit den Fotos in das Album. Sie wollte nicht, dass irgendetwas die Erinnerung an ihn beeinflusste, zumindest nicht für den Moment. Der Frieden, den dieser Traum ihr gegeben hatte, war das, was sie jetzt brauchte.

Mit besserer Stimmung ging Danielle schließlich zum Strand. Dort warteten Thomas und AC schon auf sie. Thomas saß im Sand, sein Blick schien auf das unendliche Meer fixiert zu sein. Diese Szene erinnerte sie an den Traum der vergangenen Nacht, was sie zum Lächeln brachte.

Danielle setzte sich neben ihn und sah ihn an.

»Wie geht es dir?«, fragte sie vorsichtig.

»Gut. Und dir? Hast du den Brief gelesen?«, fragte er, ohne seinen Blick vom Meer abzuwenden.

»Nein, noch nicht. Ich werde es eines Tages tun, aber ich weiß noch nicht, wann. Im Moment habe ich alles, was ich brauche.«

»Du solltest es tun. Weiß du … Ich denke, wir sollten wieder zum Karaoke gehen.«

»Das würde Theo sehr glücklich machen«, sagte sie gerührt.

»Ja … Er hätte es gewollt, dass unser Leben mit der gleichen Intensität weitergeht, wie es zu seiner Zeit der Fall war. Dies kann nicht das Ende unserer Geschichte sein. Ich bin mir sicher, dass Ville noch viel zu bieten hat.«

Thomas zeigte sein leicht angedeutetes Lächeln und stand auf. Während er sich auf die Jagd nach den Wellen vorbereitete, sang er mit schiefem Ton den Refrain von Theos Lieblingslied: »Upside Down« von Jack Johnson. Dies zeigte Danielle, dass es auch für Thomas ein guter Tag war.

Sie beobachtete, wie Thomas auf das Meer zuging und erfreut murmelte sie:

»Ich weiß ... In *Tomville* gibt es noch viel zu entdecken ...«

Kapitel XIV

Danielle hatte immer noch nicht überwunden, was während des Besuchs von Anette Cooper geschehen war, als die nächste Herausforderung bereits auf sie wartete: die Ankunft von Oliver. Die ganze Woche über war sie sehr nervös gewesen. Sie wusste, dass ihre Gefühle für ihn noch nicht ganz verschwunden waren und sie hatte Angst davor, dass sein Besuch ihr nur noch mehr Schmerz und Verwirrung bereiten würde.

Oliver kam wie üblich pünktlich. Als sie die Tür öffnete, fühlte sie sich, als ob ihr Herz vor Aufregung aus der Brust springen würde. Dieses Mal hatte sie ihre fünf Sinne beisammen und war nicht von einer Tragödie überwältigt, wie es das letzte Mal im Krankenhaus der Fall gewesen war.

Für Danielle war es schwer, zu glauben, dass an ihrer Tür nun wieder der Mann stand, der ihr die größte Enttäuschung ihres Lebens bereitet hatte. Ohne genau zu wissen, wie sie sich verhalten sollte, empfing sie ihn mit einem diskreten Lächeln. Oliver begrüßte sie mit einem zärtlichen Kuss auf die Wange und reichte ihr einen Strauß aus Gänseblümchen, ihre Lieblingsblumen.

»Danke, das war aber nicht nötig.«

»Es ist nur eine Art, mich zu bedanken. Danke, dass ich hier sein darf.«

»Wie war die Reise? Ist das Hotel okay?«, fragte sie nervös.

»Alles gut«, antwortete Oliver lächelnd.

»Das Abendessen ist fast fertig. Wenn du willst, kannst du den Wein servieren.«

Oliver füllte die Gläser und während Danielle noch die letzten Details des Essens erledigte, saß er an der Küchentheke und betrachtete sie liebevoll, denn dieses Bild war ihm aus früheren Tagen sehr vertraut. Während des Abendessens redeten sie über die Arbeit und darüber, wie sich die Dinge in Ville nach dem Tod von Theo und Dr. Lillian entwickelt hatten.

Das Abendessen endete schließlich und damit auch die Ruhe, die sie genossen hatten, denn es war nun die Zeit gekommen, um mit dem unangenehmen Teil der Unterhaltung zu beginnen. Einige Minuten lang schauten sie sich nur an, ohne recht zu wissen, was sie sich sonst noch sagen sollten. Schließlich beschloss Danielle, die beklemmende Stille zu brechen.

»Ist sie immer noch deine Sekretärin?«

Oliver sah sie überrascht an, da er nicht geplant hatte, auf diese Art das pikante Thema anzusprechen.

»Nein, nein ... Sie arbeitet jetzt für eine andere Abteilung«, antwortete er angespannt.

Danielle nickte nachdenklich. Oliver betrachtete sein Glas und versuchte, die passenden Worte zu finden, um mit seiner Entschuldigung zu beginnen.

»Danielle, für das, was ich getan habe, gibt es keine Rechtfertigung. Ich war ein Idiot, und ich weiß es. Es tut mir unendlich leid, dass ich dich auf diese Weise verletzt habe.«

»Das ist richtig, du warst ein kompletter Idiot. In dieser harten Zeit hast du mich aber zuletzt sehr unterstützt und nur deswegen bist du jetzt überhaupt hier. Du hast keine Ahnung, wie sehr ich dich hasste und um ehrlich zu sein, hätte ich nicht gedacht, dass ich dieses Thema mit dir jemals bespreche ... Ich weiß, dass es dir leidtut, aber das ist nicht genug, um meinen Seelenfrieden wiederzufinden. Ich muss wissen, warum du das getan hast.«

»Oh Gott! Diese Konversation ist schlimmer, als ich dachte«, sagte Oliver bekümmert.

»Es ist auch kein Spaziergang für mich, glaub mir. Aber ich befürchte, dies ist deine einzige Gelegenheit, um alles endgültig zu klären. Es ist deine Entscheidung.«

»Natürlich müssen wir darüber reden, aber ich will dich nicht noch mehr verletzen, als ich es ohnehin bereits getan habe. Möchtest du das wirklich wissen?«

»Mach dir keine Sorgen um mich, ich habe schon schlimmere Situationen durchgemacht und hier bin ich nun«, antwortete sie entschlossen.

Oliver lehnte sich zurück und seufzte. Danielle war ihrerseits stark und sie wollte nun definitiv die ganze Wahrheit herausfinden.

»Einen bestimmten Grund kann ich dir nicht sagen. Ich weiß selber nicht, warum ich auf Agnes' Spielchen hereingefallen bin. Damit will ich nicht sagen, dass es ihre Schuld war, es ist nur ...«

»Hattest du genug von mir?«

»Nein! Niemals!«

»Was war es dann? Was ist passiert?«, fragte Danielle ungeduldig.

»Ich hatte das Gefühl, dass unsere Beziehung in vielen Aspekten einfach sehr monoton geworden war und ich habe gedacht, dass ich eine Veränderung bräuchte. Gott, das ist so schrecklich!«, rief er verlegen aus.

»Und denkst du nicht, dass ich mich vielleicht manchmal auch so gefühlt habe? Natürlich habe ich es getan! Aber deswegen würde ich dich niemals anlügen und schon gar nicht verletzen. Du wusstest, dass wir über alles reden konnten.«

»Ich weiß, aber ich wusste nicht, wie ich es dir sagen sollte. Ich wollte dich nicht verlieren ... Ich dachte, es wäre nur eine Phase, die bald zu Ende wäre. Doch in diesen Moment war Agnes da ...«

»Und wie lange hat eure ›Beziehung‹ gedauert?«, fragte Danielle, obwohl sie Angst vor der Antwort hatte.

»Es hatte vor drei Monaten angefangen«, antwortete er beschämt.

»Und nachdem ich gegangen bin?«

»Es war vorbei, ich schwöre es. Sobald ich hörte, dass sie dich verklagt hatte, bat ich sie, ihre Abteilung zu wechseln. Ich hasste sie, weil es ihre Schuld war, dass du weggegangen bist. Ich wollte sie gar nicht mehr in meiner Nähe haben ...«

»Ich bin aber wegen dir weggegangen, nicht wegen ihr. Ich hätte es einfach nicht ertragen können, euch im Büro oder auf der Straße glücklich zu sehen. Und du, du hast mir das Herz gebrochen. Wegen dir dachte ich, dass ich mich nie wieder verlieben könnte, aber hier ...«

Danielle sparte sich ihre nächsten Worte und schwieg, denn Thomas konnte nicht Teil einer so verabscheuungswürdigen Unterhaltung sein.

»Wie? Du und Theo?«, fragte Oliver überrascht.

»Ach Quatsch! Was für einen Unsinn du da sagst! Was ich sagen wollte, ist ganz einfach, dass ich dachte, dass die Liebe nur eine Illusion ist. Dank Dr. Lillian weiß ich jetzt, dass die wahre Liebe doch existiert.«

»Natürlich existiert sie! Meine Liebe für dich existiert weiterhin, doch Fehler existieren auch ...«

»Ich bezweifle, dass du mich noch geliebt hast, als du mit Agnes zusammen warst. Die Liebe hat auch ein Ende und ich weiß, dass es nicht deine Schuld ist ... so etwas passiert einfach.«

»Nein, das hatte nichts mit mangelnder Liebe zu tun. Wie ich dir schon sagte, ich war verwirrt und ich habe einen großen Fehler gemacht. Mehr kann ich dir dazu nicht sagen. Ich möchte nur, dass du mir verzeihst. Die Tatsache, dass du dein Leben dafür aufgeben musstest, beschämt mich noch mehr. Ich bitte dich von Herzen um Vergebung. Danielle, wenn ich gewusst hätte, dass du umziehen wolltest, wäre ich auf die Knie gegangen, um dich anzuflehen, nicht zu gehen. Leider wurde mir nur sehr spät klar, was ich verloren habe. Deshalb bin ich auch hier, denn ich will dich nicht aufgeben. Doch heute möchte ich dich um Vergebung bitten.«

»Oliver, ich habe dir schon lange vergeben. Ich musste nur deine Motive hören, um zu wissen, was ich falsch gemacht habe. Ich hatte Angst, dass ich dich nicht glücklich gemacht habe.«

»Bitte, denk niemals, dass du etwas falsch gemacht hast. Ich war es, ich war der Einzige, der Schuld daran hat.«

»Obwohl es schwer zu glauben ist, bin ich froh, dass wir miteinander gesprochen haben. Danke, dass du so ehrlich bist. Ich fühle mich wirklich erleichtert.«

»Ich auch, du kannst dir gar nicht vorstellen, was deine Vergebung mir bedeutet. Das ist alles, was ich wollte, obwohl es da noch etwas gibt ...«

»Was denn?«, fragte sie gespannt.

»Würdest du mit mir in den Norden zurückkehren? Bitte glaub mir, ich kann dich immer noch glücklich machen. Nimm dir bitte wenigstens etwas Zeit, um darüber nachzudenken.«

»Oliver, ich ...«, sagte sie überrascht.

»Du musst dich nicht jetzt sofort entscheiden, aber versprich mir, dass du zumindest darüber nachdenken wirst.«

»Das werde ich«, sagte sie, um ihn zu beruhigen.

Nach dieser ehrlichen Unterhaltung verabschiedete sich Oliver von Danielle und kündigte an, dass er morgen früh auf sie warten würde, um sie auf ihrem Spaziergang am Strand zu begleiten. Sie hatte keine Zeit, sich zu weigern, weil der Kuss, den er ihr in der Nähe ihrer Lippen gab, sie sprachlos machte.

Danielle saß auf der Veranda und dachte über die Unterhaltung nach, die ihre Seele sehr beruhigt hatte. Sie war erleichtert, dass der Abend viel angenehmer verlaufen war, als sie es erwartet hatte. Doch plötzlich wurden ihre positiven Gedanken unterbrochen, als sie sich an den anderen Mann in ihrem Leben erinnerte. »Thomas!«, rief sie erschrocken aus. Sie schlug die Hände über dem Kopf zusammen und dachte darüber nach, dass er und AC am nächsten Morgen am Strand sein könnten und sie würde mit Oliver auch dort sein …

»Oh nein! Oh nein!«, sagte sie immer wieder, während sie unruhig auf der Veranda auf und ab ging.

Für einen Moment spürte sie, dass sie vor Aufregung keine Luft bekam, also beschloss sie, ihre Entspannungsmethode zu praktizieren, welche sie noch nie im Stich gelassen hatte. Sie schloss die Augen, holte tief Luft und hoffte, dass sie so zur Ruhe käme. Allerdings schlief Danielle in dieser Nacht dennoch sehr unruhig und wachte mit demselben Gefühl wieder auf.

Am nächsten Morgen stand Danielle früh auf und als sie die Tür öffnete, stand dort schon Oliver. Er erwartete sie auf der Veranda mit einem Kaffee.

»Cappuccino mit einem Löffel Zucker und extra Zimt«, sagte er mit seinem perfekten Lächeln.

»Oh, danke!«, rief sie erfreut über die schöne Überraschung.

Während sie zusammen spazierten und Kaffee tranken, bemerkte Danielle, dass sie Olivers Gesellschaft immer noch sehr genoss. Er redete ununterbrochen und sie beobachtete ihn lächelnd. Sie fragte sich, ob es möglich wäre, dieser Beziehung eine weitere Chance zu geben.

Danielle wendete ihren Blick nach vorne und erkannte in der Ferne die Anwesenheit von Thomas. In diesem Moment fühlte sie sich, als ob ihre Beine aus Pudding wären. Sie hatte gehofft, ihn an diesem Morgen nicht zu treffen, aber zu ihrem Pech waren Thomas und AC pünktlich da, um den sonnigen Morgen zu genießen. AC eilte, schon vor Freude hechelnd, in ihre Richtung.

Danielle lächelte nervös und wartete, dass AC sich näherte.

»Hey! Wer ist das?«, fragte Oliver und streichelte den Kopf des freundlichen Hundes.

»AC ist der Hund eines Freundes.«

»Wie es aussieht, kennt er dich sehr gut«

Danielle lächelte errötend.

Gemeinsam gingen sie ein paar Meter weiter. Danielle seufzte erleichtert, als sie bemerkte, dass Thomas gerade surfte. Sie wollte unbedingt diese unangenehme Situation vermeiden. Leider endete die Ruhe jäh, denn sobald Thomas ihre Anwesenheit bemerkt hatte, kam er aus dem Wasser raus, um sie zu begrüßen.

»Ich hatte nicht erwartet, dich heute hier zu sehen«, sagte Thomas spöttisch.

»Doch, hier bin ich. Darf ich vorstellen: Oliver, das ist Tom ... Thomas, Thomas, das ist Oliver«, stammelte sie nervös.

»Ja, ich weiß. Wir haben uns im Krankenhaus bereits kennengelernt. Wie geht es dir?«, sagte Oliver, der versuchte, die Wirkung zu ignorieren, die Danielles Freund auf sie hatte.

»Alles gut, danke. Ich genieße das Wasser und die Sonne von Ville. Und dir?«

»Auch gut, ich genieße die ausgezeichnete Gesellschaft«, sagte Oliver, während er Danielle ansah.

»Aha. Und, gefällt es dir hier?«, fragte Thomas mit einem gezwungenen Lächeln.

»Ja, sehr. Ville ist eine sehr schöne Stadt und der Strand ist großartig.«

»Das freut mich. Und welche Pläne habt ihr für heute Abend?«

Diese Frage löste den inneren Alarm von Danielle aus. Sie wollte sich schnell etwas einfallen lassen, da sie Thomas' Absicht bereits erkannte. Doch Oliver antwortete ihm völlig gelassen, dass sie noch nichts geplant hätten. Danielle sah Thomas mit einer drohenden Geste an, er lächelte.

»Wie wäre es, wenn ihr heute Abend zu mir nach Hause zum Abendessen kommt? Ich würde dich gerne besser kennenlernen, da ich schon so viel von dir gehört habe«, sagte Thomas und sah Danielle an.

»Danke, aber wir wollen dir keine Umstände machen. Außerdem muss Oliver morgen schon sehr früh los und -«

»Also, ich denke, das ist eine sehr gute Idee«, meinte Oliver.

»Toll! Dann erwarte ich euch um acht.«

Danielle war empört über die »Freundlichkeit« von Thomas, denn sie hatte den vagen Verdacht, dass er ihr Wochenende mit Oliver sabotieren wollte.

Nachdem sie sich von Thomas verabschiedet hatten, gingen Oliver und Danielle zurück nach Hause. Er hatte eine Veränderung in ihrem Verhalten bemerkt, was ihn sehr beunruhigte. Oliver glaubte nicht, dass Thomas der Typ war, an dem Danielle interessiert sein könnte, doch er zog es vor, sich mit dem Thema zu befassen.

Als sie zu Hause ankamen, bot er ihr an, etwas für das Essen vorzubereiten. Dies war seine Gelegenheit, ihr einige Fragen zu stellen.

»Seit wann kennst du Thomas?«, fragte er in unauffälligem Ton.

»Wir haben uns kurz nach meiner Ankunft in Ville kennengelernt«, antwortete Danielle überrascht von der unerwarteten Frage.

»Aha … Und war er auch mit Theo befreundet?«

»Ja, und er war auch ein Patient von Dr. Lillian.«

»Dann waren das für ihn ebenfalls ein paar schwierige Monate. Ich kann mir vorstellen, dass dir seine Gesellschaft sehr gutgetan hat.«

»So ist es.«

»Ist er verheiratet oder …?«

Danielle lächelte triumphierend, denn jetzt erkannte sie die Unsicherheit, die ihre Freundschaft mit Thomas in Oliver ausgelöst hat.

»Er war verheiratet, aber leider starb seine Frau vor einigen Jahren.«

»Wie schade …«

»Ja. Es war für ihn sehr schwer, diesen Verlust zu überwinden. Manchmal kommt es mir so vor, als wäre er noch immer verheiratet.«

»Ja, das kann ich mir vorstellen. Und was macht er beruflich?«

»Er ist eigentlich Fotograf und er hat eine Galerie in der Stadt. Das Foto auf dem Kamin ist übrigens von ihm. Er ist ein sehr talentierter Mann. Es ist sehr schade, dass er seit Graces Tod die Fotografie aufgegeben hat«, erzählte Danielle ihm, während sie das Bild betrachtete.

Oliver bemerkte, mit welcher Bewunderung und Zuneigung Danielle über Thomas sprach, was ihn nur noch mehr beunruhigte. Aus diesem Grund hielt er es für klug, das Gesprächsthema zu wechseln. Während des Abendessens würde er die Gelegenheit haben, mehr darüber herauszufinden, wer Thomas wirklich war.

Nachdem sie die leckeren Sandwiches gegessen hatten, die Oliver mit viel Liebe zubereitet hatte, gingen sie raus an den Strand. Sie legten sich in den Sand und genossen für ein paar Stunden die Sonne. Dabei redeten sie lange und erinnerten sich an einige der schönen und lustigen Momente, die sie zusammen erlebt hatten. Mehr als einmal ließ Oliver sie mit seiner sympathischen Art vor Begeisterung leise seufzen.

Die Stille des Nachmittags ging zu Ende und Oliver verabschiedete sich, um ins Hotel zu gehen und zu duschen. Danielle war über diese Entscheidung froh, da sie so ein paar Stunden Zeit hatte, um sich zu entspannen und sich gedanklich auf das Abendessen vorzubereiten.

Nach einiger Zeit der Ruhe wartete Danielle gespannt auf Oliver und versuchte, sich einzureden, dass es doch ein schöner Abend werden könnte. Doch in dem Moment, als Oliver an ihre Tür klopfte, erlebte sie ein derartiges Unbehagen, das sie seit langer Zeit nicht mehr gespürt hatte und sie wusste nicht so recht, wie sie das interpretieren sollte. Sie fragte sich, ob das an Oliver lag, oder ob vielleicht doch eher Thomas der Grund für ihre Nervosität war.

Als guter Gastgeber empfing Thomas sie lächelnd und er sah wie immer blendend aus. Seinerseits hatte Oliver sich auch in Schale geworfen, um sich von seiner besten Seite zu zeigen, sodass Danielle von zwei charmanten Männern umgeben war.

Vom Flur aus konnte man den köstlichen Duft des Essens bereits vernehmen. Danielle ging direkt in die Küche und schenkte sich ein Glas Wein ein, das sie in einem Zug leer trank. Dies war eine typische Angewohnheit von ihr, wenn sie sich unangenehmen Situationen stellen musste. Doch nach einer Weile war die Anspannung in ihr merklich gesunken, denn die beiden Männer schienen sich ausgesprochen gut zu verstehen.

»Wow! Das Steak ist köstlich! Bist du sicher, dass du selber gekocht hast?«, fragte Oliver überrascht.

»Ja, natürlich!«, sagte Thomas stolz.

»Ich wusste nicht, dass du so ein guter Koch bist. Ich dachte, du wärst Fotograf.«

»In einem früheren Leben war ich es, aber jetzt ist die Küche meine größte Leidenschaft.«

»Nun, ich muss sagen, du hast es drauf. Übrigens, vielen Dank für die Einladung.«

»Habe ich gerne gemacht; Danielles Freunde sind bei mir immer willkommen.«

Danielle wiederum, die den Gastgeber besser kannte, hatte noch immer das Gefühl, dass Thomas sie mit seiner überaus freundlichen Haltung nur ärgern wollte. Doch bald erkannte sie, dass ihre Gedanken möglicherweise von ihren verdrängten Gefühlen für Thomas beeinflusst wurden. Er und Danielle waren gute Freunde geworden und außerdem wusste Thomas, was Oliver ihr bedeutete. Schließlich erkannte sie, dass das, was er tat, nur freundschaftlich und wohlwollend gemeint war.

»Wenn ich das nächste Mal hierherkomme, würde es mir nichts ausmachen, weitere leckere Gerichte von dir auszuprobieren«, fuhr Oliver begeistert fort.

»Das nächste Mal? Planst du, bald wiederzukommen?«, fragte Thomas ihn und dabei sah er wieder Danielle an, die nur still aß und trank, ohne ein Wort zu verlieren.

»Na ja, wenn Danny es mir erlaubt, würde ich sehr gerne bald wiederkommen.«

»Nun, wenn ›Danny‹ dir keinen Grund zum Kommen gibt, gebe ich dir einen. Ich würde mich echt freuen, wenn du bei der Eröffnung meines Restaurants dabei bist. Es wird in vier Wochen sein.«

»Was?!«, rief Danielle überrascht mit vollem Mund.

»Ja, im Ernst! Tut mir leid, dass ich es dir noch nicht gesagt habe. Ich war so beschäftigt, dass ich total vergessen habe, es zu erwähnen.«

»Oh, Tom! Ich freue mich so für dich«, sagte sie glücklich.

Danielle stand auf und umarmte Thomas liebevoll von hinten. Diese Geste veranlasste, dass Oliver sich selbst nervös am Hals kratzte.

»Herzlichen Glückwunsch! Natürlich werde ich gerne bei der Eröffnung dabei sein, danke«, erwiderte Oliver lächelnd.

Danielles Arme waren immer noch an Thomas' Hals, während Oliver die Einladung annahm. Als sie das mitbekam, legte sie mehr Druck auf seinen Hals, was einen Hustenanfall in Thomas auslöste.

»Trink etwas Wasser«, sagte sie und schlug ihm auf den Rücken.

»Mir geht es gut, mir geht es gut.«

»Und sag mir, wirst du etwa der Koch des Restaurants sein?«

»Nicht für den Moment. Ich muss noch einige Kurse machen, bevor ich mich wirklich offiziell als ›Koch‹ bezeichnen kann, also wird ein Profi zunächst die Küche übernehmen. Fürs Erste muss ich mich noch mit vielen bürokratischen Formalitäten befassen. Übrigens brauche ich immer noch deine Hilfe, liebe Danielle.«

Danielle nickte froh, während Oliver sich auf die Lippen biss.

»Also, du kochst auf jeden Fall sehr gut, ich hätte ehrlich nicht bemerkt, dass du nur ein Amateur bist. Ich wünsche dir aufrichtig viel Glück. Ich glaube, dass in einem Ort wie Ville ein Restaurant ein gutes Geschäft ist. Und hast du schon einen Namen für das Lokal?«

»*Grace*«, antwortete Danielle.

»Eigentlich nicht … Ich habe meine Meinung geändert. Dies ist eine neue Phase meines Lebens und obwohl Grace immer ein Teil von mir sein wird, ist es Zeit für einen neuen Anfang. Also, ich dachte, *Tomville* wäre besser geeignet«, sagte Thomas und sah Danielle an.

Danielle lächelte bewegt.

»*Tomville*? Das ist ein ganz besonderer Name«, sagte Oliver.

»Ja, das ist er«, sagte Thomas nachdenklich.

Danielle spürte ein unerklärliches Gefühl und fand keine passende Reaktion für diesen besonderen Moment. Sie entschuldigte sich und ging in die Küche, um eine Flasche Champagner zu öffnen, um diese Neuigkeit gebührend zu feiern.

Als sie hinter der Küchentür verschwand, atmete sie schneller. Thomas' Entscheidung hatte sie völlig überrascht. Sie fragte sich, ob es irgendeine tiefere Bedeutung hatte, oder ob er es getan hatte, weil ihn diese schöne Zeit auch an Thec und Dr. Lillian erinnerte. Schnell wurde ihr klar, dass dies nicht der richtige Zeitpunkt war, um solche Fragen zu stellen. Sie versuchte, sich zu beruhigen und kehrte an den Tisch zurück, immer noch ein wenig errötet.

Oliver sah sie an und fragte besorgt:

»Geht es dir gut?«

»Ich glaube, ich habe etwas zu viel Wein getrunken. Thomas, es tut mir leid, ich wollte eigentlich, dass wir diese tolle Neuigkeit heute zusammen feiern, aber ich würde jetzt lieber nach Hause gehen«, sagte Danielle nervös und etwas erregt.

Thomas verstand die Botschaft und ließ sie ohne Weiteres gehen. Er vermutete bereits, dass seine plötzliche Ankündigung Danielles Unwohlsein verursacht hatte, doch er hoffte auch, dass sie den Grund für seine Entscheidung erkennen würde.

Oliver bestand darauf, solange an ihrer Seite zu bleiben, bis es ihr besser ging. Danielle dachte, dass sie mindestens eine Stunde warten sollte, bis die fiktiven Symptome verschwunden wären. Damit wollte sie vermeiden, dass Oliver ihr Interesse an Thomas erkannte, denn was sie nun am wenigsten brauchte, war noch ein weiteres unangenehmes Gespräch mit Oliver. Sie legten sich zusammen auf das Bett und unterhielten sich noch ein wenig, bis sie schließlich einschliefen, genau wie sie es in alten Zeiten getan hatten.

Am nächsten Morgen wurden sie von der Türklingel geweckt, da jemand immer wieder schellte. Genervt durch das Drängen beeilte sich Danielle, die Tür zu öffnen, während Oliver sich fertig machte, um seine Sachen im Hotel abzuholen und die Heimreise anzutreten.

Als Danielle die Tür öffnete, sah sie Thomas, der unbekümmert im Schaukelstuhl herumschaukelte.

»Was machst du hier?«, fragte Danielle, immer noch halb schlafend.

»Guten Morgen auch für dich! Ich wollte nur wissen, wie es dir geht und …«

»Hey, Thomas! Guten Morgen und danke, dass du uns geweckt hast«, sagte Oliver, der mit einer triumphierenden Haltung Thomas unterbrach.

»Oliver! Ich dachte, du bist schon weg«, sagte er überrascht.

»Noch nicht, aber jetzt muss ich wirklich gehen. Vielen Dank für das Abendessen. Ich wünsche dir viel Erfolg bei deinem Projekt«, sagte Oliver und streckte Thomas seine Hand entgegen, um sich zu verabschieden.

»Danke«, erwiderte Thomas noch immer verwirrt.

»Ich rufe dich an, sobald ich zu Hause bin«, sagte Oliver, während er Danielle zärtlich umarmte.

Danielle nickte und lächelte nervös.

Als Oliver wegging, veränderten sich die Gesichtsausdrücke von Thomas und Danielle.

»Vielen Dank für die Einladung zum Abendessen, es war ... sehr interessant. Aber was hast du dir dabei gedacht, als du Oliver einfach so zur Eröffnung deines Restaurants eingeladen hast, ohne mich zuerst zu fragen? Woher weißt du, ob ich ihn überhaupt wiedersehen möchte?«, fragte Danielle etwas verstimmt.

»Für mich ist ganz klar, dass du ihn wiedersehen willst.«

Thomas sah sie herausfordernd an. Sie zog ihn am Arm ins Haus hinein und machte die Tür zu. Für ein Gespräch wie dieses brauchten sie Privatsphäre.

»Warum bist du gekommen?«

»Es tut mir leid, habe ich dich bei etwas unterbrochen?«, fragte Thomas sarkastisch.

»Wie du schon einmal gesagt hast, muss ich dir keine Erklärungen geben.«

»Da hast du recht, Entschuldigung. Ich wollte nur wissen, ob es dir besser geht.«

»Ja, mir geht es gut. Danke, dass du dir Sorgen gemacht hast«, antwortete Danielle nun etwas ruhiger.

»Nichts zu danken. Ich will dir nur sagen, es scheint mir, dass Oliver trotz allem ein guter Kerl ist.«

»Ja, das ist er.«

»Nun, ich lasse dich besser in Ruhe. Wirklich, ich wollte euch nicht stören.«

»Hör auf damit!«, rief Danielle verärgert.

»Womit?«

»Als ob du alles wüsstest! Zwischen uns ist nichts passiert.«

»Du musst mir nichts erklären.«

»Ach nein? Es ist dir egal? Und warum hast du dich gerade so aufgeregt?«

»Weil du dich immer so darüber beschwerst, wie sehr Oliver dich enttäuscht hat, aber wenn du mit ihm zusammen bist, scheint ihr das perfekte Paar zu sein.«

»Das perfekte Paar?!«

»Ich will das jetzt wirklich nicht diskutieren«, sagte Thomas genervt.

»Gut!«

»Gut!«

»Und was ist mit dem Restaurant? Warum hast du mir nichts über *Tomville* gesagt, als wir alleine waren?«

Thomas wollte gerade antworten, als das Telefon klingelte. Danielle sah auf das Display und erkannte die Nummer ihrer Mutter.

»Ach! Genau das hat noch gefehlt, meine Mutter!«, rief Danielle verärgert.

»Sprich mit ihr, ich gehe jetzt besser.«

»Nein, ich werde sie später zurückrufen.«

Ingrid hatte die schlechte Angewohnheit, ihre Tochter in Schwierigkeiten zu bringen und dieses Mal würde keine Ausnahme sein. Obwohl es bei

Ingrid nicht üblich war, hatte sie diesmal eine Nachricht auf dem Anrufbeantworter hinterlassen:

Danielle, Schatz? Ich weiß, dass du da bist, Juhuuu. Oh! Sicher bist du immer noch mit Oliver beschäftigt. Was für eine Freude, dass du mit ihm wieder zusammenkommst. Er ist so ein guter Mann, so aufmerksam und gut aussehend. Wir machen alle Fehler, und ich bin mir sicher, dass er seine Lektion gelernt hat. Bitte ruf mich an! Ich will alles wissen. Küsse.

Während sie sich die Nachricht ihrer Mutter anhören musste, neigte Danielle genervt den Kopf nach hinten. Seinerseits kratzte sich Thomas nervös am Bart und ging eilig raus.

»Tom!«, rief Danielle ihm hinterher.

»Ich muss jetzt ins Restaurant gehen ...«

Danielle nahm ihn am Arm und drehte ihn in ihre Richtung.

»Warte doch mal kurz, was ist denn plötzlich los mit dir?«

»Ich habe doch gesagt, ich habe viel zu tun«, sagte er, ohne sie anzusehen.

»Meine Mutter weiß nicht was sie sagt, ich -«

»Deine Mutter weiß, was das Beste für dich ist und es scheint, dass du es bereits hast.«

»Meine Mutter weiß nicht einmal, was für sie am besten ist. Nur ich weiß, was das Beste für mich ist.«

»Und was ist das Beste für dich? Weißt du das schon?«

In diesem Moment war Danielle verwirrter denn je, denn Olivers Besuch hatte in ihr etwas verändert.

»Nein, ich weiß es noch nicht«, sagte sie und schaute auf den Boden.

Thomas lächelte verärgert und drehte sich um, um zu gehen. Als sie sah, dass er weggehen wollte, zog Danielle ihn noch einmal am Arm. Er drehte sich wütend zu ihr um. Sie schauten sich für ein paar Sekunden in die Augen, dann streichelte Danielle zärtlich sein Gesicht und legte ihre Lippen auf die seinen. Sie wusste nicht, warum sie es tat, aber in diesem Moment fühlte sie, dass es richtig sei. Sie kehrten in das Haus zurück, in dem innige Küsse sie ins Bett brachten, wo sie mit Leidenschaft ihre Körper streichelten. Sie waren gerade dabei, die schönen Momente wiederzubeleben, die sie vor Monaten geteilt hatten, als Thomas plötzlich aufstand und hastig sein T-Shirt anzog.

»Was ist los? Wo gehst du hin?«, fragte Danielle, die den Grund für diese plötzliche Meinungsänderung nicht verstand.

»Danielle, dies ist nicht die Lösung. Glaub mir, ich will mit dir zusammen sein, aber nicht so. Nicht, solange du Oliver noch liebst.«

»Aber ich …«

»Ich muss jetzt gehen. Wir können uns später unterhalten«, sagte er und verließ den Raum.

Danielle blieb erstaunt im Bett zurück. Einerseits fühlte sie sich in ihrem Stolz verletzt, andererseits wusste sie genau, dass Thomas recht hatte. Sie musste ihre Gefühle zuerst klären. Es war die Zeit gekommen, sich wie eine erwachsene Frau zu benehmen und zu entscheiden, was und wen sie in ihrem

Leben wollte. Mit einem Mal wurde ihr bewusst, dass sie bald eine Entscheidung treffen musste, denn viele ungelöste Fragen stürmten plötzlich auf sie ein. Sie fragte sich, was passieren würde, wenn ihre Zeit in Ville zu Ende ginge: Könnte sie zu dem Leben zurückkehren, das sie mit Oliver gehabt hatte? Konnte sie sich vorstellen, in Ville ein neues Leben zu beginnen? Vielleicht doch, ein neues Leben in *Tomville*?

Kapitel XV

Nach dem verwirrenden Vorfall in ihrem Zimmer ließ Danielle ein paar Tage vergehen, bevor sie sich bei Thomas meldete. Sie wollte herausfinden, was ihr Herz wirklich wollte. Doch die Tage vergingen und sie konnte noch immer keine Antwort auf ihre Fragen finden. Das Einzige, was sie wusste, war, dass sie Thomas in ihrem Leben brauchte und dass sie nicht bereit war, seine Freundschaft wegen einem emotionalen Chaos zu verlieren.

Eines Nachts entschied sie sich, zu seinem Haus zu gehen, um mit ihm alles von Angesicht zu Angesicht zu klären.

Danielle ging nervös den Strand entlang und wünschte sich, dass sich nichts zwischen ihnen ändern würde.

Schließlich klingelte sie an seiner Tür und Thomas kam sofort raus.

»Darf ich reinkommen?«

»Natürlich!«, antwortete er, überrascht von ihrem unerwarteten Besuch.

»Sorry, dass ich ohne Vorwarnung gekommen bin, aber ich denke, wir müssen reden.«

»Entschuldige dich nicht, es freut mich, dich zu sehen. Ich wollte dich auch besuchen, aber das Restaurant stiehlt mir im Moment wirklich all die Zeit.«

»Keine Sorge, ich verstehe. Ich wollte dir nur sagen, dass das, was in meinem Haus passiert ist, eine dumme Entscheidung war. Ich war verwirrt und für nichts auf der Welt möchte ich deine Freundschaft verlieren. Ich kann dich auch nicht verlieren. Ich werde nicht leugnen, dass ...«

»Ich verstehe. Es ist nicht nötig, dass du mehr sagst. Es war nicht deine Schuld, wir haben einfach beide schlecht reagiert. Ich denke, wir sollten es einfach dabei belassen. Es ist mir klar, dass wir nur Freunde sind und wie ich es versprochen habe: Ich werde immer für dich da sein, auch wenn du dich entscheidest, Ville zu verlassen, oder selbst wenn du mit ihm zusammen sein willst. Ich möchte nur, dass du glücklich bist.«

Danielle lächelte, aber zweifelte zugleich, ob die Ehrlichkeit von Thomas sie erfreuen sollte oder nicht, da es schien, als hätte er eine mögliche Beziehung bereits aufgegeben. Danielle war jedoch überzeugt davon, dass die Freundschaft zu Thomas ein wertvoller Schatz war, den sie nicht verlieren wollte und das war für sie das Wichtigste.

»Ich bin froh, dass du hier bist, weil ich ein Angebot für dich habe«, sagte Thomas fröhlich.

»Ah ja? Was denn?«

»Wie du bereits weißt, wird mein Restaurant auch private Veranstaltungen anbieten und ich brauche jemanden, der sich um die Organisation des Caterings kümmert. Und ... Ich wollte dich fragen, ob du daran interessiert wärst, diese Position einzunehmen.«

»Ich? Aber ich habe keine Erfahrung in der Organisation von Veranstaltungen. Ich habe zwar etwas von Theo gelernt, aber ich glaube nicht, dass das reicht«, sagte sie lächelnd.

»Vielleicht hast du keine Erfahrung, doch du hast das Talent. Ich habe dich beobachtet und ich bin wirklich beeindruckt von allem, was du für *Tomville* getan hast und von den Ideen, die du eingebracht hast. Glaub mir, ich bin mir sicher, dass du diesen Job schaffen kannst. Wenn du ihn willst, ist er deiner.«

»Wenn das so ist, dann akzeptiere ich dein Angebot natürlich sehr gerne!«, rief Danielle aufgeregt aus.

»Toll! Du kannst zunächst die nächsten Monate probeweise für mich arbeiten und wenn du dann immer noch willst, auch gerne für die nächsten Jahre.«

»Für die nächsten Monate klingt hervorragend, danach ... wir werden sehen, Oh Gott! Ich habe wieder eine Arbeit!«

»Gut, dass du so motiviert bist, denn deine erste Veranstaltung wird die Neueröffnung von *Tomville* sein. Du hast drei Wochen Zeit, um alles zu organisieren.«

Auf diese Ankündigung reagierte Danielle mit einem Freudenschrei und aufgeregt umarmte sie Thomas, der nun neben Freund und Vertrauter auch ihr neuer Chef werden sollte. Danielle war sehr glücklich, weil sie die Möglichkeit hatte, etwas Neues auszuprobieren und dies war von Anfang an Teil ihres Plans gewesen.

Danielle ging mit einem Lächeln zurück nach Hause. Doch sie fragte sich, ob Thomas auch gerne mehr Zeit mit ihr verbringen wollte, oder ob er ihr den Job nur wegen ihrer Freundschaft angeboten hatte. Als sie ihre kindischen Gedanken bemerkte, schlug sie sich selbst sanft auf die Wange, um in der Realität aufzuwachen. Die letzte Annäherung mit Thomas hatte ihr klargemacht, dass seine Spiele die Freundschaft mit ihm gefährden könnten.

Sie hatte das Bedürfnis, die aufregenden Neuigkeiten mit Oliver zu teilen, der es sich zur Aufgabe gemacht hatte, sie zurückzugewinnen. Seine Nachrichten und Anrufe waren regelmäßig, aber nicht störend. Er war sehr aufmerksam und schien immer Zeit für sie zu haben, wenn sie ihn brauchte.

Als sie zu Hause ankam, schrieb sie Oliver eine SMS und bat ihn, sie anzurufen, sobald er Zeit hätte. Fünf Minuten später rief Oliver besorgt an.

»Hallo! Ich habe deine Nachricht gesehen. Alles gut?«

»Ja, alles super. Ich wollte nur mit dir reden, um dir zu sagen, dass ich gerade einen neuen Job bekommen habe«, sagte sie aufgeregt.

»Wow! Wo? Kommst du endlich zurück?«

»Was? Nein, hier in Ville. Für den Anfang wird es nur für ein paar Monate sein, aber Tom hat mir gesagt, dass ich solange bleiben kann, wie ich möchte.«

»Thomas?«

»Ja, Thomas bot mir an, als Veranstalterin in seinem Restaurant zu arbeiten. Es ist etwas völlig Neues und Aufregendes für mich. Ich bin sehr glücklich, denn ich habe nicht erwartet, so eine tolle Gelegenheit hier in Ville zu finden.«

»Na dann … Wenn es dich glücklich macht, dann macht es mich auch glücklich.«

»Danke«, murmelte sie zufrieden.

»Wann fängst du an?«

»Morgen! Meine erste Veranstaltung ist die Einweihungsparty. Ich habe weniger als drei Wochen Zeit, um alles zu organisieren, aber ich denke, ich kriege das hin.«

»Ich bin mir sicher, dass du einen tollen Job machen wirst. Wenn es für dich okay ist, würde ich auch gerne bei der Eröffnung dabei sein.«

»Na klar doch! Vergiss nicht, dass Tom dich schon eingeladen hat, also wir werden dich gerne dort erwarten.«

»Danke, ich werde sehr gerne dort sein.«

Am Ende des Telefongesprächs wälzte sich Oliver in seinem Bett hin und her. Der Gedanke, dass Danielle so viel Zeit mit Thomas verbrachte, schien ihn ziemlich zu stören. Er dachte, er müsse etwas dagegen tun, weil er nicht bereit war, sie wieder zu verlieren, ohne zuerst um sie gekämpft zu haben.

Die nächsten Wochen würden für Danielle und Thomas sehr anstrengend sein, vor allem für ihn, denn dies war nicht nur ein Projekt, sondern ein Traum, der für ihn endlich in Erfüllung ging. Seit

Graces Tod hatte Thomas nur von Erinnerungen gelebt, aber jetzt hatte er endlich eine Leidenschaft gefunden, die ihm neue Motivation gab.

Wie Oliver es befürchtet hatte, verbrachten Danielle und Thomas den größten Teil des Tages zusammen. Was er nicht wusste, war die Tatsache, dass die Arbeit so absorbierend war, dass es gar keinen Raum für andere Gedanken gab. Während Danielle sich mit den letzten Einzelheiten für den Tag der Neueröffnung beschäftigte, war Thomas für das Marketing und die Einstellung des Personals verantwortlich.

Eines Tages, während sich beide im Büro auf ihre Aufgaben konzentrierten, bekam Danielle von Oliver einen wunderschönen Blumenstrauß geschickt sowie eine romantische Karte mit den besten Wünschen für die letzte Vorbereitungswoche. Diese schöne Geste brachte Danielles Herz zum Schmelzen. Sie rief ihn sofort an, um sich bei ihm zu bedanken. Auf all das reagierte Thomas nur mit einem gezwungenen Lächeln, gefolgt von kreisenden Bewegungen mit den Schultern, um die angesammelte Spannung ein wenig zu lindern.

Der Tag der Einweihung rückte näher und Thomas war als eifriger Unternehmer im kleinen Ville bereits eine kleine Berühmtheit geworden. Die Bewohner zeigten so viel Interesse an seinem Projekt, dass sogar die regionale Zeitung einen Artikel über ihn schreiben wollte. Obwohl er kein Mann großer Worte war, hatte er schon Erfahrung mit dieser Art von Situationen gesammelt. Trotzdem bat er Danielle, beim Termin mit der Presse dabei zu sein.

Die für den Artikel zuständige Reporterin erschien pünktlich einige Tage vor der Einweihung im Restaurant. Alles lief wie erwartet, bis die junge Frau das Privatleben von Thomas vertiefen wollte. Bis zu diesem Moment hatte Thomas seine Lebensgeschichte grob zusammengefasst und dabei nur die nötigsten Informationen preisgegeben. Das war für sie jedoch nicht genug, denn sie glaubte, dass es für die komplette Biografie von Thomas Lake notwendig sei, seine Beziehung zu Dr. Lillian Andrews und Theo Cooper zu erwähnen. Als er diese Namen hörte, verwandelte sich sein zunächst freundlicher Gesichtsausdruck. Er zeigte sich genervt, denn die Fragen, die sie ihm stellte, schienen ihm mehr als unangebracht. Trotzdem erklärte er geduldig, dass dies ein sehr heikles Thema sei und er dies nicht mit ihr besprechen wolle. Danielle, die neben Thomas saß, spürte auch, wie ihr Blut kochte. Sie fand die unverfrorenen Fragen der Reporterin sehr unpassend. Als die Frau ihren Fehler bemerkte, entschuldigte sie sich und stellte eine letzte Frage.

»Warum der Name ›Tomville‹? Wie kamen Sie auf diese Idee? Es klingt so wie Ihre eigene Welt ...«

Danielle schaute verlegen zu Boden. Sie wartete ungeduldig darauf, die Antwort zu hören. Für sie stand Tomville für den Moment, als sie herausfand, was das Schönste an Ville war, nämlich er.

Thomas überlegte, wie er die große Bedeutung dieses Wortes am besten erklären konnte.

»Es geht nicht um meine eigene Welt, sondern um meinen eigenen Traum. *Tomville*, wie Sie gut erkannt haben, ist die Vereinigung meines Namens mit diesem herrlichen Ort, wo wir leben. Um ehrlich zu sein, diese Idee gehört nicht mir, sondern Danielle Kent. Doch für mich stellt dieser Ausdruck eine Zeit dar, in der das Leben mir endlose Lektionen gab, gute und schlechte. Doch diese persönliche Übergansperiode hat mich bis hierhergebracht, und mir die Kraft gegeben, für meine Träume zu kämpfen. Aus diesem Grund ist es mehr als ein Wort, es ist ein Gefühl. Für mich gibt es keinen besseren Namen als diesen«, sagte Thomas schließlich und sah Danielle dabei an.

Sie lächelte zufrieden, genau wie die Reporterin.

Nachdem sie einige weitere Einzelheiten geklärt hatten, verabschiedete sich die Frau und versprach, bei der Eröffnung ebenfalls anwesend zu sein, um einige Bilder für den Artikel zu machen.

Inzwischen war Danielle in den Erinnerungen jener Zeit versunken, die Thomas mit Perfektion beschrieben hatte.

»Wie war ich?«, fragte Thomas und weckte sie aus ihrer Sehnsucht an die Zeiten von *Tomville*.

»Du hast das toll gemacht. Ich muss dir sagen, dass deine Antwort auf die letzte Frage sehr schön war. Ich stimme dir zu: Es waren Monate voller großer Lektionen.«

»Ja, das waren sie …«

Endlich war fast alles bereit für die große Eröffnung, das Einzige, was fehlte, war Danielles Garderobe. Sie war so beschäftigt mit ihren Aufgaben, dass sie völlig vergessen hatte, einkaufen zu gehen. Ihre einzigen freien Stunden verbrachte sie in verschiedenen Geschäften auf der Suche nach dem perfekten Kleid. Währenddessen wiederholte sie die schönen Worte von Thomas in ihrem Kopf. Es war nicht üblich für ihn, seine Gefühle auszudrücken, aber als er das tat, schien er der romantischste Mann zu sein, den sie je getroffen hatte. Diese Gedanken wurden unerwartet durch das Klingeln ihres Handys unterbrochen. Es war Oliver, der ihr in einem traurigen Ton mitteilte, dass er für die Arbeit eine wichtige Präsentation vorbereiten musste und daher nicht die Möglichkeit hätte, nach Ville zu reisen. Diese ungeahnte Absage verursachte mehr Erleichterung als Traurigkeit in ihr. Sie dachte, dass sie sowieso keine Zeit für ihn haben würde. Höflich und mit dem Versuch, ihre Zufriedenheit zu verbergen, nahm sie seine Nachricht gelassen entgegen.

Nun schon viel ruhiger, probierte Danielle schließlich eine Menge unbequemer Kleider an. Als sie aber kein passendes Kleid fand, erinnerte sie sich daran, dass sie zu Hause bereits das perfekte Kleid für diese besondere Veranstaltung hatte. Es war das schwarze Kleid, das sie zusammen mit Pam gekauft hatte. Dieses Kleidungsstück hatte ihr viel Glück bei Thomas gebracht, und vielleicht würde es ihr auch für *Tomville* Glück bringen.

Zufrieden mit dem Tag ging sie ins Bett und dabei versprach sie sich selbst, sich professionell zu verhalten und Thomas als das zu behandeln, was er für sie war: ihr Chef und ihr Freund. Genau wie für Thomas war die Eröffnung auch für Danielle eine wichtige Sache, weil sie spürte, dass sie ihre perfekte Berufung gefunden hatte.

Danielle wachte am nächsten Morgen so glücklich auf, schon seit Langem hatte sie nicht mehr solche Vorfreude verspürt. Sie lag im Bett und stellte sich vor, wie der Verlauf des Abends im *Tomville* sein könnte. Während sie noch unter der Decke war, klopfte jemand an die Tür. Es war Thomas, der vor Glück strahlte.

»Hier ist das Frühstück für die Angestellte des Monats.«

»Danke! Das ist aber nicht nötig, schon gar nicht so früh«, sagte sie, während sie sich ihre Augen rieb.

»Es gibt noch einiges zu tun, aber zuerst wollte ich euch schnell begrüßen.«

»Euch? Warte … Warum hast du drei Kaffees?«, fragte sie verwirrt.

»Einer ist für Oliver… schläft er noch?«

»Oliver? Wieso denkst du, dass er hier schläft?«

»Ups, sorry! Ich hatte angenommen, er wäre letzte Nacht hier angekommen.«

Danielle runzelte die Stirn. Mit der gleichen Geste beantwortete sie das Telefon, das in diesem Moment klingelte.

»Hey! Ich rufe dich an, um dir für heute viel Erfolg und viel Spaß zu wünschen. Es tut mir wirklich leid, dass ich nicht dabei sein kann. Ich bin mir sicher, dass alles perfekt sein wird«, sagte Oliver am Telefon.

»Vielen Dank! Das ist wirklich lieb von dir«, sagte Danielle gerührt, denn das war genau die Art von Aufmerksamkeit, die sie am meisten vermisst hatte.

»Wie fühlst du dich?«

»Sehr aufgeregt, genau wie Thomas. Wir können es gar nicht mehr erwarten, dass es heute Abend endlich losgeht.«

»Schön … Bitte entschuldige mich auch bei ihm und sag ihm, dass ich ihm viel Erfolg wünsche.«

»Mache ich, oder wenn du willst, kannst du es ihm direkt selbst sagen. Wir frühstücken gerade zusammen.«

»Nein, ich will euch nicht weiter stören und übrigens muss ich jetzt auch los ins Büro. Viel Spaß heute!«

»Danke und viel Glück für dich bei der Arbeit.«

Danielle lächelte, während sie auflegte und ging zur Veranda zurück.

»Oliver schickt dir viele Grüße und entschuldigt sich, weil er nicht kommen kann. Er hat viel Arbeit …«

»Ach! Wird er wirklich nicht kommen?«, fragte Thomas überrascht.

»Nein, er hat am Montag ein wichtiges Meeting und muss dafür noch viel vorbereiten.«

»Schade.«

»Ja, ist echt schade, aber anderseits kann ich mich so voll und ganz auf die Eröffnungsfeier konzentrieren.«

»Ja, du hast recht.«

Während Danielle ihren Bagel aß, erkannte sie, dass Thomas nichts mehr dagegen hatte, dass Oliver ein Teil ihres Lebens war. Dies bestätigte ihr, dass eine Freundschaft im Moment das Einzige war, was sie vereinte. Es schien so, als ob dieses Verhalten es ihr leichter machen würde, eine Entscheidung zu treffen. Aber so, wie sie es sich am Morgen vorgenommen hatte, ging es an diesem Tag nicht um Danielle und Thomas oder um Danielle und Oliver, sondern es ging nur um *Tomville* und um sonst nichts. Ihr Kampf gegen die Angst vor der Zukunft musste warten.

»Wie fühlst du dich?«, fragte sie, um das Thema zu wechseln und um Thomas von Oliver abzulenken.

»Uff! Um ehrlich zu sein, bin ich sehr nervös. Alles, was ich bisher gemacht habe, habe ich zusammen mit Grace gemacht. Sie war perfekt im Organisieren und Gestalten. Das hier ist in vielerlei Hinsicht ein großer Schritt und ich fühle mich gut. Natürlich war mit deiner Hilfe und Unterstützung alles einfacher. Danke.«

Danielle lächelte erfreut. Thomas war an diesem Tag wie ein kleines Kind, das ungeduldig auf seine Geburtstagsfeier wartete. Es war schwer für sie, zu glauben, dass von jenem verärgerten Mann, den sie vor Monaten kennengelernt hatte, keine Spur mehr übrig war.

Die Ruhe des Morgens erinnerte sie beide an Theo und Dr. Lillian. Es gab keinen Tag, an dem sie sich nicht wünschten, dass sie auch dort wären, um die Fortschritte zu sehen, die sie inzwischen gemacht hatten. Thomas hatte die Abwesenheit von Grace akzeptiert und war nun bereit, mit seinem Leben fortzufahren. Ihrerseits hatte Danielle dem Mann ihrer Träume endlich vergeben können, was ihr vor einigen Monaten noch unmöglich erschienen war.

»Hast du Theos Brief gelesen?«, fragte Thomas und brach die Stille.

»Nein, noch nicht«, sagte sie nachdenklich.

»Du solltest es tun … Theo gab mir den Schub, den ich brauchte, um wieder etwas mit meinem Leben anzufangen. Ich hätte nie gedacht, dass dieser unreife junge, Mann einige Dinge so klar sehen konnte. Und weißt du was: Obwohl ich es nicht verstehen kann, respektiere ich seine Entscheidung und ich würde niemals wütend auf ihn sein können.«

Danielle konnte ihre Tränen nicht zurückhalten, denn obwohl sie inzwischen Theos Abwesenheit akzeptierte, brauchte sie ihn immer noch.

»Ich bin mir sicher, dass sie beide diesen wichtigen Tag mit uns feiern werden, egal, wo sie sind. Du musst stolz auf dich selbst sein und auf alles, was du schon in nur wenigen Monaten erreicht hast. Also lass uns nicht traurig sein und lass uns lieber den Anfang deines neuen Lebens feiern.«

Thomas lächelte, umarmte sie und gab ihr einen Kuss auf die Stirn.

Dieser Morgen war der perfekte Start für einen so wichtigen Tag.

Die nächsten Stunden des Tages waren den letzten Vorbereitungen vor der Eröffnung gewidmet. Die Zeit verging wie im Flug und schließlich musste Danielle sich für die Gäste fertig machen.

Sie kehrte nach Hause zurück und nachdem sie geduscht hatte, zog sie ihr Glückskleid an. Sie betrachtete sich im Spiegel und ihre Augen füllten sich mit Tränen, denn dieses Bild erinnerte sie nicht nur an einen schönen Abend mit Thomas, sondern auch an eine wunderbare Woche mit Theo. Doch sie wusste, dass dies nicht der richtige Tag war, um traurig zu sein. Sie musste sich professionell verhalten und sich voll und ganz auf *Tomville* konzentrieren. Mit einem tiefen Atemzug bereitete sie sich gedanklich darauf vor.

Für die Eröffnungsfeier wurden rund 150 Gäste erwartet, darunter auch Graces Eltern. Die Besucher sahen sehr zufrieden aus, sie genossen das exquisite Essen und die wunderschöne Livemusik. Danielle und Thomas waren dermaßen beschäftigt gewesen, dass sie nicht die Zeit gefunden hatten, miteinander zu reden. Schließlich, als die Gäste bedient waren und Thomas kurz etwas Luft hatte, suchte er sie zwischen der Menschenmenge.

»Da bist du ja! Ich habe schon nach dir gesucht«, sagte Thomas aufgeregt.

»Warum? Was ist passiert?«, fragte sie besorgt.

»Beruhige dich, alles läuft wie geplant.«

Danielle seufzte erleichtert auf.

Thomas sah sie direkt an und lächelte.

»Ich mag dein Kleid immer noch; du siehst genauso schön aus wie beim letzten Mal.

Danielle war so verlegen von seinem Kompliment, dass ihr Gesicht sofort errötete.

»Ich kann nicht glauben, dass du es bemerkt hast. Ich habe leider nichts Besseres für heute Abend gefunden.«

»Es ist perfekt.«

»Danke. Und, was denkst du? Läuft alles so, wie du es dir vorgestellt hast?«

»Es ist sogar noch viel besser«, sagte er zufrieden.

»Das freut mich sehr. Übrigens, die Gäste sind allesamt von dem Essen begeistert.«

»Ich weiß! Sie haben mir sehr positive Rückmeldungen gegeben. Aber dies hier ist nicht nur mein Erfolg, sondern unser gemeinsamer.«

»Danke, aber ich mache nur meine Arbeit, du musst dich nicht bei mir bedanken. Wichtig ist nur, dass du glücklich und zufrieden bist.«

»Und ich bin es, doch ich wäre noch glücklicher, wenn du mit mir tanzen würdest.«

»Wirklich? Ich dachte, dass du -«

»Dass ich nicht tanzen mag. Ja, ich weiß, aber heute ist ein besonderer Anlass.«

Thomas nahm ihre Hand und näherte sich ihr. Danielle spürte, wie ihr Herz schlagartig schneller schlug, aber sie ignorierte, was ihr Körper sagte, denn es galt, diesen Augenblick zu genießen und nicht, ihn zu analysieren. Also legte sie ihren Kopf auf seine Schulter und genoss seine Nähe. Die beiden teilten einen fast magischen Moment, als sie plötzlich spürte, wie jemand ihre Schulter berührte. Sie drehte sich um und sah Marie, die mit einer Geste um Erlaubnis bat, mit Thomas zu tanzen. So wie Marie sie ansah, fühlte Danielle sich unwohl, also stimmte sie schnell zu und verließ mit einem verlegenen Lächeln die Tanzfläche.

Während Danielle mit den Gästen sprach, beobachtete sie diskret, wie Thomas und Marie viel Spaß auf der Tanzfläche hatten. Obwohl diese Szene Eifersucht in ihr auslöste, dachte sie, dass wenn Thomas sich bereits damit abgefunden hatte, sie zu verlieren, könne sie auch das Gleiche tun. Wichtig sei nur, dass beide glücklich waren.

Danielle versuchte, sich auf andere Gäste zu konzentrieren, und als sie durch den Raum ging, stimmte die Band ein vertrautes Lied an, das gleiche Lied, das sie und Oliver als ihr eigenes gewählt hatten. Sie konnte nicht anders als lächeln, da diese Melodie ihre Erinnerungen an eine glückliche Zeit wiederbelebte. Instinktiv schaute sie auf die Tanzfläche, und da spürte sie, wie eine Hand ihre Taille umfasste. Lächelnd drehte sie sich um und erwartete, Thomas zu sehen, aber er war es nicht. Es war Oliver, ein Charmeur, der nur darauf wartete, entdeckt zu werden. Überrascht hielt Danielle ihre Hände vor den Mund, sie konnte es nicht fassen, denn in diesem Moment brauchte sie ihn mehr denn je. Mit einer sanften Kopfbewegung bat Oliver sie, mit ihm zu tanzen.

»Was machst du denn hier?«, fragte sie aufgeregt.

»Ich konnte einen für dich so wichtigen Tag doch nicht verpassen.«

»Danke, das ist eine wunderbare Überraschung. Du hast keine Ahnung, wie froh ich bin, dass du hier bist.«

»Ausgezeichnet, aber leider kann ich nicht lange bleiben.«

»Dass du überhaupt vorbeigekommen bist, ist schon genug für mich.«

»Erinnerst du dich noch an unser Lied?«

»Wie könnte ich nicht«, antwortete sie mit einem schelmischen Lächeln.

Während sie zu der Ballade tanzten, sahen sie einander in die Augen. Danielle fühlte sich wieder sicher. Sie erkannte, dass Oliver immer noch eine große Wirkung auf sie hatte, denn seine Arme fühlten sich immer noch wie ein Zuhause an. Sie hatte dieses Gefühl der Ruhe so vermisst, und sie wollte, dass es nie wieder aufhörte. Diese wenigen Minuten erschienen ihr wie Stunden und unabhängig von der Zeit oder von der Welt, die sie umgaben, tanzten und vergaßen sie alles, sie vergaßen sogar *Tomville*.

Währenddessen redete Thomas glücklich mit Graces Eltern, die nicht aufhörten, ihn für sein Restaurant zu loben. Er genoss die Party weiterhin und bemerkte nicht, was gerade auf der Tanzfläche vor sich ging. Marie, die ihr Interesse an Thomas nicht verheimlichte, beobachtete glücklich die Szene und beeilte sich, Thomas ausfindig zu machen, damit er bemerkte, wie seine Lieblingsmitarbeiterin offensichtlich ihre Arbeit vernachlässigte.

»Wer ist dieser Mann, mit dem Danielle da tanzt?«

»Wer?«, fragte Thomas verwirrt.

»Da auf der Tanzfläche«, fügte Marie hinzu.

»Oliver?!«, rief Thomas überrascht.

»Soso, Oliver. Sehr hübsch. Ist er ihr Freund?«

»Ex … Er ist ihr Ex-Freund«, sagte er und versuchte, seinen Ärger zu verbergen.

»Ex? Nun, danach sieht mir das aber nicht aus.«

Thomas wollte dieses Thema nicht weiter mit Marie vertiefen, also lächelte er nur höflich und redete weiter mit Graces Eltern. Äußerlich zeigte er keinerlei Emotion, es schien, als ob ihm die Szene gleichgültig wäre. Doch innerlich kochte er vor Eifersucht und Wut.

Nachdem Danielle und Oliver einige Lieder lang getanzt hatten, bat er sie, ihn zu begleiten, um Thomas zu begrüßen. Oliver wollte ihm noch zur Neueröffnung gratulieren, bevor er ging. Zusammen suchten sie Thomas in der Menschenmenge. Als sie ihn schließlich fanden, näherten sie sich ihm Hand in Hand.

»Tom! Schau mal, wer hier ist«, sagte Danielle glücklich.

»Oliver! Was für ein Vergnügen, dass du es geschafft hast«, sagte Thomas ironisch.

»Danke, ich konnte doch nicht so einen wichtigen Tag verpassen. Glückwunsch, die Party ist toll.«

»Danke«, sagte er grob und einsilbig.

»Ich wollte mich nur für die Einladung bedanken und mich von dir verabschieden. Viel Spaß noch.«

»Gehst du schon? Aber die Party fängt doch gerade erst an! Bleib doch; sicher will Danielle auch, dass du bleibst.«

»Danke, aber leider kann ich nicht. Ich muss gleich nach Hause zurückfliegen.«

»Wie? Bist du nur gekommen, um mit ihr zu tanzen, oder was?«

Oliver runzelte die Stirn und bemerkte die Ironie in seiner Stimme.

»Ja, wie ich Danielle schon gesagt habe, ich konnte sie heute nicht alleine lassen«, erwiderte er gelassen.

»Wer könnte das ahnen? Du bist wirklich so ein Romantiker.«

Danielle bemerkte, dass Thomas mehr als gewöhnlich getrunken hatte, und dass er ihn provozieren wollte. Um eine Konfrontation zu vermeiden, ergriff sie das Wort und lenkte ein.

»Komm, Oliver, ich will nicht, dass du wegen mir noch deinen Flug verpasst. Ich bin gleich zurück«, sagte sie und sah Thomas dabei verärgert an.

Oliver hielt es für angebracht, keine Frage zu Thomas' Verhalten zu stellen, schließlich war der Abend zu seinem Vorteil verlaufen, und er wollte dies nicht mit einer Eifersuchtsszene ruinieren. Lächelnd näherte er sich ihr und küsste sie sanft auf die

Lippen. Danielle empfing den Kuss mit Überraschung, wies ihn aber nicht ab. Mit einem Lächeln auf ihrem Gesicht sah sie ihn gehen. Für Danielle gab es keinen Zweifel, dass Oliver sie noch immer liebte, aber sie wusste, dass dies nicht der richtige Zeitpunkt war, um ihre Gefühle zu sortieren. Sie kehrte sofort zu ihren Pflichten zurück.

Als sie den Raum betrat, sucht sie überall nach Thomas, doch sie konnte ihn nicht mehr finden. Während ihrer Suche traf sie Graces Eltern, die ebenfalls nach dem Gastgeber suchten.

Besorgt wegen seiner Abwesenheit suchte sie ihn weiter, wiederum ohne Erfolg. Thomas war nicht mehr auf der Party zu sehen. Schließlich betrat sie sein Büro und dort fand sie ihn. Er war nicht allein, Marie war bei ihm und sie küssten sich innig. Diese beunruhigende Szene erinnerte Danielle an die verabscheuungswürdige Entdeckung in Olivers Büro. Obwohl die Enttäuschung sie noch einmal erschütterte, hatte sie gelernt, dass keiner dieser Menschen es verdiente, sie zu verletzen.

»Thomas!«, rief Danielle überrascht.

Thomas, der eigentlich betrunken war, konnte kaum reagieren, als er seinen Namen hörte. Marie drehte sich zu ihr um und lächelte triumphierend.

»Marie, ich bin mir sicher, dass eure Party später bei Thomas weitergehen kann. Aber im Moment muss ich mit ihm sprechen ... Alleine.«

Marie stand verärgert auf und schubste Danielle mit ihrer Schulter, doch sie kümmerte sich nicht darum und ließ sie gehen.

»Thomas, was zum Teufel machst du? Die Gäste fragen nach dir!«, sagte sie verärgert.

»Thomas? Ich muss wirklich in Schwierigkeiten sein«, sagte er undeutlich.

Danielle schüttelte missbilligend den Kopf und bereitete ihm einen Kaffee zu.

»Trink das bitte aus. Ich brauche dich nüchtern, zumindest ein bisschen, damit du die Gäste ordentlich verabschieden kannst.«

»Mir geht es gut!«

»Nein, dir geht es überhaupt nicht gut. Du bist einen Schritt davon entfernt, alles zu ruinieren, wofür du so hart gearbeitet hast. Also trink deinen Kaffee und streite nicht mit mir, okay?«

»Du hast recht«, sagte er und richtete seine Haare wieder.

Danielle bemerkte, dass sein Aussehen nun sehr anders war, mit dem halb offenen Hemd; er sah nicht mehr wie ein Geschäftsmann aus und sie versuchte, seine Kleidung in Ordnung zu bringen. Thomas nahm sie an der Taille, drückte sie fest an sich und küsste sie. Danielle trat zurück und ohrfeigte ihn.

»Was war denn das? Suchst du Gesellschaft für heute Nacht? Willst du alle Frauen auf der Party küssen? Bitte, beherrsche dich!«, sagte sie entsetzt.

»Ich dachte, das war es, was du an Männern so magst. Aber ich denke, ich habe mich geirrt, das magst du nur an Oliver.«

»Nein, was ich nicht mag, sind erbärmliche Männer, wie du es in diesem Moment bist. Du weißt nicht, was zu tun ist, wenn alles gut läuft. Du ruinierst alles! Du hast das schon mit mir gemacht und jetzt machst du es wieder mir der Eröffnungsparty. Aber weißt du was? Ich werde das nicht zulassen. Das hier ist auch das Ergebnis meiner Arbeit und ich werde nicht dulden, dass du es kaputt machst. Also trink deinen Kaffee, bring deine Klamotten in Ordnung und kümmere dich gefälligst um deine Gäste.«

Mehr als der Kaffee waren es diese harten Worte, die ihn zur Nüchternheit zurückbrachten. Er hatte sie noch nie so entschlossen reden gehört. Er schämte sich, denn er erkannte, dass sie die Wahrheit sagte. Er fürchtete sich so sehr, dass er selbst sein Leben und sein Glück boykottierte. Thomas verstand schließlich, dass er sich schuldig fühlte, ohne Grace glücklich zu sein. Doch er konnte andererseits nicht zulassen, dass diese Qual so weiterging. Während er kurz darüber nachdachte und diese Erkenntnis in seinen Gedanken auftauchte, versuchte er, so gut wie möglich, auszusehen und verließ dann eilig das Büro, um seine Rolle als Gastgeber wieder zu übernehmen.

Danielle war beruhigt, ihn nun mit einem besseren Aussehen und einer besseren Stimmung zu sehen.

Die Party endete ohne weitere Unannehmlichkeiten. Thomas und Danielle verabschiedeten sich von allen Gästen, auch von Graces Eltern. Bevor Greta, Graces Mutter, ging, nahm sie Danielle am Arm und sie gingen ein paar Schritte vor den Herren entfernt.

»Danielle, ich möchte dir gratulieren. Tom erzählte mir, dass du alles organisiert hast und ich muss dir sagen, wir haben den Abend wirklich sehr genossen. Du hast eine großartige Arbeit geleistet. Meine Grace wäre sehr glücklich und stolz auf das, was er mit deiner Hilfe erreicht hat.«

»Vielen Dank. Es freut mich, dass es Ihnen gut gefallen hat und ich stimme Ihnen zu: Grace würde sich freuen, zu sehen, wie weit Tom gekommen ist.«

»Danielle … Ich möchte mich nicht einmischen, aber ich bin wirklich froh, dass Tom dich gefunden hat. Weißt du, seit Grace uns verlassen hat, war er von Hyänen wie Marie umgeben, die nur einen reichen und einsamen Mann in ihm sahen. Für mich scheint es, als sei er sehr glücklich mit dir und das ist das Einzige, was er verdient hat. Mit ihm wirst du ein sehr schönes Leben haben, glaub mir.«

Diese überraschenden Vermutungen ließen Danielle sprachlos zurück. Sie lächelte und fragte sich, ob Greta etwas gesehen hatte, das sie selber nicht sah. Sie glaubte nicht, dass Thomas glücklich mit ihr war, zumindest nicht so wie Greta es dachte.

Als sie schließlich den letzten Gast verabschiedet hatten, blieben Danielle und Thomas alleine im Restaurant zurück. Beide hätten sich gewünscht, in diesem Moment nicht alleine zu sein, um die folgende unangenehme Konversation zu vermeiden. Sie wussten jedoch, dass es unvermeidlich war, darüber zu sprechen, was passiert war. Er war es, der die Initiative ergriff.

»Danielle … Ich möchte mich für mein Benehmen entschuldigen. Du hast völlig recht gehabt und ich danke dir, dass du so ehrlich zu mir bist. Seit Lillian nicht mehr da ist, hat niemand mehr so mit mir gesprochen. Danke dafür und auch für deine Unterstützung. Dieser Abend wäre ohne dich nicht möglich gewesen.«

»Nichts zu danken. Wofür sind denn Freunde da? Und selbst wenn du versuchst, mich aus deinem Leben rauszuhalten, werde ich aber dennoch bei dir bleiben.«

»Das will ich auch schwer hoffen und dies nicht nur für ein paar Monate … Was du heute erreicht hast, war sensationell. Du bist meine Partnerin und ich will dich nicht verlieren.«

»Partnerin? Ich mag, wie es sich anhört, aber im Moment kann ich dir nichts versprechen. Meine Zukunft ist immer noch ein leeres Blatt«, sagte Danielle lächelnd.

Kapitel XVI

Seit der Eröffnungsfeier von *Tomville* war ein Monat vergangen und in dieser kurzen Zeit hatte der gute Ruf des Restaurants alle Bewohner von Ville und Umgebung erreicht. Dieser Erfolg hatte Danielle und Thomas viel Energie und Motivation gegeben.

Die Spaziergänge am Strand waren immer noch Teil ihrer Routine, obwohl sich die Zeitpläne geändert hatten. Das Zusammenleben war so intensiv, dass sie fast alle drei Mahlzeiten des Tages gemeinsam teilten. Oliver hingegen hatte nicht aufgehört, Danielle in Ville zu besuchen. Die täglichen Anrufe sowie seine Aufmerksamkeiten für sie gingen weiter.

Das letzte Mal, als Oliver Danielle besucht hatte, bat er sie noch mal, mit ihm zurück in den Norden zu kommen, während Thomas darauf bestand, dass sie in Ville blieb und als Veranstaltungsorganisatorin im *Tomville* weiterarbeitete. So viele interessante Vorschläge verwirrten sie noch mehr. Denn an einigen Tagen wachte sie verliebt in Oliver auf, an anderen in Thomas und wieder an anderen Tagen liebte sie einfach nur das Leben und die Freiheit.

In jenen Momenten des Zweifels und der Ungewissheit vermisste sie Theo und Dr. Lillian mehr denn je. Sie sehnte sich danach, auf ihren Rat zu hören. Was sollte sie nun tun? Oliver zeigte ihr Tag für Tag, dass seine Liebe zu ihr noch da war, während Thomas' Gefühle nur schwer zu entziffern waren. Doch obwohl Oliver es geschafft hatte, sie mit der gleichen Taktik wieder zu erobern, war der Effekt diesmal nicht so tiefgreifend gewesen. Sie konnte ihn einfach nicht mit den gleichen Augen der bedingungslosen Liebe sehen, etwas hatte sich verändert.

Am Ende des Tages wusste sie immer noch nicht, ob sie sich für einen der beiden entscheiden sollte oder vielleicht doch für keinen. Von Anfang an war Ville für sie nur ein Zwischenstopp gewesen. Sie wollte hier neuen Mut finden und nach diesem Abenteuer ein neues Leben starten. Das hatte Danielle geplant, aber jetzt nach elf Monaten wusste sie nicht weiter, es hatte sich viel geändert.

Danielle lag auf dem Bett und erinnerte sich an Olivers beunruhigenden Anruf. Er sagte ihr, dass er am Wochenende vorbeikommen wolle. Er wünschte sich, dass sie beide in *Tomville* ein romantisches Abendessen hätten, und dass sie dabei ihre gemeinsame Zukunft planen. Diese Ankündigung verursachte Panik in ihr, weil sie wusste, dass die Zeit gekommen war, endlich eine Entscheidung zu treffen und diesmal war es unvermeidlich.

Die Woche verging schnell und die Zeit, sich ihren Gefühlen gegenüber Oliver zu stellen, kam immer näher.

An diesem Freitag arbeiteten Danielle und Thomas im *Tomville* fleißig wie jeden Tag. Jedoch bemerkte er eine ungewöhnliche Sorge an ihr. Sie schien abwesend zu sein, und obwohl er versuchte, sich mit ihr zu unterhalten, fand er keinen Moment der Ruhe, um dies zu tun. Als er endlich ins Büro zurückkehrte, um mit Danielle zu sprechen, fand er nur einen leeren Schreibtisch vor. Besorgt ging Thomas zu einer der Angestellten, um zu fragen, ob sie wüsste, was mit Danielle los sei. Sie sagte ihm, dass Danielle wahrscheinlich wegen des Abendessens nervös sei, das sie mit Oliver haben würde. Er hatte im Lokal ein Séparée reserviert und es schien, dass er Danielle eine wichtige Frage stellen wollte. Thomas biss sich auf die Lippe und lächelte dann, um den Schock zu verbergen, den diese Information in ihm verursacht hatte. Hastig gab er seinen Angestellten die letzten Anweisungen und ging dann direkt zu Danielles Haus. Er beschloss, zu Fuß zu gehen, um etwas Zeit zu haben und sich zu beruhigen. Er wollte ihr nur helfen, genau wie ein Freund es tun sollte.

Bevor Thomas seine Anwesenheit ankündigen wollte, holte er tief Luft und schloss die Augen, um seine Besorgnis zu mindern. Er war sich bewusst, dass dieser Abend eine Qual werden könnte.

Danielle lag nachdenklich auf dem Bett, als sie durch den Klang der Türklingel vor Schreck hochschnellte. Sie dachte, es wäre Oliver, aber als sie die Tür öffnete, entdeckte sie Thomas. Danielle warf erleichtert ihren Kopf nach hinten.

»Tut mir leid, dass ich einfach so auftauche ...«

»Ist schon gut. Was ist denn los?«, fragte sie besorgt.

»Nichts Besonderes ... Ich habe nur gehört, dass du morgen wichtige Pläne hast«, sagte er sarkastisch und versuchte, seinen Kummer zu verbergen.

»Genau das, was mir fehlt, deine tollen Witze!«, rief sie genervt.

»Nein, im Ernst, ich habe mir Sorgen um dich gemacht. Du warst heute sehr nervös und ich dachte, du würdest jemanden brauchen, mit dem du reden kannst.«

»Oh, Tom! Ich weiß einfach nicht, was ich tun soll. Ich wollte es dir doch erzählen, aber ich bin mir nicht sicher, was Oliver will. Vielleicht will er mich davon überzeugen, zu ihm zurückzukehren. Ich glaube nicht, dass es darum geht, mich zu fragen ... Oh mein Gott!«, sagte sie und berührte ihren Bauch.

»Ruhig, alles wird gut. Am Ende ist es deine Entscheidung. Niemand kann dich zwingen, du musst selbst davon überzeugt sein. Du solltest dir etwas Zeit zum Nachdenken nehmen. Hör dir erst mal an, was er dir zu sagen hat.«

»Zeit? Ich denke schon seit Monaten darüber nach, ob Oliver der richtige Mann für mich ist oder ... Die Wahrheit ist, dass ich Angst habe, dass heute Abend alles so perfekt wird, dass er mich zu einer Entscheidung bringt, über die ich mir eigentlich noch nicht ganz sicher bin. In meinen Gedanken sehe ich ihn schon dort in einem Anzug und mit einem Blumenstrauß und das alles nur, um mich für ihn zu gewinnen. So etwas erlebe ich nicht jeden Tag und um ehrlich zu sein, die Idee fasziniert mich!«

Thomas fühlte sich in diesem Moment, als ob sein Herz wieder in tausend kleine Stücke zerbrochen wäre. Er wusste, dass er sie enttäuscht hatte und dass er sie hatte gehen lassen, ohne wirklich um ihre Liebe gekämpft zu haben. Und jetzt erkannte er, dass Oliver alles geben würde, um sie wiederzuhaben und sie davon zu überzeugen, Ville für immer zu verlassen. Er spürte das Bedürfnis, niederzuknien und Danielle zu bitten, nicht zu gehen, weil er sie wie verrückt liebte. Er glaubte jedoch, wenn sie bereits eine Entscheidung getroffen hätte, wäre es besser, sie zu respektieren und sie glücklich werden zu lassen. Es gab nichts mehr zu machen, es gab nichts mehr zu sagen. Mit einem verletzten Herzen sagte Thomas noch:

»Was auch immer deine Entscheidung ist, du weißt, dass ich immer für dich hier sein werde. Ich möchte einfach nur, dass du glücklich bist …«

Danielle nickte bewegt. Thomas sagte ihr, dass es besser sei, sie etwas ausruhen zu lassen und mit einem Kuss auf die Wange verabschiedete er sich von ihr und ging. Danielles Augen füllten sich mit Tränen, denn sie wusste, dass Thomas die Niederlage akzeptiert hatte. Er hatte nicht den geringsten Versuch unternommen, ihre Entscheidung zu beeinflussen. Doch jetzt musste sie sich auf Oliver konzentrieren.

Sie legte sich wieder auf das Bett und erinnerte sich an Theos Brief. In diesem Moment der Ungewissheit brauchte sie ihn am meisten und sie wollte seine Nähe wieder fühlen. Sie hatte Angst vor dem, was sie nun lesen würde. Jedoch öffnete sie die Schublade, in der sie das Album aufbewahrte, und nahm es mit ins Bett.

Diese Fotos erinnerten sie noch einmal an die wunderbaren Monate, die sie in bester Gesellschaft verbracht hatte. Die Zeit, die sie in Ville erlebt hatte, war die beste ihres Lebens gewesen. Trotz der bitteren Momente bereute sie es nicht, diesen schönen Ort als ihre Zuflucht gewählt zu haben.

Zwischen den Seiten ihrer vielen Erinnerungen fand sie den Brief ihres guten Freundes. Danielle nahm ihn in die Hand und öffnete ihn langsam. Bevor sie zu lesen begann, schloss sie die Augen und atmete tief durch. Als sie das Blatt entfaltete, erkannte sie Theos Handschrift.

Liebe Freundin, liebe Danielle,

ich möchte mich für den Schmerz entschuldigen, den meine Entscheidung bei dir verursachen könnte. Bitte, vergib mir.

Ich schreibe diesen Brief, weil ich dir auf irgendeine Weise meine Gründe erklären möchte.

Du weißt doch, dass Baseball für mich mein ganzes Leben ist, es ist der Sauerstoff, ohne den ich nicht weiterleben kann. Es hört sich albern an, denn für dich und meine Familie ist es nur ein Sport, aber für mich ist es einfach alles. Obwohl ich dir gesagt habe, dass ich mit dem

Trainerjob zufrieden wäre ... war ich das in Wahrheit überhaupt nicht. Für mich war es wie ein Trostpreis.

Seit dem Unfall habe ich mich traurig, wütend und enttäuscht gefühlt. Obwohl ich weder ein Bein noch einen Arm verloren habe und ich noch immer laufen kann ... habe ich das Gefühl, alles verloren zu haben. Bei diesem Unfall starb zwar nicht mein Körper, aber meine Seele tat es. Jetzt sehe ich die Dinge mit einem klaren Blick und ich weiß, was ich will: Ich will Frieden, ich will nicht mehr wütend sein ... Ich will wieder ich selbst sein.

Danielle, du und Thomas, ihr seid die aufrichtigsten Freunde, die ich je hatte. Es tut mir sehr weh, zu wissen, dass ihr hier versucht, eure persönlichen Probleme zu überwinden und ich bin nun derjenige, der euch wieder verletzen muss. Ich weiß, dass ihr zueinander gehört und ihr beide werdet zusammen meine Abwesenheit überwinden können. Obwohl ihr es nie zugegeben habt, so weiß ich doch, dass ihr mehr als Freunde seid und ich freue mich sehr für euch. Ich wusste es immer: Ihr seid füreinander geschaffen.

Denk daran, dass Oliver und Grace die Vergangenheit sind. Du und Thomas, ihr seid die Zukunft.

Ich werde mich nicht verabschieden, weil ich hoffe, dass ich immer ein Teil deines Lebens sein werde.

Mit unendlicher Liebe, Theo.

Danielles Gesicht war voller Tränen, sie spürte einen großen Schmerz in ihrem Herzen und wünschte sich, dass Theo den Frieden gefunden hatte, nach dem er sich so sehr gesehnt hatte. Die Worte über Oliver und Thomas hatten ihr bestätigt, wie gut er sie kannte, denn er hatte die aktuelle Situation sehr gut vorhergesehen. Das Lesen des Briefes hatte ihr die Ruhe gegeben, die sie brauchte.

Danielle ging in die Küche und schenkte sich ein Glas Wein ein, das sie mit in ihr Schlafzimmer nahm. Sie schaute in den Spiegel und wusste, dass es Zeit war, sich für das Abendessen mit Oliver fertig zu machen. Sie wischte sich die Tränen aus dem Gesicht und mit einem Lächeln bereitete sie sich vor.

Sie verließ ihr Haus pünktlich, da sie vor ihm ankommen wollte. Je näher sie *Tomville* kam, desto schneller schlug ihr Herz. Sie hatte eine Entscheidung getroffen und sie wusste es seit Monaten, Oliver war der ideale Mann für jede Frau … aber nicht für sie.

Als sie im *Tomville* ankam, nahm eine der Kellnerinnen sie am Arm und begleitete sie zur Tür eines Séparées. Mit einem Lächeln deutete sie an, dass er dort bereits auf sie wartete. Sie war nun noch nervöser, weil sie nicht erwartet hätte, dass Oliver schon so früh dort war.

Danielle nahm den Türgriff, schloss die Augen und holte tief Luft, genau wie Dr. Lillian es sie gelehrt hatte. Endlich hatte sie den Mut und öffnete die Tür. Als sie den Raum betrat, brachte die Überraschung sie dazu, ihre Hände vor ihr Gesicht zu halten, sie konnte nicht glauben, was sie dort sah. Es war genauso, wie sie es sich vorgestellt hatte, er hatte einen Anzug an und ein rotes Gänseblümchen in der Hand. Er sah attraktiver aus als je zuvor, denn dieses leicht angedeutete Lächeln war mit nichts zu vergleichen. Thomas näherte sich langsam und nahm ihre Hände. Ein paar Minuten sahen sie sich an, ohne etwas zu sagen, denn die Worte schienen in einem solchen Moment unwichtig zu sein.

»Ich konnte dich nicht gehen lassen, ohne vorher mit dir gesprochen zu haben. Oliver weiß nicht, dass du hier bist und wenn du willst, kannst du zu ihm gehen, aber hör dir bitte zuerst an, was ich zu sagen habe. Ich weiß, ich war ein masochistischer Narr. Ich habe all diese Monate miterlebt, wie Oliver versucht hat, dich wiederzuhaben, aber ich bin derjenige, der dich zurückerobern will. Die letzte Zeit, in der ich so nah bei dir war, hat mich dazu gebracht, mich noch mehr in dich zu verlieben. Es tut mir leid, dass ich es dir nicht vorher gesagt habe. Ich liebe dich und ich will, dass du glücklich bist, ich will, dass du mit mir glücklich bist.«

Als sie diese Worte hörte, die sie sich heimlich so sehr gewünscht hatte, fühlte sie sich, so als ob jeder Teil ihres Körpers zitterte.

»Warum hast du so lange gebraucht?!«, rief sie und weinte vor Glück.

Thomas lächelte zufrieden.

»Niemand würde mich glücklicher machen als du. Ich liebe dich auch, ich habe dich schon geliebt, als ich dich das erste Mal sah«, sagte Danielle bewegt und küsste ihn.

Als sie sich in Thomas' Armen sicher fühlte, erinnerte sie sich an Theos Worte: Das Leben ist nicht kompliziert, wir sind es. Danielle lächelte zufrieden mit geschlossenen Augen.

Sie wollte Thomas nicht für eine Sekunde verlassen, aber sie wusste, bevor sie den Traum genießen konnte, musste sie noch mit Oliver sprechen.

Thomas begleitete sie bis zur Tür des privaten Raums, wo sein Rivale schon auf Danielle wartete.

»Ich werde hier auf dich warten, um unser erstes Date zu genießen.«

Danielle lächelte und betrat den Raum.

»Danny! Geht es dir nicht gut?«, fragte Oliver besorgt, als er die Tränen in ihren Augen bemerkte.

»Ich fühle mich besser als je zuvor«, antwortete sie strahlend vor Glück.

Danielle gestand ihm, dass, obwohl er ein ganz besonderer Mann für sie war, die Zeit gekommen war, ein neues Leben zu beginnen. Das Gespräch war nicht so verlaufen, wie Oliver es erwartet hatte, aber genau wie Thomas wollte er, dass sie glücklich war, auch wenn es nicht mit ihm sein würde. Enttäuscht umarmte er sie fest, verabschiedete sich und wünschte ihr viel Glück in Ville.

Nach Olivers Abreise eilte Danielle wieder zu Thomas. Die beiden genossen ein köstliches Abendessen bei Kerzenlicht, begleitet von romantischer Musik. Nach ihrem ersten Abendessen als Paar folgte eine Nacht der leidenschaftlichen Liebe.

Als Thomas schließlich friedlich schlummernd an ihrer Seite lag, war Danielle glücklich und ruhig. Ihre Emotionen waren so groß, dass sie nicht einschlafen wollte. Das Glück, das sie fühlte, war immens und sie wollte, dass diese perfekte Nacht für die Ewigkeit anhielt. Die letzten Monate hatte sie in einem ständigen inneren Kampf gelebt und nun hatte sie endlich das gewonnen, was sie schon immer wollte.

Vorsichtig stand sie auf, zog Thomas' Hemd an, weil sie wollte, dass sein Parfum sie bei jedem Schritt begleitete. In der Stille der Nacht ging sie zu ihrem Arbeitszimmer. Dort wartete etwas auf sie, das auch ein Ende verdient hatte.

Diese Seiten hatten als Therapie begonnen und sie waren zu einer zärtlichen Geschichte geworden, voll von bitteren Momenten, aber vor allem auch voll von Liebe und Hoffnung.

Nachdem sie all ihre Gefühle und Erfahrungen in Ville aufgeschrieben hatte, war es nun an der Zeit, die letzten Seiten zu verfassen und eine neue Geschichte zu beginnen. An diesem schönen Ort, den sie ab jetzt als ihr neues Zuhause bezeichnen würde, hatte sie eine wichtige und schwierige Lektion gelernt.

Danielle gab die letzten Worte ein, mit denen das Projekt ein Ende erreicht hatte. Mit Tränen in den Augen schrieb sie:

Meine neue Heimat gab mir paradiesische Landschaften, die Gesellschaft wunderbarer Menschen und unzählige Lebenslektionen. Dank dieser Engel, die Ville mir zur Seite gestellt hatte, lernte ich, dass Gefühle, eigene und fremde, Gold wert waren. Was auch immer das Gefühl ist, das dich begleitet, es gibt keinen Grund, sich dafür zu schämen. Sich traurig zu fühlen ist keine Schwäche, glücklich zu sein, ist kein Triumph. Erlebe alle Gefühle mit Stolz und Freiheit. Erkenne auch die Wichtigkeit

dieser Emotionen, denn genauso wie sie unser Leben sein
können, können sie ebenso auch unser Ende bedeuten ...

Nachdem sie ein paar Minuten um Theo geweint hatte, denn diese Worte waren ihm gewidmet, ging sie wieder zu Bett. Danielle legte sich neben den Mann, den sie ab jetzt »die Liebe meines Lebens« für die Ewigkeit nennen würde.

Epilog

Mr. Bob hörte traurig zu, als Danielle, nachdem sie eineinhalb Jahre dort gelebt hatte, ihm mitteilte, dass sie das Haus verlassen würde. Zufrieden und mit Mr. Bobs guten Wünschen für ihre Zukunft gesegnet, ging Danielle auf den Friedhof, wo sie das Grab von Dr. Lillian besuchte.

Als sie vor ihrem Grab stand, erzählte Danielle ihr, wie sich die Dinge in Ville verändert hatten. Sie entschuldigte sich auch für ihre Abwesenheit und erklärte, dass im *Tomville* alles so gut lief, sodass Thomas und sie sehr beschäftigt waren und kaum Zeit für andere Sachen hatten. Sie beendete den Besuch mit einer ganz besonderen Ankündigung.

Danielle lief an diesem sonnigen Tag den Strand entlang. Wie immer wollte sie Thomas und AC am Strand treffen, um danach im *Tomville* zusammen zu arbeiten.

Während sie das Rauschen der Wellen und das Meerwasser an ihren Füßen genoss, sah sie Thomas, der sie aus der Ferne begrüßte.

Als sie sich schließlich trafen, küsste sie Thomas auf die Stirn und setzte sich neben ihn.

»Es ist ein wunderbarer Tag«, sagte er.

»Das ist es wirklich«, erwiderte sie und sah ihn liebevoll an.

»Und ... Wie lief es mit Mr. Bob?«

»Nun, er ist ein sehr netter Mann«, sagte sie nachdenklich.

»Wie fühlst du dich?«

»Ein bisschen traurig, weil ich das Haus verlasse. Dort habe ich so viele Dinge erlebt, so viele Emotionen und ich möchte diese Erinnerungen für immer haben.«

»Wie meine Mutter mir sagte, als ich ein Kind war: Die Erinnerungen bleiben für immer hier und hier.« Er deutete auf ihre Stirn und ihr Herz.

»Du hast recht. Außerdem glaube ich, dass ich bald mehr Platz brauchen werde.«

»Was meinst du?«, fragte Thomas verwirrt.

»Na ja ... Heute habe ich erfahren, dass mich seit vier Wochen jemand begleitet und es wird auch zu dir ziehen ...«

Thomas runzelte die Stirn und zeigte, dass er nicht falsch interpretieren wollte, was Danielle zu sagen versuchte.

»Meinst du ...?«, fragte er aufgeregt.

»Ja, bald werden wir zu dritt sein! Nun, zu viert mit AC«, antwortete Danielle voller Freude.

Thomas sprang auf und schrie laut vor Freude, sodass selbst AC erschrocken weglief.

Thomas kniete sich sofort vor Danielle und sah sie mit einem neuen Gesichtsausdruck an.

»Jeden Tag danke ich Gott, dass ich dich getroffen habe. Mein Leben bist du, mein Leben werdet ihr sein. Es ist nicht wegen dieser wunderbaren Neuigkeit, dass ich dich frage, sondern weil ich dieses

Leben mit dir teilen möchte. Danielle Kent, willst du mich heiraten?«

Sie konnte seine Liebe in jedem einzelnen Wort spüren. Ohne es sich zu überlegen, streichelte sie Thomas' Gesicht und antwortete unter Tränen des Glücks:

»Nichts würde mich glücklicher machen! Natürlich will ich dich heiraten, in diesem Leben und in den folgenden.«

Thomas küsste seine zukünftige Frau zärtlich. Sie blieben dort am Strand und genossen einen der glücklichsten Tage ihres Lebens.

Danielle war eine effiziente Veranstalterin geworden, sodass es möglich war, die Hochzeit in nur drei Monaten zu organisieren.

Für die Hochzeitsparty im *Tomville* wurden alle eingeladen, die die Liebe zwischen Thomas und Danielle miterlebt hatten, einschließlich Jenny, die in einem der schwierigsten Momente ihres Lebens für Danielle da war. Zu den Gästen gehörten auch die Familie Cooper und Pam, die sich im Laufe der Zeit mit Theos Tod abgefunden hatten und mit seiner Abwesenheit zu leben gelernt hatten. Pam hatte den inneren Frieden gefunden, der es ihr erlaubte, ihrem geliebten Freund zu vergeben und sich bei Danielle zu entschuldigen.

Ingrid hingegen hatte auf die spontane Hochzeitseinladung ihrer Tochter nicht so gut reagiert. Wie immer bezweifelte sie, dass Danielle die richtige Entscheidung getroffen hätte. Sie hatte sich gewünscht, dass Oliver der Mann wäre, mit dem sie ihr Leben teilen würde. Doch als Ingrid schließlich Thomas kennenlernte und dazu die Kommentare der Gäste hörte, wurde ihr klar, dass ihre Tochter endlich den Mann gefunden hatte, der sie glücklich machen würde.

Oliver war auch eingeladen worden, denn dank ihm hatte Thomas den Mut gefunden, um für Danielles Liebe zu kämpfen und deswegen war er in Ville immer willkommen. Oliver zog es jedoch vor, sich den Schmerz zu ersparen und wünschte ihnen das Beste aus der Ferne.

Die Hochzeit war für das Paar wie ein Märchen. Es war schwer, zu glauben, dass, obwohl das Leben in den letzten Monaten so hart gewesen war, sie dort in Ville glücklich waren, um ihre ewige Vereinigung zu feiern. Die Momente von Angst und Verzweiflung schienen weit entfernt zu sein.

Nach fünf Monaten der liebevollen Ehe und einer einzigartigen Freundschaft war es an der Zeit, das neue Mitglied der Familie Lake zu empfangen. Danielle hatte zehn Stunden intensiven Schmerzes verbracht, und während dieser ganzen Zeit war Thomas stets an ihrer Seite geblieben. Er hatte ihre Hand gehalten, wie er es ihr eines Tages versprochen hatte.

Endlich hatte das Baby den Mutterleib verlassen und atmete zum ersten Mal selbst. Danielle und Thomas begrüßten es mit Tränen des Glücks. Sie umarmten es fest und zeigten ihm, dass es der wertvollste Schatz war, den das Leben ihnen gegeben hatte.

»Oh, Tom, er ist perfekt. Sein Lächeln ist perfekt!«, sagte Danielle, während sie ihren Sohn in ihren Armen hielt.

»Das ist er wirklich«, murmelte er fast ohne Stimme.

Thomas betrachtete erstaunt das Bild seiner Frau, die ihr erstes Kind liebevoll auf die Stirn küsste. In diesem Augenblick begriff er, dass alle Momente, die er in seinem Leben genossen hatte, nicht mit diesem Glücksgefühl, das er jetzt empfand, vergleichbar waren.

Die Krankenschwester näherte sich und fragte, welchen Namen sie für ihren Sohn ausgesucht hatten.

»Theo, Theo Lake«, erwiderte Danielle und lächelte glücklich, als sie die Früchte ihrer immensen Liebe für Thomas betrachtete.